叶子/著

中国华侨出版社
·北京·

图书在版编目（CIP）数据

月港风云 / 叶子著 .—北京：中国华侨出版社，2020.9
ISBN 978-7-5113-8123-1

Ⅰ.①月… Ⅱ.①叶… Ⅲ.①长篇小说－中国－当代
Ⅳ.① I247.5

中国版本图书馆 CIP 数据核字（2019）第 279583 号

月港风云

著　　者：	叶　子
责任编辑：	黄　威
责任校对：	刘　坤
经　　销：	新华书店
开　　本：	670 毫米 × 960 毫米　1/16 开　印张：15.5　字数：216 千字
印　　刷：	河北省三河市天润建兴印务有限公司
版　　次：	2020 年 9 月第 1 版
印　　次：	2024 年 5 月第 2 次印刷
书　　号：	ISBN 978-7-5113-8123-1
定　　价：	42.00 元

中国华侨出版社　北京市朝阳区西坝河东里 77 号楼底商 5 号　邮编：100028
发 行 部：（010）64443051　　　　传　真：（010）64439708
网　　址：http://www.oveaschin.com　　E-mail：oveaschin@sina.com

如果发现印装质量问题影响阅读，请与印刷厂联系调换。

目　录

1/ 第一章　朱纨和他的对手们

9/ 第二章　陈天鸣的第一桶金

24/ 第三章　海上遇难

37/ 第四章　山地生活

53/ 第五章　结识甲必丹

63/ 第六章　海丫改嫁

71/ 第七章　广开海禁

76/ 第八章　海客归乡

96/ 第九章　朱旺财

111/ 第十章　漳泉饷税之争

122/ 第十一章　左右为难

138/ 第十二章　张府不宁

145/ 第十三章　玉象之祸

153/ 第十四章　李代桃僵

163/ 第十五章　内奸
177/ 第十六章　再次远走他乡
187/ 第十七章　沙丽出走
198/ 第十八章　暂为盟友
215/ 第十九章　遗恨故里
233/ 第二十章　月港的潮水

引子

明朝嘉靖年间，一艘艘货船带着梦想开往南洋吕宋。深蓝中潜伏着杀气，文明与野性相互纠缠。大海上，漂浮着命运的杀戮，飘浮着血腥的气味，变成绝命的沙场。海商与海盗们，或强悍，或忠义，或奸邪，或诡秘，或凶残，暗夜中惨烈的搏杀，无数人还未到达远方就变成了大海里的孤魂。月港人氏陈天鸣冒着海禁的风险，告别初恋情人海丫出洋，不料途中遭遇海盗抢劫，陈天鸣幸免于难，可惜货物被洗劫一空。陈天鸣漂泊到吕宋，被酋长女儿沙丽所救，又误打误撞救了酋长，后来入赘酋长家。待陈天鸣在吕宋打拼下一片天地荣归故里时，月港已物是人非，海丫被迫嫁为他人妇，此人却是当年打劫陈天鸣货船的海盗头子张恨天。因爱屋及乌，陈天鸣不得不与张恨天暂时结为联盟。朝廷屡次开海禁海，陈天鸣三次离开家乡又三次回到家乡，最终喋血月港。慢慢地，月港衰落，往事如歌，徒留七个码头任寂寞的潮水拍打……

第一章 朱纨和他的对手们

明朝嘉靖年冬天，福建海道提督朱纨坐在衙门里叹气。南方的冬天比北方更冷，南方的冷是渗入骨子里的湿冷，有点阴险小人的味道；而北方的冷是干冷，即使冷也冷得豪爽。朱纨不喜欢南方，但皇上任他为浙江巡抚，还兼管福建海道，提督军务，皇上如此器重他，他肝脑涂地都无以回报。圣上既然下了禁海令，他一定要不折不扣地服从、执行。码头上贴着官府告示："凡将牛马、军需、铁货、铜钱、缎匹、丝锦私出外境货卖及下海者，杖一百；若将人口、军器出境及下海者，绞；因走漏事情者，斩。擅造二桅以上违式大船，将带违禁货物下海往番买卖，潜通海贼，同谋结聚，及为向导劫掠者，正犯处以极刑，全家发边远充军。"告示已经贴了一年多，在海风吹拂下变得斑驳，没人理会。月港人想不通朝廷何以这般迂腐，严厉推行海禁政策，这不是置百姓于死地吗？土地太少，那么多张嘴嗷嗷待哺，与其饿死，不如到海上冒险。大海是冒险家的乐园，它需要勇士和赌徒。月港人纷纷出洋，有的到爪哇、暹罗，胆子大的还到了印度、西班牙等外洋国家。一部分月港人的腰包迅速鼓了起来，越来越多的人坐不住了，没有人愿意当一个整天在地里刨食的农民，人人都想做一个让乡人艳羡的"生意人"，穿着绸缎，挽着美娇娘，从大街上招摇而过。

眼看着众多百姓为获利不惜铤而走险，朱纨愤恨不已，执行海禁越发严厉，整天为了政务忙得团团转。夜已深，朱纨还在潜心审视呈上来的军务消息，刚要提笔批示时，发现手都冻僵了，他只好放下笔，双手对搓了许久，一双手才慢慢暖和起来。他呷了一大口热茶，皱着眉头在屋子里来回踱步。海上的倭寇真是太猖狂了，不老老实实靠双手挣钱，整天想着不劳而获，烧杀抢掠无恶不作，实在是罪不可恕。前几天，官府得到了确切消息，发现了两艘海盗船停留在诏安县的走马溪，大将卢镗擂鼓督阵，生擒番鬼46人。其实这46人并非全都是番鬼，有16个是土生土长的中国人，其中贼首李光头生得五大三粗膀大腰圆，一颗光头锃锃发亮，人被押在牢房里还骂声不绝，声音传出去老远，牢房屋顶的灰尘都被李光头的吼声悉数震落了来。对于以李光头为首的这16人如何处置，朱纨甚是头痛。按大明律例，须从漳州府解押至福州府，再上报朝廷，等朝廷圣旨下来，都已经是第二年了。如果保证一切不出岔子的话，那朱纨完全可以等一等。关键是，去年也有一批这样的倭寇，在等待秋后问斩之前越狱逃脱，给东南沿海带来一片骚乱，圣上震怒，前车之鉴不能不防啊。

夜长梦多！朱纨心烦意乱地叩着桌子。有一个大胆的决定在他大脑里盘桓不去，就是私自将以李光头为首的这16个贼首就地处死，永绝后患。反正皇上肯定会治这些匪首死罪，自己虽然先斩后奏，想来并无大碍，等皇上圣旨一来，这件事就顺理成章水过无痕皆大欢喜了。但朱纨又有一丝隐隐约约的担忧，他从未做过僭越之事，更何况这先斩后奏若真追究起来也是欺君大罪，想到此，朱纨又有些踌躇。一想到朝廷还要浪费口粮养着这些该死的囚徒，朱纨就不由得火冒三丈。

就在这天夜里，发生了一件大事——有人来劫狱，让朱纨下定了决心。夜黑风高，贼首狼奔豕突，瓦裂声、喊杀声，乱作一片。幸亏牢房看守森严，守卫功夫了得，拼死搏杀，杀死了三个前来的贼匪，另外十几个贼匪四散奔逃。朱纨想，再也不能拖下去了，日久生变，功亏一篑。次日，官府贴出了告示，将李光头等十六人押到菜市口斩首。

行刑时刻，街道边老百姓挤挤挨挨，对着囚车里的人指指点点，只听李光头骂声不绝，咒骂朱纨不得好死，又说老子十八年后仍是一条好汉。官府守卫全部出动，身背火铳、大刀，壁垒森严，随着李光头等人鲜血喷溅人头落地，朱纨终于长长地舒了一口气。阳光刺眼，他不由自主地眯缝起眼睛。空气中充满了血腥气息，朱纨下令速速回府。不知为何，一路上朱纨全身发冷，竟然打起了摆子。他平日勤勉，经常三更才入睡。这日反常，天刚一擦黑就躺到床上，全身乏力，半睡半醒，时不时梦见李光头手上提着头面目狰狞地朝自己扑来，朱纨大叫一声从噩梦中惊醒，这才发觉冷汗已经湿了全身衣裳。他起床点了三炷香，朝着祖宗像拜了三拜，拜过后却依旧无法入睡，浑身发冷。

日子一天天滑过，朱纨勤勉于政务，继续大刀阔斧地严海禁，革渡船，严保甲，搜捕奸民，获交通诸番者，不俟命辄斩。朱纨不知道，他的所作所为触怒了一大批人。断人钱路，这是不共戴天之仇。"水至清则无鱼，人至察则无徒"，这个道理朱纨要在半年以后噩运来临时才领悟得到。

这日，月港五个商人集体前来拜见许知府。他们出洋所得利润通常都用红绸封好，一年孝敬知府大人一次，已成惯例。许知府往托盘上扫了一眼，顿时沉下脸来："怎么回事？"他的目光就是尺子，不用掂量，就知道今年孝敬的银两少了许多。他今年又纳了一个妾，这妾生性喜欢打扮，前几日还吵着要买一对玉镯，许知府一边敷衍，一边盘算着等孝敬银两一到就去将那对玉镯买回来，方能堵了妇人的嘴，省得她每日吵闹。并非他怕她，休了她也无妨，只是他不愿她把他看低，说堂堂一个知府竟然连一对玉镯都买不起，比起那月港商人寒碜许多。

五个海商争相哭穷："大人，您不知道，自从那个朱巡抚上任以来，小的收入锐减。像孙老板今年未曾出海，今年孝敬的银两还是从积蓄里掏出来的。"

许知府略一沉吟，点头颔首道："你们说的倒是实情。这一点我早有耳闻。"

五人七嘴八舌道："小的不敢欺瞒大人。大人，您看这如何是好？有了这尊瘟神，我们只好喝西北风去。如何送走这尊瘟神，不知许大人有何妙计？"

许知府略一思忖，道："你们回去联名写一份陈情书，照实写来，我有机会将你们的话递到皇上耳朵里。"这五人听了喜之不禁，回去后雷厉风行请人代笔，添油加醋，将这朱纨刻画成一方酷吏，堪比一方妖魔。书成后马不停蹄送到许知府府上。

许知府自有打算。他悉心准备了一堆证据，着人快马送到京城闽籍御史周亮、浙籍御史陈九德府上。这周亮和陈九德在京为官囊中羞涩，全靠家乡人孝敬，如今一看被这朱纨断了财路，不禁怒火中烧，两人一合计，连夜秉烛夜书，第二天同时将弹劾朱纨的奏折送给圣上。

嘉靖皇帝看后将信将疑："有这等事？这朱纨朕还是比较了解的，他是饱学之士，为人谨慎，又对朕忠心耿耿，岂会做出先斩后奏这等欺君之事？"

周亮见皇上有些摇摆不定，连忙道："皇上，人是会变的。你想想，那朱纨到了福建，天高皇帝远，一切都是他一人说了算，他难免自我膨胀。朱纨先斩后奏之事下官不敢捏造，绝对属实，有漳州府众多百姓作证，这是千万人有目共睹的。"

嘉靖生气起来："这个朱纨！朕非得给他一个教训不可！他竟敢如此胆大妄为！"因为震怒，皇冠上的珠帘颤动不已。

陈九德心中窃喜，趁机进言道："这个朱纨把整个漳州府搅得天翻地覆，举措乖方，专杀启衅，非得重惩不可。"

嘉靖有些举棋不定："朱纨虽胆大妄为，却也情有可原，那倭寇本就该杀。不然罚他一年俸禄如何？"

周亮和陈九德大失所望，两人对视了一眼。两人为官多年，都深知打蛇要打在七寸，要是皇上只罚朱纨一年俸禄，到时他们两人弹劾朱纨的事传到朱纨的耳朵里，那姓朱的可不是吃素的家伙，到时必然没有他们两个好果子吃。周亮心一横："皇上，您有所不知，那被朱纨先斩后奏的16人中，有三个是番使，葡萄牙国王听说他们的使节被斩，正准备向我大明天朝兴师问罪。"

此言火上浇油，嘉靖大怒："当真？"

周亮不容置疑连连点头："丝毫不假。"

嘉靖气得拍案而起："好你个朱纨！你领着朝廷俸禄不仅不为朕分

忧，竟然还给朕捅出这么大的祸事！"嘉靖气得胸口疼，政事庞杂，众多事务让他焦头烂额，如今听闻他最为信任的几个左膀右臂之一竟然如此藐视皇威，不由得龙颜大怒。只见嘉靖胸膛剧烈起伏，许久长长地吁出一口气来。陈九德试探道："皇上，不知对这朱纨该如何处置？"

嘉靖道："削职为民！"说罢怒气冲冲拂袖而去。周亮和陈九德两人相视而笑。

接到圣旨时，朱纨简直不敢相信自己的耳朵，真是祸从天降！自己日夜思虑为朝廷做事，不料竟落得如此下场！朱纨双手接过圣旨，只觉嘴里一腥，一口鲜血喷了出来。夫人慌忙将他扶到厢房躺下，又急急唤了郎中过来。郎中把完脉，说是气急攻心，心病还得心药医，只有将心放宽了，病情才能慢慢好转。"把心放宽？"朱纨凄然一笑，任谁碰上这样的事情，谁还能把心放宽？

由于自己的举措触犯了闽浙豪门富商的利益，这些人在朝中又有不少亲贵做靠山，之前便陆陆续续有御史弹劾他朱纨杀掠来明朝进行正当贸易的"满剌加人"。明明是佛郎机（葡萄牙）盗贼，却诬称他朱纨滥杀与明朝有藩贡关系的贡使和商人，如此颠倒黑白实在枉为人臣！

回想自己到任第二年，很多地方官觉察这地方再无油水可捞，为避免不见容于巡抚，又为了早日找到生财之地，他们纷纷请求他调或自动离职，这搞得朱纨特别恼火。一些乡绅竟然把朱漆大门改漆成黑色，以免惹得巡抚大人注意，如此韬光养晦实在是用心良苦。更可气的是，月港甘知县连年哭穷，仿佛谁薄待了他！墙倒众人推，朱纨如今才明白自己早已成了众矢之的。

次日，朱纨的好友张芝来访。张芝劝他道："朱兄，咱们既是知己，今日我就大胆说一番话，也许不中听，但全是肺腑之言。也不知你听或不听？你若不愿听，那就算了。"

朱纨闭着眼睛道："你讲吧。"

张芝道："大丈夫应该学会顺应时势。同样一番行为，也许在前一个时期是对的，可是过了几年之后再做这同样一番事就是错的。"

朱纨蓦地睁大了眼睛："你说我严海禁是错的？"

张芝忙道："朱兄且莫激动。前几年，倭寇骚扰我东南沿海，给百姓带来极大困扰，海禁是对的。但是，近几年来，百姓私自出洋获得巨大利润，他们自发组织武装抗击倭寇，百姓既有利润可图，又有利于大明海防，所以开海禁是民心所向，大势所趋。"

朱纨听了如此一番话如醍醐灌顶，他两眼发直，恨道："这么简单的道理我怎么不明白呢？你为什么不早日对我说这一番话？"说着一阵剧烈的咳嗽，朱纨用手帕接了，定睛一看，手帕上是点点的殷红，不禁灰下心来。

张芝连忙握住他的手："朱兄，当局者迷，旁观者清，这道理我也是近日才悟出来的，也不知是对是错，故不敢对人言，如今见你含冤，才将这番话说出来宽慰于你。朝廷政策变来变去，我看今后必定下令重开海禁，时间长短而已，兄若不信，我们可以拭目以待。伴君如伴虎，这官不好当啊！"

朱纨挣扎道："谢谢张兄一番肺腑之言！如今我落魄，旁人见我如瘟疫，唯张兄不忘同僚之谊前来安慰，朱某感激不尽！你到厨房用膳吧，我体力不支，恕不奉陪了！"

张芝劝慰道："我还有些公务，就不用膳了。我先告辞了，朱兄好好养病，等着哪天东山再起，咱们兄弟俩再痛饮几杯！"

朱纨凄然一笑："我心已死，断无东山再起之日，那只是痴人说梦罢了。"

张芝离去后，朱纨心如死灰。他和张芝既是同年又是同乡，有着双份的情谊。如果张芝再不来看他，他简直要对这个人世间绝望了。张芝的到来既给了他一丝丝慰藉，但又让他彻底看清了局势。这份清醒带给他更深的绝望。朱纨口渴，大声叫仆人上茶，哪知仆人睡得很死，朱纨原本气得想去下人房揪一个家仆起来，转念又作罢。如今兵败如山倒，早有十几个仆人自行辞去，主人既已变成平民，下人懈怠偷懒也是人之常情，剩下的好歹对他这个主人还有一丝丝情分。

朱纨长叹一声，世态炎凉，长夜漫漫，人生毫无指望。人间富贵何时休？日夜无休时。大庭广众之下，谄事权贵人以保一日之荣；暗室屋漏之内，奴颜婢膝以幸一时之宠。无人不求利，无时不然，无一刻不求荣华。求荣华时，内不见己，外不见人，无美于中，无丑于外，不背而身不获，行庭而人不见，内外夹困，身心俱疲。唉，千算万算，百年算千年算，却落得这般下场。自从中举之后，他立志报效朝廷，己身不复为己有，愿意如铺地的席子任人践踏甚至尿溺，如入火聚，得清凉门。把自己的名誉全毁置之度外，如同在烈火之中找到清凉的门径。然而，落难之后他才意识到自己并没有像想象中的那般强大。这位昔日的巡抚清楚明白地知道，已经走到了生命中退无可退的最后节点。他无法忘却周亮等人对他的侮辱，他也无法克服自己的悲伤。他失望，最后变成绝望。为人臣者尽责不易，为人子者尽孝艰难。他朱纨中举之时，表面上似乎是他个人聪慧和努力的结果，实则是父祖的节衣缩食、寡母的自我牺牲、贤妻的含辛茹苦，整个家族都在为他牺牲，才铺就了他个人的锦绣前程。如今他令整个家族蒙羞，无力回天，只有一死可以摆脱这人世间种种苦痛。

朱纨原本还盼着皇上哪天醒悟，知道冤屈了他，将他官复原职，张芝一番话点醒梦中人，自己绝无可能再官复原职，一切只是自己的痴心妄想罢了。自己所杀的那16人，均是无恶不作的贼寇，并无一个是番使，都是那周亮进了谗言，一想到这里，朱纨不禁对那周亮恨之入骨。朱纨原本还想着等病好一些再上书朝廷以洗刷自己的冤屈，没想到时局已发展到这个地步，自己一意孤行，到了人神共愤、人人恨不能得而诛之的地步，竟还未察觉，实在可悲可叹。如今他倒霉了，不知有多少人额手相庆？想到这里，朱纨眼睛一热，眼泪滴了下来。胸口一震，又吐出一口鲜血。唉，怨天怨地于事无补，最后还是要怨自己，要是自己当初不立功心切，不做先斩后奏的蠢事，何致落到如今一败涂地的地步？要知道，先斩后奏，这可是犯了皇上的大忌！皇上天威哪容得臣子侵犯？若胆敢侵犯，绝无好下场。自己也是猪油蒙了心，何致做出这等疯狂之事？

长夜漫漫，外面大雨，雨声噼哩啪啦地敲打着瓦片，声声入愁肠。

朱纨辗转不能入睡。想当初科举及第何等光宗耀祖,如今万人唾骂耻笑,大丈夫做人做到这等地步已经生无可恋。到了三更,朱纨从箱子里找出自己那件从二品大红色朝服,系上朝冠,蹬上黑靴,将腰带轻轻地悬在腰间。以前上朝时,腰带上的玉会在阳光下闪出迷人的光泽,如今那情那景再也不能复现了。

对着镜子收拾整齐,朱纨从容地爬上凳子,将自己悬挂在梁间。他心如死灰,连片言只语都未留下。

次日,夫人发觉,哭天抢地,奈何人已阴阳两隔,此恨绵绵。

第二章　陈天鸣的第一桶金

秋后的黄昏，残阳如血，漳州府在月港抓到了两个吃了豹子胆违反海禁偷偷出洋的少年渔民。当朝海禁严厉至极，这两个渔民至少面临着三年的牢狱之灾。

这两个渔民有幸目睹了森严威武的府衙。整座府衙青砖碧瓦，"漳州府衙"四字金光璀璨，遒劲有力，入木三分。房檐青蓝颜料勾画图案，端庄严肃。黑漆柱子上一副金字对联醒目昭然："看阶前草绿苔青无非生意，听窗外鹃啼鹊噪恐有冤民。"右侧一面大鼓，一股森严气息扑面而来。距大门22米处是"照壁"，呈八字形，青灰砖砌成，照壁下方砌成须弥座，中轴的左边院子支着两门古炮，斑驳着锈迹。正前方是"仪门"，仪门上书的对联是："民情虽有顺逆从修齐治平可造盛世，官品本无高下能公正廉明才是青天"，右侧是一顶绿呢大轿，是许知府的专用宝座。仪门东西两边各有一个便门，走过仪门，东西各有三房，遵循左文右武，西侧是兵房、刑房、工房，东侧是礼房、户房、吏房，廊道相通，并且和府衙大堂相接。

府衙大堂坐落在高1.2米的青石基上，设有三级踏步，峻拔威严，气势撼人。大堂正中摆着公案，两边列"肃静""回避"牌及仪仗。大堂屏风两边对联是："府外四时春和风甘雨，案头三尺法烈日严霜。"堂前卷棚站的是三班衙役。衙门审决案犯，羁押在堂前月台下刑皂房待审。知府升堂，师爷随上。东西稍间辟为夹室，记录堂谕口供。若是遇到可以公开审理的重大案件时，府台大人会下令打开仪门,让百姓涌进大堂围观,以示其秉公执法。

二堂东侧靠后有桃李馆、桂香室、虚日轩;西侧靠后有菊圃、韭园、小虹桥、碧水池……为知府在公务后提供了一个别有洞天的休憩场所。慢慢行来,透过古朴典雅的门楣隔窗,看树影婆娑摇曳;曲径通幽处,竹林花木深;槐荫庇护着静静的宅院,花香不知从何处丝丝缕缕划过鼻翼,耳畔有一两声鸟啼虫鸣……许知府经常在此邀约幕友叙旧论政,高谈阔论,举行盛大宴请活动的场景,甚是惬意。不像他的一个同窗,听说府衙甚是鄙陋,全然拿不出手。

三堂院落两侧各有两座配房,与厢房构成了东西偏院,加上东西跨院、廊房,看起来豪华壮丽。匾额"燕思堂",是许知府处理内务的地方,设有接待室、书房、更衣室。许知府接待上级官员、商议机密事件、处理隐私案件常在这里进行。又因是内宅,自然就是许知府燕居憩息之所。三堂东次间是办理公务的场所(内签押房),里面设罩子木床一张,供许知府休息之用。西面的两间是许知府的书房,室内结构完整,装修精细,摆设也很考究。书架古色古香,木桌子宽大厚实,博古架雕工精致,再加上墙上名人字画,显得文雅大方,透出浓浓的书香味。平时许知府就在此写字著书立说。

府衙的后花园大约占地10余亩,精巧别致,让人赏心悦目。西有涟漪池水,碧波随风起,东有层层堆叠假山,耸峙出连绵画卷,秀水穿绕,山与水的完美糅合,透着一丝灵气。春来繁花似锦,夏临绿树成荫,秋到硕果飘香,冬至白雪掩枯草,一片素雅。花园东侧植竹园内,翠竹亭亭,扶疏摇曳,万般风情,清静雅致,匠心独运,颇有板桥先生"衙斋卧听萧萧竹,疑是民间疾苦声"的意境。几处园内皆种有木瓜,此时果实累累,似有果香溢出。

许知府对这大院甚是满意,平时赏花植木,满足了道家"遁世"的渴求,打开大门又可投身红尘俗世,实现了儒家出世的愿望。出世入世转换自如,岂不妙哉?

本来,两个渔民的事根本不用许知府过问,都是直接将贱民投入牢里就可以了事。当时那个长着三角眼的渔民从车上被押下来,经过府衙大院眼看就要被拖进牢里，恰巧许知府经过大院，他正要外出，哪知那三角眼抢到许知府面前扑通一声跪下，匍匐向前试图抱住许知府的大腿，许知府吓了一跳，下意识地倒退了几步，那三角眼磕头如捣蒜："草民阿土叩见大人。"

许知府厌恶地说："你违反海禁，就该下狱，还有什么好说的？"本来，许知府是要出去喝花酒的，但所有愉悦的心情都被眼前这个贱民破坏了。

阿土道："大人，草民贱命一条，但草民还有点用处。如果把草民直接关牢里，那是大人的损失。"

许知府奇道："哦？你有啥用处？说来听听。"

阿土压低声音神秘道："这话草民得单独跟大人讲。"

许知府见这阿土长得皮包骨，面有菜色，即使当面行凶也不见得能得逞，况且身在府衙，谅他也不敢造次，故而怀着一种猫抓老鼠的心态屏退众人："有话快快道来，若愚弄本官，罪加一等。"

阿土眼见争取得一线生机，赶紧献媚道："大人，您有没有觉得奇怪，海防官兵明明日夜防守，为何总有漏网的渔民出海？"

许知府一听来了兴趣："是啊，我自认防守甚严，可为何总有刁民漏网？"

"上有政策，下有对策，老虎也有瞌睡的时候。官兵只是为了应付差事，而渔民冒死出海事关全家生计，故而冒死一搏，要么拼个鱼死网破，要么趁其不备，所以总有人成功偷渡出海。"

许知府略微点头："看你长得鼠头獐目，脑袋瓜还有点用，不像其他人，装的全是糟糠。"

阿土受了鼓舞，赶紧毛遂自荐："大人，草民家世代住在月港豆巷，有什么风吹草动草民都一清二楚。如果大人放草民回去，若有谁妄图违反海禁，小的即刻前来向大人报告，还望大人恩准！"说完用乞求的目光看着许知府。

许知府略一吟哦，这桩买卖于己有益无害，于是道："这主意不错，不过本官不能马上放你出去。"

阿土被迎面泼了一盆冷水,结结巴巴道:"为什么呢,大人?"

许知府冷笑:"跟你同时被抓的有两人,凭什么另一人被关进牢里,而独独放你一人出去,岂不让人起疑?"

阿土连忙恭维道:"大人考虑得是,那要怎么办才好呢?"

许知府道:"先关你几天,你假装重病,再让你那老母亲拿一点银子来求官府放人,大家一起演场戏。"说罢命门外衙役进来将阿土押下去。阿土回头可怜巴巴道:"大人,千万别忘了草民啊!"

阿土和那同犯事的另一人关在一起。地牢里曲折回旋,阴凉潮湿,边上一处嵌着粗重的铁链。那人狠狠朝地下呸了一口骂道:"狗日的官府,自己吃香喝辣,却不允许老百姓到海里捕条鱼吃,真是没有天理!"阿土附和道:"是啊,狗日的官府,太没有天理了!"那人道:"出海的人永远赶不尽杀不绝,我那堂兄明天夜里也要偷偷出海,我是运气不好被抓了,但愿我堂兄运气好些!"阿土将这些话默记在心,趁放风时偷偷告诉了衙役。许知府准时令人出动,果然一举将人捉拿归案,关到另一个牢房里。首战告捷,许知府觉得阿土这贱民还算是有点用处。

过了五六日,阿土腹痛,疼得满地打滚,样子奄奄一息。他声音细若游丝对同牢房的兄弟交代道:"兄弟,今天我的小命就送在这里了!"那人一边安慰他挺住,一边大骂朝廷不得好死。恰好此时阿土老母前来探监,眼见儿子满地打滚,慌忙跪地磕头求狱卒让儿子出去医治。狱卒不敢擅自作主,禀告了许知府,许知府道:"看那模样,大概挨不了几天了,若暴毙在牢里,我们还要为他收尸。就让那老太婆交些保证金,把他抬出去罢。"

阿土老母交了散银,千恩万谢用板车把儿子拉回家。一路上月港人见那阿土脸色惨白、一副就要走上黄泉路的模样,都无限同情。阿土在家躺了一个多月,吃了个偏方,竟然意外地捡了一条性命,慢慢可以下地行走了。月港人都说阿土命大,病了一场反而免了牢狱之灾,真是因祸得福。

如果不为生计所困的话,月港人是很幸福的。这里地处九龙江入海处，一水中堑，环绕如偃月，故名月港。江风徐来，白鹭轻飞，景色是非常优美的。闽县诗人徐𤊹曾有诗作《海澄书事寄曹能始》："海邑望茫茫，三隅筑女墙。旧曾名月，今已隶清漳。东接诸倭国，南连百粤疆。秋深全不雨，冬尽绝无霜。"但风景填不饱肚子，月港人日子太艰难了，总有人大着胆子打造船只载上货物出海，他们看准了从月港到九龙江入海口还有海门、圭屿、浯屿、钱屿、木屿等小岛，可以为走私活动提供良好的掩护条件。每当走私船要开到金门、大小担之前先在此停靠，以观动静。若遇官兵追捕，可以互相掩护迅速逃跑，可惜走私船十有六七被官府逮着投入监狱。大家纷纷咒骂这官府怎么越来越精明、越来越难糊弄了，简直是无缝可钻，一边哀叹自己时运不济，为什么有的人可以冒险出洋赚得盆满钵满，而自己出师未捷，银子没赚到反而惹来牢狱之灾。

事情总有暴露的时候，那日阿土从府衙里出来，被邻居一头撞见。邻居疑惑道："你到那肮脏地方做什么？"

阿土试图镇定："这脏地方，我也不想进。我那堂兄的远房亲戚在这里做事，说得了两斤鸡蛋，叫我过来拿，给我老娘补补身体。"

邻居疑惑道："怎么没听你说起过你那堂兄的远房亲戚在府衙里做事？"

阿土道："刚刚进来不久。"

那邻居因心里种下疑惑，有心查看阿土行踪，不出几日便发现了阿土的秘密。邻居义愤填膺将此事告诉众人，被坑害的乡人抄起木棍、锄头潮水般涌到了阿土家里。

阿土听到门外嘈杂，出门一看，门外黑压压站了一帮人，吓了一跳："你们干什么？"

"你这小人，出卖别人换取自家性命，你的良心被狗吃了！"众人一哄而上，木棍、锄头齐下，将阿土剁成了肉酱。阿土老娘哭天抢地，抚尸大哭："阿土啊，阿母劝过你，昧良心的事情不要做，会遭报应的。你偏不听，现在好了，报应来了，连命也丢了啊！你要是老老实实待在牢里，阿母会经常去看你，三年后你就出来了，何苦贪小利而白白丢了性命？"阿土老娘哭哭啼啼葬了阿土，一个人孤零零过日子，有时上街买零碎时乡亲们都冷着一张面孔不搭理她。只有一个叫陈天鸣的小伙子心善，时不时对老人家嘘寒问暖。

陈天鸣给月港大船王陆仁德当长工已经三年了。陆仁德空有十二艘福船，朝廷海禁太严，好几艘福船闲置在那里。偶尔偷偷出洋几趟，运气好时大赚一笔，有一艘刚要出港就被官府截获，血本无归。其他海商情形大致相同。陆仁德一直想多物色几个胆大体健的人为他出洋卖命，便请了个护院师傅，一是为了护院，二是为了让这个师傅带家丁练拳脚。这护院师傅武功了得，教家丁练拳脚时又特别卖力，陈天鸣经常偷偷观望，还用这偷来的功夫教训两个小贼，却被两个小贼围攻，恰巧被护院师傅见到。师傅见陈天鸣使的都是他的套路，心中一动，觉得孺子可教。陈天鸣见护院师傅并没有不高兴的意思，知道事有可图。几天后的晚上，陈天鸣见老拳师房内灯火明亮，知道老拳师尚未睡下，四下又悄无人声，他轻手轻脚推开房门，见老拳师还坐着看书，就上前几步，扑地跪下请求道："师父，您就收下我这个不长进的徒弟吧！我穷得叮当响，交不起学费，但我一定好好学！绝不会辱没你的名声！"

老拳师平日里见他聪慧灵巧，打心眼里喜欢他，于是喜滋滋地站起来，把陈天鸣扶起，说："好吧，你既然要拜师学艺，但必须答应为师，一不准自恃武功欺凌弱小；二不能贪财好色；三不可行鸡鸣狗盗之事。"

陈天鸣大喜，赶紧叩头拜谢师父。因他白天要做工，只能晚上习武，机会来之不易，他学得特别刻苦，师父见状也倾囊相授。慢慢地，陈天鸣习得了一身好本领。

雨潺潺地下，陈天鸣的老母亲病情越来越重，躺在床上日夜呻吟。外面是呼呼的北风，还可以听见九龙江的潮水拍打着江岸。陈天鸣和他大哥两人面面相觑束手无策。陈天鸣家住在月港的帆巷，穷得叮当响，穿的短裤都快烂成了渔网。父亲早逝，母亲前几年得了全身酸软的怪病，肩不能挑手不能提动不动就眩晕，全身上下没一处不痛。医生说要天天用洋参汤吊着，穷人家哪里来的钱天天喝参汤！能够饱腹就不错了！陈天鸣在码头上做苦力，有钱人家的船只出洋回来，都需要搬货卸货，但这活并不是天天有，地里刨出来的粮食除了上交皇粮外，剩下的不足以糊口。陈天鸣每逢拿到工钱都要马上将碎银变成洋参，虽然老母亲的病拖垮了这个家，但陈天鸣毫无怨言，有母亲在，天就在。不然，他赚再多的钱又有何意义？不过，陈天鸣也会怨恨老天爷，为什么穷人生活原本就如此艰难，偏偏穷人特别爱生病，而且生的都是重病怪病，这岂不是雪上加霜？想想也释然，缺衣少食，严重营养不良，干的又是累活重活，不生病才怪。再看那些富贵乡绅，就拿月港的大船王陆仁德来说吧，他拥有十二艘福船，每年出洋贩运获利极丰，家中奴仆成群，陈天鸣经常一边熬药一边想，什么时候自己才能像陆仁德那样拥有十二艘大船，赚上大钱让老母亲过上舒心的日子呢？如果有了钱，他可以遍请天下名医，一定能治好母亲的病。但是，这几乎是不可能的，做生意要有一大笔本钱，自己穷得叮当响，赚大钱只是做梦罢了。不过有梦终究是好的，黑夜里睡不着的时候拿出来想想可以让自己高兴一些。

一听陈天鸣要出洋，大哥冷笑道："穷得只剩下两扇屁股，你也想出洋？说出来也不怕别人笑死！"

老母亲闭着眼躺在床上，耳朵却还灵光，颤声道："阿鸣，你别看人家赚钱容易，你可知道，那从外洋赚回来的每一锭银子可都滴着血！张家的老三，病死在大海上了；甘家的老五，被海盗杀了，连尸骨都没有见着；许家的老二，他的货船遇上了台风，所有的货都沉到海里，欠了一屁股的债，急得他老母亲吊死在房梁上！"

陈天鸣不为所动："阿母，你说的没错，可是，树挪死人挪活，要是一辈子做苦力，我恐怕得打一辈子光棍！再说了，石板也有翻身日，我就不信咱们一辈子是穷命！"

老母亲长叹一声，闭上嘴不说话。她对小儿子有愧啊，家里穷得揭不开锅，没有哪个女子愿意嫁进家里来，她送不起聘礼，长此下去，小儿子真只能打光棍了!

　　陈天鸣安慰老母亲:"阿母,你不知道,我赶上好时候了。我听说番鬼非常喜欢跟我们做生意,先是葡萄牙人以咱们海澄、浯屿为据点,接着是西班牙人以吕宋为中心,还有荷兰东印度公司以台湾为基地跟我们大明朝大做交易,用番银直接购买我们的茶叶、丝绸、瓷器等,听说最远的运到什么拉丁美洲呢!"

　　老母亲闭着眼道:"我管不了什么美洲、稀粥的,我只要我儿你平平安安的,千万不要死在海上做孤魂野鬼。有些富贵我们无福消受哇!"

　　这天,老母亲病情加重,吐出来的痰里一半是血,她都不敢看。这个冬天是陈天鸣有生以来最漫长的一个冬天,陈天鸣悲哀地想,如果在这个晚上他和母亲被冻死了或者饿死了也不会有人在意的,就像没人在意一片树叶的飘落。寒意阵阵往身上袭来,阿母一直在床上打摆子,家里唯一的那床棉被已经用了几十年,单薄又破旧,陈天鸣把自己的衣裳和阿母的衣裳都叠在阿母的身上,但阿母还是一直喊冷。陈天鸣环顾四壁,家里能找到的御寒的东西都找遍了,此时陈天鸣恨不得去抢劫,为什么那些老爷天生锦衣玉食,而他天天埋头劳作还是得忍饥受冻。陈天鸣急得团团转,他在家里上下翻找,但没有找到一丝碎银。他现在急需钱请医生给母亲诊脉开药方,当务之急的是买上一点洋参炖参汤给母亲喝。那个医生的话是有道理的,事实证明,只要一喝下参汤,母亲的病情总会轻一些。能借的亲朋好友都借遍了,他已经向铁哥们儿矮仔借了数次,再也不好意思开口了,何况矮仔家里跟他一样穷得叮当响,即使矮仔愿意借钱给他也拿不出银子来。到底向谁借好呢?陈天鸣将所有的亲戚都想了一遍,最后决定咬咬牙到舅舅家借钱。他曾经发过誓永不登舅舅家的门,因为小时候他跟着阿母到石码镇舅舅家串亲戚,舅舅半冷不热地让了座,自己这个妹妹不听话执意嫁到月港,整天吃咸鱼配地瓜,再生下两个穷鬼,真是活该,那咸鱼可是他家喂猫的。陈天鸣一口气吃了舅舅家两碗米饭,舅娘就开始指鸡骂狗,陈天鸣那时还小,大声说:"舅妈,你太小气了!"当时舅娘手里拿了个洗衣盆,一听此言气得用力将洗衣盆朝陈天鸣砸来:

"你这天生的穷鬼!"

陈天鸣一躲,洗衣盆哐啷一声砸在饭菜上,一个菜碗飞了出去,掉在地上摔得粉碎,菜汤横流,顺着桌沿滴滴答答流了一地。

舅舅又气又心疼,急得直跺脚:"讨债鬼呀,这饭菜要三文钱呀!拿你家的碗来赔!"

屈辱和悲伤一齐涌向陈天鸣的心头,他的眼里噙满泪水,小小男子汉的自尊逼迫他要采取有力的措施维护自己的尊严。他握着小拳头喊道:"我饿死也不会再上你们家了!"当年的那句誓言犹在耳边,陈天鸣恨不得将两碗米饭吐出来还给舅舅,在心里暗暗发誓,长大后要赚很多很多钱,请舅舅舅娘到自己家里吃酒席,他要让舅舅舅娘羞愧得无地自容。恨只恨自己都到了娶亲年龄却还未挣上大钱,倒要打破自己的誓言登门借钱,真是自己给自己打脸。

万幸的是,舅舅在家。更妙的是,舅妈出门去了还没回来。陈天鸣硬着头皮说明来意,舅舅慢悠悠道:"钱倒是有。不过,这几年舅舅做的是高利贷生意。昨天有个人说要借贷,我答应了他,他说今天来取银两。看在我妹妹的面子上,我就不把银子借给那个人了,借给你救急,利息四分。"

陈天鸣心中暗暗叫苦,正常借款只需四厘,舅舅狮子大开口要四分!要是自己借了十两银子,一年以后岂不是变成十五两?他嗫嚅道:"舅舅,能不能低一些?两分行不行?我怕还不起。"

舅舅眼皮都不抬:"还不起就别借,昨天谈妥的那个人马上就要登门了,也省得我跟那人多费唇舌。"

陈天鸣咬咬牙答应了:"那行,四分就四分。"

当下签字画押,白纸黑字红手印,越是亲戚,手续越要一本正经。

陈天鸣在舅舅家连口热茶都没有喝上,直奔药店买了洋参,回家后先拿了几片让老娘含着,又赶紧熬参汤让老娘喝下,这天晚上老娘咳嗽慢慢少了,总算熬过了一夜。

舅舅动不动就来讨债,愁死了陈天鸣。

也该机缘巧合,老东家陆仁德的管家登门来了。陆仁德有个外号,人称"陆千亩",除了有十二只福船外,家里还有千亩良田。陆仁德虽家财万贯,却是个吝啬鬼,正应了人越富越吝啬的说法,官府的田税他经常拖延,实在拖不下去了就打折上交,这下彻底惹怒了知县大人。甘知县让人传话,再不将田税补齐,必将他拘押,令捕快在官衙前将其拷打,为其余欠税者戒。陆仁德一听此话坐立不安,交税吧,于心不甘;不交吧,又要受皮肉之苦,若只受皮肉之苦倒也罢了,只恐从此颜面丢尽,让全月港人耻笑。这时管家给他出了一个主意:"老爷,我听闻别的地方常有人去找衙役通融,雇佣个乞儿替他挨打。"

陆仁德一听喜上眉梢:"此计甚妙!只是,咱们月港的衙役不知肯通融否?再者,要找谁来替我挨打?还有,万一有人告密那可怎么办?"

管家道:"老爷不必忧虑。没有人会告密的。你想,那些穷鬼还要向老爷租田,谁敢得罪老爷?再说了,有钱能使鬼推磨,我不信咱月港的衙役就是吃素的。至于挨打的人选嘛,本来应该由我替老爷分忧的,无奈老朽已上了年纪,恐怕吃不了衙役几杖。若叫府中仆役替代,又恐人多嘴杂走漏风声。"

陆仁德连忙摇手道:"使不得,使不得。"管家弱不禁风,一阵风就能吹走,万一闹出人命,那自己真是得不偿失。管家生就一副精明脑袋,今后自己还得倚靠他呢。

管家道:"老爷,我倒有一个合适人选。"

陆仁德两眼放光:"谁?"

"帆巷的陈天鸣。这小子年轻,别看他精瘦瘦的,力气大得像一头牛。他家里又穷得叮当响,想必一说他就会同意。"

陆仁德大喜:"那你速速去将此事办妥。"

管家屁颠屁颠去找陈天鸣了。陆仁德解决了一桩烦心事,吩咐下人办了一桌酒菜,让小妾在身旁侍候着。陆仁德心里的账清楚得很,若补交税收得花费五百两银子,若请人代自己挨打顶多十两银子就搞定,至于衙役那边,他有一个亲侄子在里面,顶多四十两银子就搞定,这样一来他还能节约四百五十两银子,他越想越美,不禁心花怒放。

不一会儿管家回来了,陆仁德急问事情办得如何,管家道:"有送上门的银子,谁会跟银子作对呢?那穷鬼自然是十二万分的愿意,这是天上掉下来的馅饼,不是天天可以捡着的。"

陆仁德的侄子拿了叔叔四十两银子,自然尽心尽力,他请衙门里的兄弟胡吃海喝了一顿,大家统一口径,将那陈天鸣抓来,在衙门前痛打五十大棍,尔后将其释放,此事做得甚为圆满,只将甘知县一人瞒了个密不透风。

陈天鸣虽说年轻,但五十大棍也是扎扎实实的,那衙役拿了好处,为了将戏演得逼真,下手毫不含糊,以图知县大人满意。更糟糕的是,有一棍竟然打在陈天鸣的腿骨上,一阵剧痛袭来,陈天鸣晕了过去。陈天鸣是被人抬回家的,老娘一看,心疼得嘴唇直哆嗦说不出话来。赶紧请了郎中来看,郎中在陈天鸣身上摸了一阵,断言道:"他的腿骨断了。恐怕这辈子要变成个瘸子。"

老娘一听抹起了眼泪。早知道会被打断腿骨,陆仁德出再多的银子她也不会让阿鸣去的。这下子怎么办呢?要是儿子成了废人,他这辈子就完了!陈天鸣一听郎中的话,紧紧抓住郎中的手哀求道:"李先生,求求你救救我!我还要干活挣钱养我阿娘呢!我还没娶亲,要是变成瘸子,我就没有活路了!"

郎中连连摇头:"我实在是没办法啊!"陈天鸣挣扎着想要给郎中行礼,郎中道:"听说白云庵上的静虚师父擅长治骨伤,你们去求求他,能不能治好就看你的造化了!"

老娘带着哭腔说:"听说这静虚师父一般不见客,恐怕请不动他呀!"

这时陆仁德带着管家前来送银子,本来这事只需管家一人前来,但陆仁德不放心,他怕陈天鸣将此事说出去,于是亲自登门以示诚意,同时希望陈天鸣严守此秘密。陈天鸣家徒四壁,只有一把竹凳,他老娘将那竹凳用抹布擦了擦,请陆仁德坐。陆仁德瞅了瞅那竹凳,又看看那抹布,不敢坐。他将银子递给陈天鸣,陈天鸣无力起身,他老娘代他接了。郎中的一番话陆仁德都听见了,他说:"这静虚师父与我父亲是故交,我试着请他来医治看看。"毕竟陈天鸣的腿是因为代他受过而骨折的,陆仁德不能见死不救。

陈天鸣母子听了大喜，感恩不尽。那静虚师父果然功夫了得，经过三个月的悉心调养，陈天鸣行走已无大碍。眼见陈天鸣渐渐恢复，陆仁德心中又有些后悔救了这小子。万一这小子在外面乱说话，把他的秘密泄露出去，少不得又要一番风波。思来想去，他想出了一条调虎离山的计策。陈天鸣被传唤到陆家大厅，心中忐忑，不知陆老爷传他到底所为何事。陆仁德跷着二郎腿："天鸣，我看你的伤休养得差不多了，我的船要出洋到吕宋去，你想不想跟着出去见见世面？"陆仁德整天唯恐陈天鸣将代包的事说出去，这个心病不得不除，陈天鸣若答应出洋，少说一年半载才会回来，那代包的事自然就渐渐被人淡忘了。

陈天鸣闻言大喜，屁股上的痛顿觉好了一半："当真？"

陆仁德点头："本老爷从不打诳语。不过，我从不养闲人，我得考察你一番，合我的眼你才能出洋。这样吧，等你伤好后到我府上先吃一顿饭，算是我正式答谢你。"

陈天鸣连连点头。毕竟年轻，伤好得快，十天后他就迫不及待到了陆府。陆仁德备了四菜一汤："你尽管放开肚皮吃，今天这饭菜是为你准备的，不吃也浪费。"

既然陆仁德这么说，陈天鸣果真放开肚皮风卷残云，每盘菜都见了底，连汤汁都刮入碗内。陆仁德点了点头，不错，这小伙子身体好。他对陈天鸣说："昨天容川码头随潮水浮来一具无名浮尸，退潮时落在沙滩上。出门人遇难，又没家属认领怪可怜的，我看了于心不忍，想请你买个棺材把他收埋，你先带三支香和一陌纸钱先去收尸。"

陈天鸣道："东家，我想向你讨一碗饭一碗菜，带去孝敬死难的兄弟。"

陆仁德惊奇地瞪大眼睛："你敢把饭填到死人的嘴里吗？"

陈天鸣拍拍胸脯："以尸体嘴巴里留饭为证。"陈天鸣端着饭菜，拿着香和纸钱来到沙滩上。死尸身上缠满海藻，面目狰狞，他蹲在死尸旁说："这位不知姓名的兄弟，我陈天鸣今天祭你来了。"说着把点燃的香插在沙上，点燃纸钱，然后一手端饭，一手拿起筷子："可怜的兄弟,我陈天鸣喂你几口饭,免得当饿鬼。"说着夹起一块肉往死尸嘴里塞。那死尸嘴一张,肉竟然顺着喉咙滑了下去。陈天鸣吓了一跳,定了定神:"看来兄弟是饿坏了。噢,吃吧。吃了好上路,免得当饿鬼。"陈天鸣像给孩子喂饭似的又夹了一团米饭,往死尸口里塞,饭又被吞了下去。陈天鸣又去夹饭,一想,不对,他跟东家说了,要以死尸口里留饭为证,于是虔诚地拜了拜:"朋友,前两次算我陈天鸣敬你的。这第三口得在嘴里好作凭证。"说完,又夹起一团米饭又往死尸嘴里塞。谁知道这一回更快,他的筷子才离嘴,饭又被吞了下去。这下陈天鸣火了:"你这饿鬼,怎么不讲交情!"啪的一声,一个巴掌扇了下去。

这一打,那死尸竟哎哟一声,一个鲤鱼打挺站了起来。"呸!"那死尸向沙滩吐了一口血水:"混蛋!你把我的门牙都扇断了!"原来是陆仁德叫了一个伙计来考验陈天鸣。陈天鸣和那捂着嘴巴一路骂骂咧咧的伙计回到陆府,陆仁德夸他:"不错,你是陈大胆!"

出洋的机会从天而降,陈天鸣心花怒放。即使被痛打一顿也是值得的,虽然在床上躺了几个月,所幸没有变成残废。人家说大难不死必有后福,好日子在等着他。陈天鸣顺利当了陆仁德船上的一名水手。虽然海禁非常严厉,被抓住了是灭顶之灾,是提着脑袋的冒险营生,但陈天鸣几次跟着出洋都冒险成功,没有被抓住。一是运气好,二是陆仁德经常上下打点,管海禁的官兵得了好处后便睁一只眼闭一只眼。积累了一些经验。这几趟出洋陆仁德赚得盆满钵满,大家都说陈天鸣是福星,甚至说陈天鸣的腋窝下有十二根汗毛,所以福荫陆老板家有十二艘大航船。

一个风高夜黑之夜,陈天鸣跟东家陆仁德交接完账目回家,偶一抬头看见饷馆码头附近一溜十多条船,黑夜里有一队人影正悄悄地向西门桥方向扑去。这些人想干什么?陈天鸣伏在堤岸边仔细一看,原来是一伙倭寇海盗来偷袭月港。自福建海道提督朱纨自杀后,月港附近的倭寇越来越猖獗。陈天鸣心中着急起来,若让这些海盗蹿入月港街,乡亲们马上就会遭殃!他跳上码头船的一艘小船,解开缆绳,抽出带铁锥的尖篙一点,小船如离弦的箭一般疾速驶入内港。陈天鸣抄水路抢先赶到西门桥下,那些倭寇海盗也接近桥头了。陈天鸣用尖篙一点,借势飞身上了西门桥,篙一横,拦住桥头,大喊一声:"倭寇敢来送死吗?"声若巨雷。

偷袭月港的倭寇原本以为半夜偷袭,那是三个指头夹田螺——手到擒来的事儿,正想入非非要赚个盆满钵满,不料行踪被识破,为首的一声呼哨,众海盗便舞着东洋刀围攻上来。陈天鸣虽然只是单身独篙,却十分骁勇。他一根竹篙横扫直戳,前扎后拦,早有几个黑影被击落在西门桥下,喝汤去了。陈天鸣杀得性起,一根竹篙舞得呼呼风响,几十个不怕死的海盗纷纷被打翻在地,折腿断胳膊,龇牙咧嘴,鬼哭狼嚎。陈天鸣见众海盗还不肯退却,他猛地收回竹篙,使了一招猛龙出海,眼前两个海盗像被串金钱肉一样,让船篙的竹尖从肚皮扎了前后通的窟窿。陈天鸣将两个中篙的海盗甩开,就这样扎了甩,甩了再扎,不一会儿,西门桥外早已倒了一大片海盗。眼见同伴死伤无数,海盗杀红了眼,"棺材扛上山,不烧也得埋"。仗着他们手中有锋利的东洋刀,非把眼前这个碍事的月港人砍死不可!

一来二去,约莫打了半个时辰,海盗被扫落水中和用竹篙挑死的,已有十几人。但海盗凭着人多,欺负陈天鸣只有一个人,挥舞着东洋刀一批又一批地向陈天鸣吹来,刀光闪闪,东洋刀和竹篙相击发出咔嚓声,陈天鸣手中竹篙被越削越短,却也越来越锋利,最后变成赤手空拳。他毫无惧色,使出浑身解数,又是拳打又是脚踢,不一会儿就从海盗手里夺过两把东洋刀。

此时月港四城门各狮馆的兄弟闻讯纷纷抄武器来了,冲进倭寇阵里宛如砍瓜切菜,倭寇倒下了一片,头颅骨碌碌在地上打滚,血水四溅。倭寇见偷袭不成,开始后撤。陈天鸣岂肯让这些倭寇跑掉,他舞着大刀杀入海盗阵里左砍右削,前捅后戳,又杀死七八名海盗。一名海盗一刀刺来,正中陈天鸣腹部,一阵剧痛。一兄弟惊呼:"天鸣你负伤了!"陈天鸣低头一看,惊叫一声赶紧用手按住肚皮。原来他腹部被东洋刀划开,肠子都流出来了。陈天鸣把肠子往伤口里一塞,左手紧紧按住,右手舞着东洋刀,咬着牙又扑入敌阵,为首的那个倭寇被他一刀劈成了两半!

倭寇见势不妙,俗话说蛇无头不行,于是争相落荒而逃,只恨爹娘没有多生两条腿。正所谓"日头赤炎炎,各人顾性命"!

众人连忙将陈天鸣抬到医馆医治:"幸亏你发现得早,不然这次咱月港损失可就大了!"陈天鸣刚才全凭一口气支撑,现在眼看倭寇已退,他眼前一黑,昏了过去。

陆仁德对陈天鸣更为器重了,幸亏有了陈天鸣,不然他损失大了去了!

第三章　海上遇难

陈天鸣做梦都想拥有一艘福船。

为了拥有一艘福船，陈天鸣已经打拼了好几年。他一直给陆仁德当船工，忠心耿耿毫无怨言，深得陆仁德的赏识。

"天鸣，你仁义，胆大，航海技术一流，以后这艘船就交给你了！我老了，上半辈子太辛苦了，也该好好歇歇，享享清福了。"事实上，陆仁德远非他自己所说的这般慷慨仁慈，一则是这艘船已有一定船龄；二则海禁太严他常有一些船闲置；三则这艘船可以抵掉陈天鸣不少工钱；四则用一艘旧船收买一个人心，一举四得。

"谢谢陆老板！"陈天鸣激动地向陆仁德磕了三个响头。要知道，出一趟洋所获之利，种一百年稻谷也赚不到啊！这样的好事以前连想都不敢想，怪不得早先出洋的人都说海上有黄金，虽说海上风险太大，但不是人人都说富贵险中求吗？看来自己这条路是走对了，要是整天闷在黄土地里，一辈子都没有出路。陈天鸣感到异常兴奋，他一定要努力打拼，他最终的目标是能拥有属于自己的船队，今后自己可以像陆仁德一样在茶楼里悠哉悠哉地喝茶，自然有人替他出洋挣银子，那日子真是美死了。

陈天鸣心满意足地打量着新船，心里真是说不出的畅快！尖锐有弧度的船头，褐色的船身，甲板上打扫得干干净净。他高兴得在船上又蹦又跳。

出海前，好友张仕给陈天鸣送来了两件宝物。宝物小心地用手帕包着，解开手帕，展开宝物，原来是一幅《航海地图志》和一本《渡海方程》。陈天鸣大喜过望："阿仕，你这地图送得太及时了！出海最怕迷失方向，有了这宝物，细细研习，如有神助，一定会顺利到达吕宋。我正发愁不知要到何处弄这宝物呢？"

张仕笑道："张燮是我本家叔叔，他注重收集这方面资料，听叔叔说他今后打算创作一部更详尽的《东西洋考》，帮助更多出海经商的人呢！"

陈天鸣道："久仰你叔叔大名，等我这次出洋回来，若有机会我一定要去拜见一下你叔叔，感谢他对众多出海人的帮助。"

当下，两人凑在煤油灯下一起研究吕宋、暹罗等地理位置及航线，哪里有急流，哪里常有令人闻风丧胆的日本倭寇出没。连续几日都埋头研究，直至登船前小心翼翼地将它放在包袱里。当天晚上，陈天鸣做了一个怪异的梦。他梦见海上一轮红日硕大无比，几乎要把他烤焦。忽而海面上狂风大作，一条黑色巨龙朝他迎面扑来，陈天鸣吓得灵魂出窍，忽而另一条金龙倏地向黑色巨龙扑去，二龙打斗得昏天暗地，最终金龙战胜黑龙，黑龙狼狈逃窜，金龙也摇头摆尾而去，海面又恢复了平静。第二日陈天鸣醒来的时候，头重如斗，依稀想起昨日梦境，仔细琢磨，虽然遇险，最终却是吉兆。这样一想，他更坚定了出洋的决心。

陈天鸣阿母絮絮叨叨地千叮咛万嘱咐："阿鸣啊，我帮你到妈祖娘娘那里拜拜了，求妈祖娘保佑你行船平安。你出门在外一旦遇上麻烦一定要退让，等时间久了，事情自然就解决了。要是不退让，命都没有了，什么都完了。"阿母兀自说个没完，听得陈天鸣都有些不耐烦了。阿母千般不舍，反复叮嘱："有山就有路，有水就有渡，驶船看水势，做事看时机，一时风要驶一时帆，做人要肯吃苦。"陈天鸣一一点头："阿母，我知道啦。我记住啦，你都唠叨了无数遍了。"

陈天鸣选择十一月初二作为出港吉日，海禁的官兵已经一一打点过了。每次出发都选择在晚上，趁着夜黑风高无人察觉偷偷出港。

出发前，他带领船上的十几个兄弟在神龛上摆上猪头、鸡、鸭三牲祭拜，鞭炮噼啪作响，红纸屑铺了一地。月港每月初二、十六日，各行各业牙祭，含有饮水思源、祭拜祖师爷之意。朔日退潮，进行牙祭，祈求去掉一切厄运；望日涨潮，祈求财如水涨。初二日牙祭，属于迎新之举，祈求事业蒸蒸日上，兴旺发达；十六日牙祭属于辞旧之举，祈求消灾解厄，庇佑平安。牙祭还兼祭财神爷。至于各家各户供奉的灶公，也属财神爷之列。商人之所以选定农历每月初二、十六日做"牙祭"，跟月亮的引力引起海水的涨潮、退潮有关。每月初二形成月牙，海水处于低潮之始；每月十六日，月圆，海水满潮，却又是低潮的开始。潮汐就是大海的呼吸，渔民依靠着这呼吸决定出海与回航的时刻，决定下锚与撒网的位置。

陈天鸣点着纸钱，嘴里喃喃有词。海丫也来送他，她默默站着，没有什么多余的话，但陈天鸣分明感受到了她目光射在她身上的热量。趁着别人忙乱不注意，陈天鸣走到她身边，将一只祖传的海螺悄悄塞到海丫手里，这只海螺是昨晚他娘刚刚给他的。陈天鸣低声道："我赚了大钱马上娶你，等我回来。一定要等啊。一定。"陈天鸣对海丫满心愧疚，人家定情信物都送金银，而他却送了海丫一个海螺！为了凑足出洋的货物，海丫还倒贴了他五两银子。等他出洋赚了钱回来，他一定要让海丫过上好日子。

海丫将拳头攥紧，轻轻地点了点头。船只渐渐远去了，夜很黑，水面上的那一星点灯光很快消逝不见了。海丫犹自一个人痴痴地站在海边，她轻声唱着："阿哥出门去过番，阿妹送郎大海边。千山万水难见面，远重洋转来难。"唱着唱着，泪水模糊了她的双眼。

两人青梅竹马一起长大，常常一起在海边礁石上找小螃蟹，挖海蛎。有丢弃的草鞋歪扭着躺在泥泞中，退潮以后的螃蟹便从草鞋中钻出，探出头来，看着外面这个新奇的世界。陈天鸣的脚趾被黑色的泥泞污染了，只露出一截粗壮的小腿。小螃蟹吐着泡沫，别看它个儿小，跑起来速度挺快，咬起人来也挺痛。陈天鸣第一次触摸海丫的手就是在海丫有一次不小心被小螃蟹咬着的时候，海丫扔掉小螃蟹呼呼大叫起来，小螃蟹趁机逃走了，陈天鸣情急之中双手握住海丫的手，心疼地问:"疼得很厉害吗?该死的螃蟹,它咬的可是一双巧手呀!"陈天鸣平时最爱看海丫纺布。海丫从蚕茧上抽出雪白生丝连接到拉丝机的盘线轴上,然后手摇齿车,只看见一道光亮的白丝在耀眼的阳光下飞快地跳动。海丫的巧手真是神奇呀!这时海丫突然不叫了,羞红了脸。陈天鸣意识到自己紧紧抓着海丫的手,他的胆子突然大了起来,一把将海丫搂进自己怀里。而羞涩的海丫将头深深埋在他怀里,一动也不敢动。陈天鸣听到了两颗心怦怦跳动的声音。

那天晚上,海丫娘走亲戚去了,陈天鸣迫不及待来到海丫家。卷起来立在墙边的渔网,以及海丫的脸,全被月光勾勒出清晰的轮廓。海丫身上少女美妙的曲线起伏,有着让人心荡神驰的风情。微风吹拂中,有稻谷的香气、海鲜的腥味扑面而来。虫鸣啾啾,犹如汩汩流水,缓缓缠绵而流……许久,陈天鸣起来点亮了煤油灯,灯芯摇曳地吐出苍黄,两人柔情缱绻对看,陈天鸣道:"海丫,明天是船老大给我发工钱的日子,有三两银子,等拿了银子,加上我手头的积蓄,我马上到金店里给你买一根金钗。"海丫高兴地点点头,这是天鸣哥给她的定情信物,戴上金钗,她就是天鸣哥的人了!

第二天,海丫一直心神不宁,她支着耳朵听天鸣哥的脚步声,直到晚上,天鸣哥才来。天鸣哥两手空空,海丫心里有些失望。陈天鸣道:"海丫,真对不起,原本领了工钱要给你买金钗的,矮仔来找我,说他娘突然中风了。我赶紧和矮仔一起到他家里看看,他娘已经不行了,可矮仔掏不出丧葬费,矮仔哭天抢地的,我这人看不得别人难过,就把身上的银子都掏出来给矮仔了。你别怪我,等我下次领了银子,一定给你买根金钗。"

哦,原来如此,只要不是天鸣哥变了心意就好。海丫长长松出一口气:"你做得对。乡里乡亲的,谁都有个难的时候,就是要大家互相帮衬。"

福船扬着张满的风帆稳稳当当地离开了港口,容川码头的石阶消失在黑暗中。陈天鸣从船头走到船尾,满心的喜悦洋溢在脸上,感觉自己就像一个国王。从此，他再也不用做土蚯蚓了，他可以当水蛟龙了！陈天鸣心里越想越美，按捺不住心中的兴奋，想象着自己出洋回来，把包裹里的银子一股脑儿哗啦啦地倒在海丫面前，然后再抱着海丫狠狠地亲，那真是美死了。

福船吃水吃得很深。船上装满了茶叶、瓷器和丝绸。凛冽的海风吹拂着，陈天鸣站在船头判断着季风的方向。他反复盘算着这船货要是顺利到达吕宋港口的话，可以赚五千两银子。等第二年夏天再买上些当地的胡椒、象牙、犀角、丁香、肉桂回来贩卖，又可获利两千两银子。想到这，陈天鸣似乎听见了白银在库房中哗哗作响，他咧开大嘴笑了，露出一口白牙。他红润的皮肤下透出一条条青色脉管，脸庞上闪着红铜一样的光泽。胡须浓黑且硬，让人觉得他身上有使不完的力气。

这批青花瓷中，有盘、碗、梅瓶、玉壶春等，基本上是淡蓝色，其中一部分珍品有晕散现象。陈天鸣最喜欢绘花的青花瓷，有的花瓣留白，牡丹叶子缺刻部位较深，菊花绘成扁菊，花蕊以方格纹代之。其中有一件珍品，那就是龙爪瓶。龙纹细长身，五爪形似风轮，气势矫健。私底下，陈天鸣并不是最看重这件瓷器，他真正喜欢的是那个莲花瓶，里面绘着佛家八宝，时时让他感受到菩萨就在身边保佑。所有在海里漂过的人都知道海上生意凶险，他这次出海特地挑了初二生意人"做牙"这个吉祥的日子。

这时火长阿松喊他："阿鸣，你这傻小子，你肯定想到女人了，瞧你笑成那样，让你照照镜子就知道你有多傻。吃饭了。"陈天鸣不好意思地笑了。火长、亚班、大缭二缭、头碇二碇、一迁二迁都是掌管船舶航向及速度的，押工负责修理船中器物，香公负责祭祀。火长阿松是吃百家饭长大的，瘦瘦小小的，当初阿松找到陈天鸣请求带上他出洋的时候，船上的人都反对让阿松出海，觉得阿松是个累赘。哪个船工不是身强力壮，才好干活儿？让这阿松来，只会添一张吃饭的嘴巴。陈天鸣觉得还是要给阿松一个机会，就像陆仁德当初雇用他一样，他一直对陆老爷心存感激，从陆老爷身上学到了给人方便就是给己方便的道理。最后，陈天鸣力排众议让阿松到船上当火长，他对大伙儿说，阿松烧得一手好饭菜，大伙儿才嘟嘟囔囔勉强答应了。还有一个"饭桶"，"饭桶"饭量惊人，一顿可以吃五大海碗，他的胃简直是人见人怕，哪怕是地主在农忙时也不敢请他去帮忙割稻谷，唯恐一米缸的饭都让他吃光。他阿母整天拍着大腿哭喊："怎么生了你这个无底洞哦！"而"饭桶"只会整天憨憨地说："阿母，我饿！我饿！"

他阿母抹着眼泪："阿母养不起你啊！我们去求求陈天鸣，他刚当老板，人又心善，他愿不愿意收留你就看你的造化了！"陈天鸣沉吟了一下，收留了"饭桶"。他知道，饭量大的人力气都大。船上正需要力气大的人。

阿福和阿水两人穷极无聊在船舱里打牌。阿福天生长着肥头大耳，老人家都说耳朵大长寿。阿福做事顺风顺水，种稻谷丰收，贩运茶叶赚钱，月港人都称他为福星。经常有人看阿福种稻谷就跟着种稻谷，看阿福贩卖瓷器就跟着他贩卖瓷器，往往能跟着沾光获利。前天阿福主动登门说要跟着到吕宋开开眼界，陈天鸣自然满口答应。有了阿福，也许自己的船能够沾沾阿福的福气，冥冥之中就会有菩萨保佑。他开玩笑道："阿福，你这么胖，刚好可以压风胎。"阿福也笑了："绝对压得住。"到了开船这天，阿福兴冲冲背着褡裢上了通海号。一走到船舱，阿福傻眼了，那个背运的阿水也坐在里面！这阿水天生一副八字眉，一副衰样，阿福天生跟这阿水不对付，一看到这阿水就感到晦气。阿福悄悄拉了拉陈天鸣的袖子，将陈天鸣拉到僻静的地方，小声道："你怎么让那阿水也上船了？你难道不知道吗，这阿水是全月港最倒霉的人物，从小就克死了老爹老娘，娶了个老婆没几天也被他克死了，种稻谷闹蝗虫，卖茶叶茶叶跌价，喝凉水都塞牙，你怎么敢让这号人物上船？"

陈天鸣笑道："三十年河东三十年河西，一个人总不能总是走霉运吧？说不定出趟海阿水就时来运转了呢？"

阿福跺脚道："老大，你的心也真宽，这海上风浪凶险，出海非同寻常，稍有闪失就小命休矣。你还是好好想想。"

陈天鸣摆摆手："我想过了，就计他跟我们一起出洋吧。他也是可怜，没人愿意和他在一起。我们能帮衬的就帮衬一把。人活一世，无非就是希望过上好日子，尽量做个好人。"

阿福皱着眉头嘟嘟囔囔回到船舱，他几乎想下船了，直觉告诉他，有这阿水在，没啥好事情。可是他已经兴冲冲地跟妻儿告别过了，为了避开这阿水而丧失出洋获利的宝贵机会岂不可笑！阿水旁边有个空位，可阿福不愿意跟阿水坐在一起，另一边人已坐满，阿福道："挤挤，挤挤！"大家也喜欢阿福，让出了半个屁股的位置，阿福就顺势坐下了。阿福对着阿水道："阿水，出洋凶险，我看你还是老老实实待在月港种地吧，万一遇到风浪掉到海里就被大鱼吃得连骨头都不剩了。"

阿水反唇相讥："既然这么凶险，你干吗不赶紧回去呢？我反正是贱命一条，一人吃饱全家不饿，不像你小日子过得那么滋润，你还是赶紧回家抱你娘子去吧！"

阿福没料到这阿水还敢顶嘴，脸色一沉骂道："呸，整天净做发财梦，你也不照照镜子，你走到哪里衰到哪里，还是别来祸害我们了！"

阿水闻言大怒，他最怕别人说他是个衰人，扑过来就要动手，阿福也霍地站起来，边上的人赶紧拉住劝道："出门在外以和为贵，你们两个还是少说两句吧！"两人方才骂骂咧咧坐回原位。

出了刺桐港，陈天鸣一颗心暂时放了下来，再也不会有官兵找他的麻烦了。长夜漫漫，海上确实太寂寞了，阿福叫道："谁会玩牌？"其他人都不爱玩牌，没有人应。陈天鸣会打，但是没心思。这时阿水道："我会。"阿福翻他一个白眼，可怎么鼓动别人都没人响应。阿福急了："我教你们啊！"还是没有人响应。两个冤家只好玩上了。

第二天，陈天鸣拿着望远镜巡视着海面，突然大叫不妙："不好，有倭寇船！"全船人听罢面如土色，这倭寇横行海上，遇上了无一幸免，今日恐怕小命休矣。阿福吓得连连祷告："阿弥陀佛！阿弥陀佛！妈祖保佑！妈祖保佑！"此时突然刮起大风来，风浪渐渐大了起来，通海号开始摇摇晃晃，众人的心都揪紧了。陈天鸣紧张地透过望远镜观察远处的倭寇船，只见那倭寇船正全速向他们驶来，哪知一个大浪凑巧打来，那倭寇船竟然倾覆了过去！陈天鸣大叫："倭寇船翻了！"由于距离尚远，听不见倭寇的呼救，但可以想象落水倭寇在海中狼狈挣扎的情形。众人一片惊喜："翻得好！翻得妙！"陈天鸣踌躇道："见死不救非君子，我们是不是开过去看看？"船上众人一迭声反对："千万行不得，好人难做！救了那歹毒心肠的日本倭寇，睡觉都睡不安稳，谁知道他什么时候会捅你一刀？"陈天鸣道："话虽如此，救人一命胜造七级浮屠，还是把船开过去看看吧！"于是通海号迅速驶了过去，茫茫海面已不见了那些落水倭寇的人影，忽听一个声音大叫："help!help!"只见一个西洋教士攀在一块木板上朝着他们绝望地大喊，又一个浪头打来，传教士眨眼不见，等浪头过去，传教士的头又冒了出来："help! help!"也不知他叽里呱啦喊的是什么，大概是救命的意思。陈天鸣下令："赶紧抛缆绳救人！"

众人七嘴八舌道："万一救上一个歹毒心肠的怎么办？"

陈天鸣摆摆手："传教士都是有善心的好人！就凭他们千里迢迢不计报酬跑到世界各地传教，我就佩服他们！谁吃饱了没事干专门去帮助别人？你们谁做得到？做不到的都闭嘴！"

西洋教士被救上了通海号，全身上下湿漉漉的，头发一绺一绺地贴在额头上，这人个子高大，比陈天鸣高一个头，不住地画着十字向陈天鸣表示感谢。陈天鸣赶紧叫人拿布让传教士擦干了身子换上了干衣服，只是那衣服过于窄小，露着肚脐眼，不伦不类，甚是滑稽。船上的阿火因为出过洋懂得半吊子英文，连比带画弄懂了此人叫约翰。从此船上热闹了几分，陈天鸣一有空就跟着约翰学习英文，海上的日子也就不那么寂寞了。

吃完午饭，海上风浪渐渐大了，船只颠簸起来。船此时已进入深水区，突然船头向上一跃，脱离了海面，陈天鸣的肚子被狠狠地挤压了一下，一股锐痛从腹中传来。船接着又腾空而下，陈天鸣的胃里一瞬间空荡无底，高高地掉下来，他脸色青白，干呕了几声。这样的感觉持续了半个时辰，陈天鸣的胃不停地翻滚着，欲吐又吐不出来。这让他筋疲力尽、脸色苍白，最终虚弱的他忍不住趴在船舷大声干呕，把绿色的胆汁吐了出来。他一边吐一边恨自己真是没用，堂堂七尺男儿，竟然怕这海上的风浪！要知道，在月港，他摸鱼捉虾那可是一把好手，之前也出过几次洋都没事，今天竟然在海上吐得死去活来，真是让人笑话！不过，这海浪里仿佛裹挟着一股妖风，今天的呕吐实在是咄咄怪事！也许是因为筹备货物太过操劳，再加上出发前过于兴奋连续几夜睡不着的关系。

为了防止继续再吐，陈天鸣在耳朵里塞了一团棉花，然后昏昏沉沉的闭目养神。他不敢看窗外的海水和身旁残留着呕吐物的地板。船不停地摇晃着，就像一只上下跃动的海豚。陈天鸣咬紧牙根，握紧拳头，一心想着：我就不信我在海水面前这个怂样儿，我一定不能让海浪打趴下！旁边的阿福也吐得稀里哗啦的，恶心的呕吐声交杂在陈天鸣的耳畔，催得他的肚子翻江倒海。陈天鸣紧紧地按着肚子，生怕自己又开始新一轮的呕吐。

时间的沙漏慢慢地流逝着……这漫长的一天就像过了几百年一样。陈天鸣疲乏地闭上了眼睛，身上不停地冒着冷汗，他努力捏紧拳头，心里默想："到了吕宋就好了，可以换回很多银元，可以娶海丫，可以孝敬阿母……无论如何都要坚持住。"吐了两个时辰，陈天鸣手脚发软终于昏昏睡了过去。

天刚刚黑，船只在海水上摇晃，陈天鸣第一次感到夜晚如此漫长。以前在月港种地时，由于白天下了死力气，晚上经常脑袋一挨着枕头就呼呼大睡。而如今出海，除了白茫茫的海水，还有偶尔掠过海面的海鸥，陈天鸣无事可干。他只能在船上东转转西转转，东摸摸西摸摸，舵有亚班掌着，他也不懂，没有发言权。无聊之余，他用手沾了沾海水，放到嘴里舔一舔，是咸的。不一会儿，手上的水干了，手上白花花的。陈天鸣吓了一跳，意识到淡水的重要性，他赶紧到舱里看了看储备的淡水，还好，十口大缸一字排开。陈天鸣吩咐做饭的肥仔一定要节约用水。

半夜里，阿水突然上吐下泻，发起了高烧。吃了船上备用的药也无济于事，挣扎到第三天，阿水咽下了最后一口气。阿福现在不敢吭声了，毕竟人死为大，可他还是在心里摇头，阿水真是没有福气的人啊。阿水的尸体就横放在在甲板上，很明显的，尸体不能在船上久放，没办法，只好将阿水抛进海里。众人一脸悲伤沮丧，端着供品站在船头上，口中喃喃念着经文，希望阿水能在海底保佑众位兄弟平安到达吕宋。

第二天天公作美，太阳火辣辣的，海面上到处闪烁着金光。陈天鸣提着的心稍微放了下来。出海有二怕，一怕有大风暴，二怕遇上该死的海盗。大风浪肯定不会有了，只怕碰到劫船的。陈天鸣睁大眼睛仔细观察前后左右的情况，除了一只路过的大货船，他没有看到任何活物。他的眼睛酸痛得流下眼泪，只好吆喝上二狗子、瘦刚一起打牌。不一会儿，瘦刚就骂二狗子耍赖，两人吵吵嚷嚷起来。陈天鸣觉得没意思，将牌一推，起身站起来。出海还不到三天，陈天鸣的脸就晒得黑亮黑亮，仿佛可以照得出人影。身上全是臭汗，一种原始的肉味在船舱上弥漫，在海上洗澡是奢侈的，只能用汗巾擦擦。船上臭气熏人，十几个臭男人每日打海水洗澡，唯有那阿福懒得出奇，只是胡乱用毛巾抹一把了事，走近他身旁，几乎臭得要让人晕过去。

海面上银光闪闪，时不时有海豚跳出水面，像露出海面的美人鱼。陈天鸣朝着茫茫的大海使劲吼了几嗓子。要是海丫也在船上就好了。可惜船上不欢迎女人，怕女人带来晦气；再者，海丫已有了身孕，怎受得了海上的颠簸？

他们出海已经三天了，陈天鸣第一次作为船老大下南洋，船上的货物关系着自己的身家性命，心情难免紧张，不知前方等待自己的是什么，所幸船上有去过三次南洋的矮仔。矮仔已把下南洋看作稀松平常的事，没轮到他当班的时候，他要么睡大觉，要么吆喝一班人赌小钱，竟如在陆地上一般。海上航行最是寂寞，只有无边的海水，偶有几只海鸥追逐着船帆。出海最担心大风大浪，妈祖保佑，这几天晴空万里，水平如镜。这天夜里，陈天鸣像往常一样吩咐兄弟们要加强戒备，因为这附近常有海盗出没。要知道，船上货物是船上所有人的身家性命，他们只许成功不许失败，只许赢不许输。阿宝笑道："阿鸣，你神经也绷得太紧了，这样紧张会吓死人的，只怕海盗没来，自己就先把自己吓死了。"船上人哄笑起来。陈天鸣正色道："不管怎么样，小心驶得万年船，还有一天就到吕宋了，胜利在望，大家万万不可得意忘形。"这一夜陈天鸣轮到的是上半夜，他一直瞪大了眼睛看着茫茫海面，只看到无边的黑暗。下半夜矮仔来接班的时候，陈天鸣又嘱咐了一声："一定要看好啊。"矮仔连连点头："放心吧，老大。"

陈天鸣到了自己铺位上，到处鼾声一片，睡意袭来，他一挨到枕头也沉沉睡了过去。陈天鸣梦到了自己的瓷器和漳缎在吕宋卖了个好价钱，正在数银子，突然船身一阵剧烈震动，陈天鸣蓦然惊醒，只听船头已是喊杀声一片，到处是凌乱的脚步声。周围的人也惊醒过来，手忙脚乱抓起刀棍冲出船舱，外面却有一帮蒙面汉迎头冲了进来，阿福迎面吃了一刀，顿时血流如注。船只剧烈地摇晃着，场面一片混乱，甚至有自己人砍了自己人的。陈天鸣气血上涌，妈的，老子全部心血都在这艘船上，哪个天杀的敢来夺取，老子就跟你同归于尽。陈天鸣一棍朝为首的那个汉子抡去，那人敏捷地闪开，只见那人身形高大壮实，竟比陈天鸣还魁梧几分，露出的额头上有一颗黑痣。两人交起手来，一时杀得难解难分。这群海盗用的是水手弯刀，比一般刀剑略短，刀身呈弧状，利于近战劈砍，船上的人很快就被砍倒了一片。还有的海盗挥着亮锃锃的匕首和斧头，刀斧过处均是血水喷涌。陈天鸣只恨船上没有装备大炮，可以发射单颗大铁球也可以同时发射多颗小炮弹，另外还可以发射专门用来对付海盗桅杆的铁链弹。他装不起大炮，因为所有的银子都用去买货了。而且，装大炮目标太大，会引起官府的查封，即使是陆仁德那样财大气粗的大船主也不敢私自装大炮。现在后悔已经来不及了。再者，现在海盗已经摸上船来了，有大炮也没用。

蒙面汉人手众多，船上的人虽拼尽全力厮杀，却慢慢被砍杀到只剩陈天鸣和矮仔两人，陈天鸣杀红了眼，一条棍子舞得滴水不漏。两人背靠着背，蒙面汉已慢慢全部围拢了过来，矮仔哪见过这种架势，两腿瑟瑟发抖。陈天鸣只顾招架眼前的敌人，这时一个海盗掏出了一把短火枪瞄准陈天鸣的后背，陈天鸣哪里晓得！矮仔见状想也没想朝海盗扑了过去，子弹射中了矮仔的右胸。矮仔死死抱住海盗，喊道："阿鸣，赶紧跳海呀！"陈天鸣转身一看，那海盗额头长着一颗大黑痣，陈天鸣正要扑过去拼命，那海盗又扬起了火枪。情势危急容不得陈天鸣多想，照这情形他留下来也救不了矮仔，只能连同自己的性命也白白葬送。留得青山在，不怕没柴烧，他奋力将眼前一个蒙面汉一棍撂倒，纵身跳到海里，海面上溅起一层层浪花。那海盗恼羞成怒，发疯似地将矮仔摁倒在地，两人绞在一起，海盗双手卡住矮仔的脖子，矮仔五个手指像五支匕首直插入海盗的肩胛。两人都把命豁出去了，扭成一团，在船舱里滚打。慢慢地，矮仔气力不支，双手慢慢松了，而海盗则死命掐住矮仔的脖子，直到矮仔的脸慢慢变黑，一双手终于无力地垂了下来。

陈天鸣奋力往前游，船上那个额头长着黑痣的为首蒙面汉将手中标枪对准陈天鸣猛地一掷，标枪擦过陈天鸣的右臂，顿时一阵火辣辣的疼痛，只听背后那伙海盗狂笑。陈天鸣满腹愤怒与伤心，真是出师不利呀，自己带矮仔出海，本意是为了让矮仔赚点银钱花，没想到反而害了矮仔。要是他能活着，一定替矮仔报仇！等他有钱了，他出海时不单单要买短火枪，他还要买长火枪，要是哪个海盗再胆敢前来，他一定要让那些为祸一方的歹徒葬身大海！现在一切都完了，他愧对海丫与老母亲！这千刀万剐的海盗，真想跟他们拼了！但好汉不吃眼前亏，现在逃命要紧，他游啊游啊，也不知到底游了多长时间，前面就是海滩，近了，近了，可是他体力渐渐不支，只觉一阵天旋地转，晕了过去。

等陈天鸣悠悠醒转过来，他头痛欲裂，全身重得像铅块，四肢酸痛，尤其是右臂，痛得直想把它砍下来。陈天鸣看看四周，陌生的床铺，墙壁上挂着兽角和羽毛，他试图坐起来，却又重重摔回床铺，伤口开裂，痛得他龇牙咧嘴。这时一个赤足的侍女听到声音赶了过来，惊喜地叫道："你醒啦！"却是陈天鸣听不懂的语言。只见侍女又飞身出去，喊来了主人。领头的酋长四十开外，相貌威严，头饰上镶嵌着美丽的贝壳和山猪牙，胸部赤裸，下体围着黑色中夹缠着红黄的腰带，可惜是个独臂，也不知那失去的右臂是否被毒蛇猛兽所撕咬。酋长旁边站着一个女孩子，跟酋长一样打扮，只是胸部用编织成带状的树叶遮挡着，眼睛和牙齿都闪闪发亮，脸蛋虽然带着异国人的棕色，却也美丽动人，一双大眼睛水汪汪的。他们说的话陈天鸣虽然一个字都听不懂，但陈天鸣能感受到他们的善意。彼此连比带画，陈天鸣大致明白男主人要让他好好休息的意思，陈天鸣喝了几口侍女端来的兽骨汤，便又倒头大睡。

待陈天鸣再次醒来，他发现自己稍稍有了点力气。这时房里多了一个既通汉语又通吕宋语的小个子男人。小个子男人告诉陈天鸣，说他已经昏睡三天了，是酋长的女儿沙丽把他从海边救回来的："要是没有沙丽小姐，你早就喂鱼啦！这个世界早就没有你小子的份儿了！"小个子男人是个爱说话的人："我们这里老祖宗传下的规矩，未经允许进入此地都得被射死。你是幸运儿呀，还从来没有一个外人进来我们这里呢。"他端了一杯水给陈天鸣："沙丽小姐说，她们是从苍蝇堆里把你抬回来的，你身上一大群苍蝇形成了一团黑云，哎呀呀，吓死人了。"

"谢谢你们。"陈天鸣说话有气无力，口干舌燥，全身的肉都不像自己的。

陈天鸣百感交集，一方面是对沙丽小姐的感激，一方面庆幸自己还活着，一想到船上矮仔等兄弟们都惨死在海盗刀下葬身海底，陈天鸣就满腔的仇恨，他恨得一拍自己的大腿，不禁痛得哇哇直叫。也不知那约翰是生是死？自己只救了他几天的性命，约翰再次遭遇横祸，也只能怪他造化不好了。陈天鸣想起为首海盗额上的那颗黑痣，努力回忆那人的身形与口音，此仇不报，誓不为人。船上的货物全被掠走了，连船都丢了。怎么办？这是灭顶之灾，他押上的不仅是自己全部的家当，更大的部分是借贷来的，如果回月港，他要如何面对那些蜂拥而来的债主？再说了，为什么其他人都死了，而他却活着？矮仔、阿福等人的老婆肯定会怀疑他侵吞了全部财物，到时非扒了他的皮不可，那全真是跳进黄河也洗不清了。看来月港是回不去了，君子报仇十年不晚，他得先在吕宋站稳脚跟，等有了偿还债务的能力，才能回到家乡。不然，他现在回去只能给海丫添麻烦，不，不，他绝不能让海丫失望。

第四章　山地生活

沙丽小姐很喜欢陈天鸣。那天在海边发现陈天鸣的时候，眼前这个人皮肤被泡得惨白，皱巴巴的，破烂的衣服上东一缕西一缕挂满绿色的海藻，还吸附了几个海螺，样子又恐怖又滑稽。现在陈天鸣养好了伤，一表人才，让沙丽越看越欢喜，这简直是上天送给她的礼物。沙丽小姐天真烂漫，酋长膝下只有她一个女儿，她平时都是一个人独自玩耍，身边有几个侍女，可惜这几个侍女都木讷无趣得很，在她跟前皆是唯唯诺诺，生怕不小心得罪了她。现在来了一个汉人，这下可好了，沙丽整天围着陈天鸣叽叽喳喳地问这问那，问他中国女人是怎么缠足的？漳缎是怎么织出来的？瓷器是怎么烧出来的？陈天鸣便把自己所知一一道来，两人常在海边吹着海风闲聊。海岸边有一长溜高大笔直的树，一直延伸到坡度不大的山坡上，日子久了，陈天鸣才知道那是槟榔树。还有一些是芒果树，芒果青绿色的厚皮上渗出许多污黑的黏稠汁，结成斑渍，非常黏手。那酋长本来整日发愁女儿人前眼后缠着他，现在女儿不缠他了，他乐得清闲，顶多给那外乡客供一日三餐就是了。

那天，酋长打猎回来突然腹痛得满地打滚。只见酋长大汗淋漓，口唇青紫，四肢痉挛，看那模样竟比锥刺刀刮更为痛苦。折腾了几个时辰，酋长已经奄奄一息，昔日一头猛虎俨然成了一只病猫。沙丽用自己绵软的小手握住阿爸的手，阿爸的手一片冰凉，连握住她手的力气都没有了。沙丽哭起来："谁能救活我阿爸，我就嫁给他！"

只见那酋长歪躺在担架上，面白如纸，豆大的汗粒直往下掉。陈天鸣以往略通医术，问沙丽："酋长生的什么病？怎么病得这般厉害！"

沙丽急道："刚刚两小时前发作的！平日里我阿爸壮得像一头牛，从不曾病得像今日这样。族里的巫师已经给我阿爸喂下符水，但看样子好像一点好转也没有啊！"

陈天鸣道："在下略通医术，你要是放心，不妨让我为酋长大人把把脉。"

沙丽无计可施，病急乱投医："那赶紧为我阿爸看看！"陈天鸣刚要上前，酋长大声喝道："退下！休得无礼！"他虽在病中，话音虚弱，却还保持着不容置疑的威严。陈天鸣只好退下。那酋长历来不相信外族人，更何况是个素不相识的汉人，他自恃身体强壮，又喝了巫师的符水，一时半刻就会好起来。哪知过了半个时辰以后，酋长竟然口吐白沫，昏厥了过去。沙丽扑到父亲身上大哭，陈天鸣急忙上前把脉，又翻了翻酋长的眼皮，只见酋长眼神涣散，手冷得像冰块，陈天鸣用力一摁酋长的肚子，酋长痛醒，大叫起来。陈天鸣问沙丽："酋长今天吃了什么东西？"

沙丽道："没吃什么呀，今天我阿爸进山打猎，打到了一只野猪，扛下山的时候满头大汗，在山涧里喝了一肚子水。回来后就开始腹痛了。难道那水有问题？"

陈天鸣看着酋长："酋长大人，您是不是心腹绞痛，想吐又吐不出来，想拉又拉不出来？"

酋长虚弱地点了点头，此时他已不能言语，大小便已失禁。

陈天鸣基本能够判定酋长得的是绞肠痧，因为天气过于炎热，而酋长一口气喝了太多山涧里的凉水，冷热交织，暑气郁积在肠子里所致，心腹绞肠大痛，如板硬、如绳缚、如筋吊、如刀割、如锥刺，阵痛难忍，全身抽搐。若不及时救治，在极短的时间内就会痧毒攻坏肠胃而死。事不宜迟，陈天鸣对沙丽道："快别哭了，帮我拿些酒来。"尔后拿出一把尖刀准备给酋长放血。族人一看大惊，正欲扑上来阻挠，沙丽一挥手："既然没人有办法救我阿爸，就让他试试吧。"

陈天鸣小心翼翼地用刀割开酋长的右手脉，黑血旋即涌出，陈天鸣将黑血挤干净，拿出随身携带的蜡封的沉香丸让酋长服下。这时摸摸酋长的手，已不似先前那样冰凉。陈天鸣示意沙丽扶酋长坐着，找了一块木板，用厚的那一面对着自己手掌，又要了一些菜油，将菜油抹在酋长背上，从酋长肩部沿背阔肌往下刮到腰部，每个部位大概刮拭八分钟左右，连两肩的大肌肉也刮了，他刮得非常用力，因为他记得家乡郎中说过的话，说一定要刮透，包括胸前也要一档档地刮透，目的是发毒出表，疏通经络。

酋长的后背慢慢红了起来，其他族人眼巴巴地看着陈天鸣，心里祈祷着酋长能平安无事。陈天鸣见酋长舒缓了些，趁空跑到山下借了银针，跑回山上时上气不接下气。他取出银针开始擦拭，就在银针就要扎进酋长穴道时，那昏迷中的酋长大概迷迷糊糊中本能地感觉到危险，竟然张开了眼睛，一见明晃晃的银针，不禁大叫："休要害我！还不将他搡出去！"属下一哄而上将陈天鸣推搡出门外。陈天鸣急了："酋长，你再不接受我的好意，恐怕性命难保！"那酋长又昏迷了过去，众属下一筹莫展，均未见过如此急病怪病，束手无策。沙丽大叫："天鸣哥，赶紧进来为我阿爸医治！"陈天鸣小跑进来马上扎针，只见那银针颤巍巍的煞是吓人，大司马阻止道："少主，切不可相信这个汉人！酋长的命可千万不要断送在此人手上！"

沙丽杏目圆睁："你若没有更好的法子，那就赶紧让开！要不救治，恐怕我阿爸的命会被你等断送！"于是众人皆不敢吭气，屏声看陈天鸣将十几根银针一一插在酋长身上。过了一刻，只见酋长哇地吐出一大堆黑色酸水，众人皆变色，陈天鸣却兀自从容地将银针一一收起。半个时辰后，酋长睁开了眼睛，开始有力气说话了。族人欢呼起来，都用崇拜的眼睛看着陈天鸣，看来这个外来客还真有些本事，他说的话有些道理。

沙丽喜极而泣，扑进酋长怀里："阿爸，你吓死我了！"

酋长抚着沙丽一头秀发："傻孩子，阿爸命大！再说了，巫师的符水是最灵验的！"

沙丽嗔怪道:"巫师的符水根本不灵!是天鸣哥用银针扎你的穴道才把你救醒的!"酋长半信半疑,众人皆点头。陈天鸣叮嘱沙丽要让酋长按时喝一些散痧汤加山豆根、茜草、金银花、丹参、山楂、莱菔子等汤药。沙丽连连称谢,陈天鸣道:"一定要喝开水,这期间千万不敢喝凉水。"酋长此时才不得不信,抱拳道:"多谢义士相救!本人还有个不情之请,烦请壮士将此医术传给我族人,让我族人从此免受这绞肠痧之苦!"陈天鸣很痛快地答应了:"我们月港人常说救人一命胜造七级浮屠,岂有不传之理!"

陈天鸣就这样在山上安顿了下来。山里又深又静,丰沛的雨水滋生出来的热带雨林,大树参天,阳光从缝隙间射下来,藤萝密布,缀满了各色野果。野兔、野猪在落叶上奔窜,不知名的鸟儿在枝叶间乱鸣。常有长尾雉鸡在树丛中散步,运气好的话还可以听见呦呦鹿鸣,南侧有一个很大的山洞。打猎极容易受伤,山里缺医少药疟疾极容易流行,陈天鸣将所知医术一一传授,酋长一连服了三日药,慢慢有力气下地走路了。沙丽摇了摇药瓶子,哎呀,里面已经空了。山下买来的神药已经吃完了!陈天鸣安慰道:"酋长的病已无大碍,没有药丸也没关系,我到山中采些金银花、山楂之类辅助散痧汤的草药回来煎服就好。再说了,沉香丸、大黄丸又不是什么神药,只要下山到城里去,随便哪个药铺都能买到。我过后帮你们买些回来。"

沙丽欢呼起来:"天鸣哥,你太厉害啦!"

陈天鸣淡淡道:"我这是瞎猫抓到死老鼠,误打误撞的。我阿爸就是因为得了绞肠痧不懂得及时救治去世的,后来我才跟郎中学了这治疗绞肠痧的方法。"提起去世的阿爸,陈天鸣不禁红了眼眶。

沙丽道歉道:"真对不起,让你想起伤心事啦!你没有阿爸疼你,以后我疼你!"后面这句话,沙丽越说声音越低,飞红着脸跑了。她说过,谁救活了阿爸,她就要嫁给谁的,更何况天鸣哥是她顶顶喜欢的人。

十天后,酋长完全康复了,他送了一副上好的弓箭给陈天鸣作为答谢礼。这个小伙子,把他从阎罗王手里拉了回来,以前他从不信山下的那些药丸医术，这个小伙子给他上了活生生的一课，他已经派人买了好多沉香丸、大黄丸在山里备用了。这段日子酋长极尽热情款待救命恩人，今天山猪，明天野獐，让陈天鸣着实过足了嘴瘾。有时族人猎到的野鸡太多，便将野鸡褪了毛扒了内脏挂太树枝上暴晒。陈天鸣晚饭后会和沙丽出去散步，他经常看到一些长着美丽头冠的鸟，头上有一把像扇子一样的羽毛，好像戴了帽子，神气而高贵。陈天鸣高兴地指指点点，沙丽撇撇嘴："这些鸟我从小看到大，你真是少见多怪！"

这日晚上，整个部落聚在一起庆祝酋长痊愈，燃起熊熊的篝火烧烤，每个人的脸都被火光映衬得红扑扑的，个个喜气洋洋。酋长割了几块鹿肉串上竹签放在火上烤，鹿肉发出诱人的香味，被烤出来的油滴滴答答掉进火里，发出噼里啪啦的响声。酋长等不及鹿肉完全烤熟，拿下一串咬了一大口，啧啧赞道："真香。"陈天鸣看到那鹿肉上还有血水，不禁皱起了眉头。这时沙丽兴冲冲地拿了一串只烤了五成熟的鹿肉递给陈天鸣，陈天鸣虽然恶心，却不想在沙丽面前露怯，硬着头皮咬了一口鹿肉，只觉一股膻腥味直抵心窝，不禁抠着喉咙跑到旁边哇哇地吐了起来，旁边的人忍不住纵声大笑。酋长不禁皱起了眉头："真是个孬种。"沙丽赶紧拿了水让陈天鸣漱口，一边温柔地拍他的后背。陈天鸣好不容易才感觉不恶心了，他用手掌抹了抹嘴角的残留物，尴尬地对沙丽笑道："让你看笑话了。我们闽南人吃肉都要完全煮熟的，不然肉里会有寄生虫，容易得病。"

沙丽笑道："我们部落里的人都习惯了吃五成熟的肉，这样味道才鲜美咧。不过你说得也有道理，部落里的人很少长寿的，往往五十几岁就走了。像疼爱我的三叔，就是有一天吃了鹿肉突然肚子疼得满地打滚去世的……"谈到疼爱她又离她而去的三叔，沙丽伤感起来，眼里隐隐泛起泪光。

陈天鸣安慰道："伤心的事就别再提了，我们讲讲高兴的事吧。我们闽南人比较少烤肉，因为家里穷，买不起肉吃，养两头猪是要等年底过年才杀的，那时才能见到油腥。我们经常到田地里捉蚂蚱，那种长长的蚂蚱，捉了一大堆回来，我们会用细细的竹签子穿在一起，放在火上烤，随着嗞嗞啦啦的响声，蚂蚱的香味也就出来了，把蚂蚱从竹签上抽下来放进嘴里，使劲嚼一嚼，那个香啊，现在想起来都流口水。而那大蚂蚱，则多是放在锅里炸成金黄，盛在盘子里，撒上盐巴，当菜就饭吃。"说着，陈天鸣脸上现出向往之情，好像又回到了快乐的孩提时光。

沙丽托着下巴："哦，原来蚂蚱也能吃。既然你喜欢吃，等一下我去捉几只烤给你吃。"

陈天鸣继续道："除了蚂蚱，还有蚕蛹。儿时养蚕，待蚕结茧，蚕丝卖钱，蚕蛹就放在铁炉盖上，用筷子翻转着，一会儿，香味就出来了，用筷子夹出，放在碗里，急着吃，用牙一咬，白浆子顺着嘴淌，一边吧唧着嘴，一边喊着好烫好烫，一边又迫不及待地将蚕蛹吞到肚子里。"说到这里，陈天鸣不好意思地朝着沙丽笑了笑，"你可别笑我嘴馋。那里最能解馋的是烤麻雀。小时候用树杈做成弹弓架，扎上黑皮筋，另一头是皮子做的弹弓兜，一副弹弓做成了。和点泥巴，用手搓成一个个圆圆的泥丸，放在太阳下晒干，做成弹子，小布袋一装，走喽，打鸟雀去。野外麻雀好多，一群群的，飞起来铺天盖地，不一会儿就有一大堆战果。回来脱毛开膛，找个水沟子把麻雀洗净，用竹签子穿起来，从野地里找点柴火拢成一堆，点着，柴火噼噼啪啪作响，火烧得正旺，麻雀在火上翻转炙烤，熟后撒上椒盐，那个香呀，真解馋！"

这时沙丽已经逮到了几只蚂蚱，她将蚂蚱递给陈天鸣，看着陈天鸣熟练地烤蚂蚱。蚂蚱小，不一会儿就烤熟了，沙丽嚼了一口，不禁赞道："真香啊！比起鹿肉别有一番味道！不过，我们吃两块鹿肉就饱了，这蚂蚱大概要吃一千只才能饱吧，要去哪里抓这么多的蚂蚱呢？"陈天鸣忍不住笑了起来，这个山里的女孩，还真是天真可爱呢，闽南人吃蚂蚱只是为了解馋，真正要吃满肚子的是地瓜。一想到那吃怕了的地瓜，陈天鸣肚里涌起了阵阵胃酸。

篝火慢慢燃尽，慢慢只剩下灰白的灰烬，部落里的人吃饱喝足，也就散去各自草棚里安歇了。天上剩下一两颗星星，陈天鸣睡不着。这里再好，也是别人的地盘，他想念自己的家乡月港了。在这里，别人把他看作"外番"，就像在月港的时候他们本地人把那些洋人称为"洋番"一样。唉，还是自己的家乡好啊。

第二天，酋长打猎回来黑着一张脸。酋长独臂的手上离不了一杆土枪，看到野味就砰砰砰，一枪放倒一个。哪知今天运气不好，沙丽一看，嘿，今天只打到了几只野鸡。沙丽不敢烦阿爸，便溜到陈天鸣房里，里面却空无一人，沙丽大声喊叫，仍是无人应答。沙丽往海边走，没错，陈天鸣就坐在他平常惯坐的那块礁石上，愣愣地看着前方茫茫的大海。之前，他买过祭品祭奠过矮仔和船上的兄弟，一想到他们惨死在歹徒刀下，现在躺在冷冰冰的大海里，所有的愤恨就涌上心头。他一定要好好活着，只有出人头地了，才有可能为兄弟们报仇雪恨。沙丽在他身边坐下："怎么，你不高兴？"

陈天鸣闷声道："我该告辞了，整天待在这里无所事事的，我在家乡欠了别人很多钱，得赶紧赚钱还给人家，乡里乡亲的，他们把血汗钱都赌在我身上了，我不能让乡亲们吃亏。"陈天鸣人在异乡，他也不知道离开这里，到城里去，能谋到什么样的职业，不知要干上几年，才能赚到自己人生的第一笔银钱？

沙丽一听就叫起来："你别走，你帮我阿爸打猎，我让我阿爸付钱给你。今天是什么坏日子啊，我阿爸不高兴，你也不高兴。现在你要走，我也不高兴了。"

"酋长怎么了？"

"今天打猎，收获太少了。"沙丽嘟着小嘴。

陈天鸣突然来了精神："你们为什么不像汉人那样种些稻谷呢？我观察过了，山里有大片的地，而且很肥沃，开垦一下，保准大丰收。"陈天鸣平时看着那些荒地就觉得分外可惜，这些番人真是不识宝啊，要是那些地是他的，他早就成为地主了，用不了两年就可以起大宅子，穿起绫罗绸缎了。

"种稻谷？"沙丽有些困惑，"别说我们不懂得怎么播种，就是我们懂得怎样种稻谷，我们族里的人祖祖辈辈都靠打猎生活，这么多年的习惯，怎么可能说改就改、说变就变呢？"

陈天鸣兴奋起来:"让我来跟酋长说吧,外面的世界发生了很大的变化,你们族里再也不能像过去那样生活了。"

陈天鸣和沙丽走进酋长的棚屋时,酋长正在喝闷酒。陈天鸣将自己的计划一说,酋长连连连摆手:"不行,不行,我们都习惯打猎,要是像汉人那样种稻谷,我们不就变成汉人了吗?这样我们纳西族就灭在我手里了,我哪有脸去见祖先?"陈天鸣见一时说服不了酋长,便道:"酋长大人,不然你把山里的那十几亩荒地让我耕种吧,我要是种得好,你们要是喜欢,我可以教你们耕种的技术。"这主意一瞬间电光石闪来到陈天鸣脑海里。酋长还在犹豫,他答应考虑考虑。待陈天鸣一走,沙丽便搂着阿爸的脖子撒娇:"阿爸,你就把那荒地给天鸣哥吧,反正荒着也是荒着,没啥用。你要是不同意,人家打算明天就到城里去赚银子了,要是留不住他,我也跟着他到城里看热闹去。"

酋长一瞪眼:"你敢?"

沙丽梗直脖子:"就敢!"

尊长败下阵来:"真拿你没办法,就是把你宠坏了!那地,就给那小子吧!"

垦荒的过程是辛苦的,陈天鸣经常被荆棘扎得全身红肿痛痒,有一次差点被毒蛇咬了一口,三魂吓走了六魄,加上那些番仔打猎路过时都要无一例外地嘲笑一番,日子不大好过。不过陈天鸣往往不理睬番仔的嘲笑,埋头苦干。所幸沙丽风雨无阻为他送饭送水,她甚至要了一把镰刀想帮他砍茅草,结果手上被割了一个大口子。陈天鸣心中甚是抱歉,坚决不让她动手了。沙丽眼看着陈天鸣起早摸黑,心疼不已,她强令两个番仔来帮他垦荒。看着那两个番仔不情不愿嘟嘟囔囔的样子,陈天鸣悄悄向他们许诺:"你们现在帮助我,我不会让你们吃亏的,等粮食种出来,我一人送你们五石稻谷。"那番仔听了积极性大增,原本少主的命令不得不服从,现在竟然有额外的好处,从此干起活来也不怕同族白眼嗤笑了。

陈天鸣努力耕耘,这山上的日子他还是不大适应,经常一锄头下去一大堆相貌狰狞的虫子便争先恐后地四处逃窜,更可怕的是时不时有一条游蛇扭动着它墨绿色的黏滑的身躯从树上倒垂下来，吓得陈天鸣跳脚。照道理晚上应该呼呼大睡，但他往往辗转反侧。他怕失败。万一来个蝗灾，或者来个旱灾，到时他颗粒无收，会成为整个族群的笑柄，到时再也没有他容身之地，他势必再次漂泊。如果从伙计做起，猴年马月才能翻身当上老板？猴年马月才能回乡迎娶海丫？哦，海丫，海丫，这个名字让他心痛。她一定在盼着自己回去吧？可功不成名不就，无颜回去啊！她该生了吧？不知是男孩还是女孩……

沙丽搂着老酋长撒娇，让阿爸支持天鸣哥。老酋长被纠缠不过，在试种新米之后，率领族人举行了祭天仪式：所有的族人都站到屋外，请十二个曾经杀过猎物的男人，双手互相扶着左右两人的腰部，围成一个小圈圈，抬头仰望天神居住的圣地。六人唱歌六人祈祷：愿播种的大米会像旋转的陀螺那样快速成长，在善灵力量的保佑之下，顺利成长结实累累，顺利转进族人的谷仓。

也许是开垦祭起了作用，这一年天公作美，稻谷成长期风调雨顺，加上山里的土地异常肥美，陈天鸣的稻谷获得了大丰收。黄澄澄的谷粒晒干了，散发出诱人的香气，将预先砌好的粮仓堆得满满当当。陈天鸣用新米做了一大锅饭，佐以山猪肉请大家品尝，不一会儿，一大米锅米饭一扫而空。陈天鸣当众送了两个番仔各五石稻谷，引得诸番羡慕不已。为了庆祝，酋长给陈天鸣办了个篝火晚会。沙丽穿上节日的盛装，载歌载舞，歌声在寨子里回响，像一条温柔的河流。沙丽的高音真高啊，让所有人的血肉之躯颤动。陈天鸣酒酣耳热，仿佛看见一朵花儿带着飞扬的色彩和澎湃的激情在音乐的节奏里渐渐盛开，随风摇曳。族人手拉手围着篝火跳起了圆圈舞。把胸挺起来，把头扬起来，把生命举起来。这是火与力的舞蹈，每一个激情的鼓点都像生命在燃烧。在这个丰收的夜晚，寨子里的人都酩酊大醉了。

第二年，大部分族人都学着陈天鸣开垦荒地种起稻谷，还有少部分人仍以打猎为生。陈天鸣无偿教给族人播种的技巧，众番仔围着他说笑，他俨然已成为族里的一分子了。这天，酒酣耳热，酋长与陈天鸣干了数十杯，醉眼蒙眬道："小子，你和沙丽的婚事赶紧办了吧！"

陈天鸣吓得酒醒了大半："沙丽？"

"怎么，你不愿意？沙丽配不上你吗？"酋长大着舌头问。

陈天鸣急得双手乱摇，"不是，不是，酋长您千万别误会。是我配不上沙丽，我在老家早已定了亲。"

"定亲？那就是还没成亲，不碍事。我看你小子这辈子就做吕宋人了，别再回去了，明天就成亲。"酋长大手朝空中一砍，亲事就算订下了。

洞房里，看着沙丽娇俏的面容，陈天鸣内心一阵绞痛：他终究对不起海丫了。哎，海丫，海丫，你干脆改嫁了吧，别傻傻地等我！可是，另一个声音说，海丫，原谅我，我这是不得已，你千万要等我啊！千万别改嫁，千万要等我啊！

酋长对这个女婿是越看越满意了。这个女婿真能干啊！他带领族人把山里的野味、粮食卖给城里人，换回了沉甸甸的银元，他甚至想着把酋长的位置传给女婿算了，这样他就可以放心地天天品尝他的美酒了。女儿的肚子已经高高隆起，他就等着当外公了。这天，陈天鸣带着海丫来到酋长面前，看陈天鸣一脸郑重其事，酋长有些诧异："天鸣，有什么事吗？"

陈天鸣张了张嘴，用眼神瞟了妻子一眼。沙丽上前拉住酋长的手撒娇："阿爸，有件事我们想跟你商量商量，说了你可别生气。"

"说吧说吧，搞得神秘兮兮的。"

"阿爸，我和天鸣打算搬到城里住。"沙丽这么一说，陈天鸣感激地看了她一眼。其实，这个主意是他出的，沙丽是夫唱妇随罢了，离开祖祖辈辈生活的大山，那简直就是大山的叛徒。

酋长果然发火了："不行！你这个忘本的东西！"

沙丽道："阿爸，你不觉得大山里的生活太单调太落后了吗？我带你到城里看看，你一定会喜欢上城里的生活的。"

"喜欢个屁！"酋长轻蔑地哼了一声，"要我离开这山里，除非老子死了！"

晚上，沙丽躺在陈天鸣怀里，她的手轻轻地抚摸着陈天鸣的胸膛：

"天鸣哥，不然我们别走了？"陈天鸣握住她的手："如果要一辈子种稻谷，我在月港种就行了，我何必从千里外的月港跑到吕宋种稻谷呢？我是一定要到城里去的。你要是舍不得阿爸，你就留下来，我不会强求你的。"

沙丽没办法，轻轻地叹了一声："我只能跟着你走了，谁让我嫁给你呢？"

陈天鸣带着沙丽到了城里，他们住的是买办集中的地方。他们来到城里的第一个惊喜是，他竟然遇到了阿福！原来阿福没有死，他见势不妙跳进了海里，漂到沙滩上捡了一条命。这简直比捡了万两黄金更高兴！一则陈天鸣心中的愧疚减轻了许多，二则有了阿福这个人证，乡亲们就不会怪他吞了他们的货钱。这阿福真不愧为阿福！当下阿福立马不在码头当苦力了，一心一意跟着陈天鸣做事。第二个惊喜是，他遇上了约翰。看来上天对约翰不薄，两次灾难都让他死里逃生。约翰在教堂里落了脚，热情地请陈天鸣有空到他们教堂里做客，还介绍教会的朋友买陈天鸣的货物。由于陈天鸣的豪爽、信义，他很快成了买办的头领。他的山货新鲜又齐全，多亏了老丈人山里源源不断的供给。大家见了他，都要恭恭敬敬地喊他一声："陈买办！"为了这一声陈买办，陈天鸣知道自己付出了多少的努力与心血。但这一切陈天鸣并不满足，他敏锐地意识到在吕宋最受欢迎的还是来自家乡月港的瓷器、茶叶和漳缎，这些货物获利的丰厚是山货的数倍。

沙丽也喜欢上了城里。这里的人衣裳华丽，大街上彩糖、水果、干果琳琅满目，还有香飘四溢的栗子炖鸡、肉包子、糯米糕等，都是她闻所未闻见所未见的。她喜欢逛街，怎么逛都不累。如果现在让她回山里去，杀了她也是不愿回去的。

看到陈天鸣生意红火，就有地痞流氓前来捣乱。这天，一群人怒冲冲地闯了进来，为首的痞儿拿着一件狐皮大衣高叫："你们这是黑店！昨天在你们店里花三十两银子买了一件貂皮大衣，结果却是假的！"

做生意以和为贵，陈天鸣满脸赔笑："这位大爷，你们弄错了吧？

这件大衣不是小店里出售的,我们小店都有标记的。"说着就翻开店里的各类皮草标志给他们看,接着又要去翻那件狐皮大衣的内里。那地痞猛地将狐皮大衣掼在地上踩了十几下,他的靴子上都是烂泥,其他人七嘴八舌道:"就是你这店里买的!这世上哪有人卖了假货却承认自己的东西是假的?"说着众地痞便开始砸店里的东西,桌椅踢倒在地上,茶壶咣当一声摔得粉碎,各类皮草扔了一地,沙丽挺着大肚子操起一根棍子就要跟众地痞拼命,陈天鸣将她拦住,他担心妻子的安全。如果只是他一个人,他早就把这些流氓地痞打得满地找牙了,可妻子怀了身孕,对方人多势众,万一妻子被踢一下推一下,后果都不堪设想。门口很快便围了一堆看热闹的人,众人议论纷纷,却没有一个人上前劝阻,也有那妒忌他们生意红火的,心中暗暗称快。沙丽哭天抢地,咒骂那些地痞不得好死。沙丽和陈天鸣足足收拾了半天才把店里稍微收拾出模样,坐在椅子上直喘气,老半天缓不过劲来。沙丽喝了口水道,天鸣哥,你看着店,我回一趟山里。

次日,酋长带着七八十号头插羽毛、腰围草裙的人来到店里,那酋长原本发誓一辈子不来城里,哪禁得住女儿哭哭啼啼一番哭诉!他怒发冲冠,谁敢欺负他女儿,他就跟谁拼命。恰巧其中一个地痞在大街上晃悠找凉茶喝,沙丽叫起来:"就是他!"也活该小地痞倒霉,这群刚从山里出来的野人很快就把他揍得鼻青眼肿哭爹喊娘,只差把他剁成肉酱。酋长一脚踩在小地痞胸口指着沙丽问:"以后还敢不敢欺负我女儿?"小地痞连连求饶:"再也不敢了!"酋长怒喝一声:"滚!"小地痞连滚带爬去了。

到了半夜,店里突然起火了。沙丽是被一股浓烟呛醒的,她连忙推醒天鸣哥救火,无奈风威火猛,泼水成烟,那火舌吐出一丈多远,舔住就着,烤也难耐,谁敢靠前?那一店的皮草化作火的巨龙,疯狂舞蹈着,随着风势旋转方向,很快连成一片火海。只听得屋瓦激烈地碎开,急雨冰雹般地满天纷飞,一片巨响,顷刻间倒塌了下来。沙丽哀号着,连滚带爬逃离火场,再也不敢靠近。

附近的商家赶来,组织人将棉被浸湿,头顶木桶上房,把近火房檐全都遮住，那棉被被烤得吱吱冒汽，不停地泼水，还是烧了一个又一个窟窿。大致抢救了半个时辰，风渐渐停息下来，乌云压上了头顶，皮草店也全部烧垮了架，只余弥漫的浓烟。

空气中弥漫着一股令人窒息的烧焦味。陈天鸣像受伤的猛兽嚎叫了一声。店铺已成一片废墟。灰烬里冒着烟，弥漫着动物皮草烧焦的臭味。这些动物皮草，可都是老酋长带领族人辛辛苦苦从山上捕获来的，有一次老酋长还被一头凶猛的野猪一头挑破了肚子，差点丢了老命，如今心血毁于一旦，岂不痛心。

陈天鸣愤怒了。他把沙丽安顿在老丈人那里，直奔地痞老窝找他们算账。只见众地痞正在大块吃肉大口喝酒，陈天鸣上前一把掀翻了桌子，酒水流了一地。地痞勃然大怒："不知死活的家伙！今天让你死！"一拳恶狠狠向陈天鸣胸口砸来。说时迟那时快，陈天鸣右脚向后旋转一百八十度，身体一侧，避开砸来的拳头，伸手翻腕一拉，地痞原本身随拳势向前倾出，被陈天鸣趁势借力一拉，立脚不稳，哎哟一声整个身子啪的一声扑到地上去了。另一个地痞见状从陈天鸣身后一"黑虎掏心"向他袭来，陈天鸣听得耳后有风声，他略一挫身，地痞的拳头从头顶打过去。陈天鸣就势双手一上一下一勾，将那地痞勾住，他的头顶着地痞的左肋，用力一顶，地痞身不由己地双脚离地被顶起来在半空中。陈天鸣一探身，把地痞摔倒在地，和原先那地痞一上一下层叠趴着。地痞往边上一滚，从伙伴背上翻过，另一人也就势向另一侧滚开，迅速爬起来，不顾身上疼痛，大喊一声："抄家伙，扎死这狗娘养的！"

于是众地痞有的拿刀，有的拿棒，一齐向陈天鸣夹攻而来。陈天鸣来不及取兵器，赤手空拳不好抵挡，只好绕着圈子跟众地痞转圈圈。转着转着，一地痞纵身跃出圈外，一前一后夹着陈天鸣打，一个地痞从前边朝陈天鸣一刀砍来，而后边一人举着大棒朝陈天鸣头上劈。陈天鸣矬身贴地一翻滚，滚出三四米外，避开刀棒的杀势。两地痞扑了个空，抽回刀棒，正准备继续围攻，陈天鸣一招"蛟龙出海"腾空而起，一脚将其中一个踹出五米开外，那人鲜血顿时从口中喷了出来。

陈天鸣既已杀出一个口子，便势如闪电，几个连环腿将好几个地痞踹个狗吃屎。又有一地痞一棒打来，陈天鸣飞身跃起，然后在半空中使了个千斤坠之势，往下一踩，不偏不倚正好踩在棍子上，"啪"的一声，那根大木棒让陈天鸣踩成两截！陈天鸣杀得性起，便尽情放开手脚将众地痞杀得落花流水，屁滚尿滚。这些地痞今日方领教了陈天鸣的厉害，赶紧磕头求饶。陈天鸣将地痞头子踩在脚下，厉声喝道："还我皮子来！"

地痞头子愁眉苦脸："英雄，不是我们不还啊，只是那皮子都换了钱，要么赌掉了，要么拿来吃喝了，实在没有钱啊！"

陈天鸣见状，略一沉吟："也罢！那些皮子我就不追讨了，但是，以后不许你们骚扰附近商铺，要是让我发现，我要你们的狗命！"

众地痞大喜过望，连声称谢，便一再保证不敢再骚扰附近商铺。

沙丽犹如蔫鸡般垂头丧气，皮子没有了，那可怎么办才好。老酋长见状，气不打一处来，大喝一声："这有什么好丧气的！一点都不像咱山里人的模样！咱守候一只野猪有时都要守候半个月，最后还被狼抢走了呢！到最后咱还不是照样活得好好的！打起精神来，我那边又储蓄了几十张皮子，可以卖个好价钱，租个店铺不成问题！"话音刚落，随后的小哈就扛了五六张皮草进来，让陈天鸣夫妻俩喜出望外。老酋长整日在新租来的店铺前坐镇，加上陈天鸣已让附近地痞流氓闻风丧胆，更加上老酋长的气魄与威风，陈天鸣的生意又慢慢做大了。陈天鸣整天忙得脱不开身，常常好几天都没办法回家一趟，有时就直接睡在仓库里。沙丽不得不带着煲好的鸡汤到商行里看望夫君，但陈天鸣在外谈生意，有时鸡汤凉了都起了一层油皮还见不到他的踪影。沙丽回到家里，赌气将鸡汤倒了。半夜里辗转难眠，听到屋门开启的声音，夫君终于回来了，沙丽仿佛听到至美的仙乐，脸上却装出赌气的模样。

小店越来越红火，陈天鸣又意外地赚了一大笔钱。陈天鸣初到城里，所有人叽里呱啦说的话，陈天鸣根本听不懂，一脸迷茫摇摇头。那些人便以为陈天鸣完全听不懂吕宋话，以后在陈天鸣面前说话便毫无顾忌。这天陈天鸣听两个来铺里买皮货的大老板议论道:"总督大人生日,要一批青花瓷器和十万匹丝绸。今天晚上会有一艘大商船进港,明天我们早些起来,到码头去卸货,这次我们可以趁机大赚一笔。"陈天鸣听到此等机密大事,一颗心怦怦直跳,他假装若无其事地忙着来回整理山货,脑子里急速地盘算开了。

第二天卯时,王老板他们兴冲冲来到码头,一上船傻眼了,整艘船空空如也。王老板急得声音都变了:"货呢,货呢,你们的货呢?你们不是满满的一船货吗?"

船主一大早被搅了清梦很不高兴:"卖完了。"

陈老板难以置信:"怎么可能?你们的船不是子时才到的吗?"

船主道:"昨夜我们的船刚靠岸,就有人连夜来买了,忙了一整夜,我刚刚躺下呢。"

陈老板和许老板目瞪口呆面面相觑:是哪个人这么可恶捷足先登,眼看就要到口的肥肉竟然飞走了!

后来,得知这块肥肉是被陈天鸣吃到嘴里的时候,王老板和许老板互相埋怨:"该死的!是你在他面前走漏消息的。瞧你干的好事!真是引狼入室!不能小瞧这穷小子呀,这是一只狼崽!"

这笔意外之财让陈天鸣的口袋一下子充盈起来。陈天鸣掂量一下自己这几年来的积蓄,够回乡还债的了。他那颗回月港的心从来都是蠢蠢欲动,只是一直不敢对沙丽开口。他一直斟酌着要怎么说服沙丽让他回一趟家乡。他总是选择沙丽心情愉快的时候旁敲侧击与她攀谈:"沙丽,你想不想发大财?"

沙丽扑哧一声笑了:"银子可以买来好多东西,谁不想发大财?"几年富足生活下来,沙丽已经有些发福了,女儿安琪儿也已经七岁了。

陈天鸣进一步诱导沙丽:"我当买办终归是小打小闹,要发财就得和月港两地通商,物以稀为贵,我听说吕宋的胡椒、丁香、肉桂、犀角在我的家乡月港很受欢迎,我打算采买一些货物回月港大赚一笔。"

沙丽警觉起来:"你别以为我是个妇道人家就糊弄我,你心里那点小九九我还不知道?表面上是去赚钱,实际上是要回家乡找人对吧？你晚上做梦老是喊海丫海丫的，那个海丫就是你那未过门的媳妇吧？你趁早死了这条心，只要我有一口气，我就不会让你回月港。银子我是喜欢的，但比起你来，还是你重要些。我可不想赚了银子丢了相公。"

从此以后，只要一提到回月港的事，沙丽要么嬉笑怒骂，要么拉出安琪儿做挡箭牌。每逢陈天鸣提到回月港的时候，沙丽就会对着安琪儿哭诉："你爹不要我们娘俩了，你爹好狠心啊！"安琪儿就过来搂着陈天鸣的脖子质问，面对这母女俩，陈天鸣一次次心软了。他把心思都放在家业的积攒上，凡事亲力亲为，为了能抢到优质货源，他甚至像从前当船工一样和工人一起到码头卸货。

第五章 结识甲必丹

九月初十,从月港来的海天号载了满满一船克拉克瓷到了吕宋,陈天鸣早就跟船主谈好了价钱,货主同意把其中三分之一的货给他。陈天鸣怕这批货被人捷足先登,亲自督促着船工卸货。他全身大汗淋漓,哪想到岸上茶楼早就坐了一个人在等他。待货物卸完陈天鸣刚从船上跳下来,便有个面生的仆人快步迎上前:"是陈大买办吗?"

"正是。"看到眼前这张完全陌生的脸,陈天鸣有些纳闷。

"我家主人李承祖甲必丹在楼上等候您多时了。"

"哦!那烦请快快引见!"陈天鸣久闻李承祖大名,只是苦于无缘结识,今天李承祖自动送上门来,实是大好事一桩。这个李承祖老家闽南长泰,在吕宋打拼多年,德高望重,被当地政府推举为甲必丹。若能跟李承祖结交,今后必定对海上交易大有裨益。

上了码头右边的茶楼,只见一个身材高大、五十岁左右的男子背对他们而立,正在欣赏波涛茫茫的大海。仆人恭声道:"老爷,陈老板来了。"

男子转过身来,脸上是宽厚的笑容:"哦,陈老板,快请坐!你辛苦了!身为老板,何必如此亲力亲为?"此人正是当地的甲必丹李承祖。甲必丹是殖民地所推行的侨领制度,即是任命前来经商、谋生或定居的杰出领袖为侨民的首领,以协助殖民政府处理侨民事务,甲必丹即首领之意。陈天鸣刚从船舱中钻出来,像黝黑肮脏的土拨鼠。而眼前高贵的甲必丹,头上戴着蓝色镶金边绣线扁帽,帽缘插着白羽毛,他长长的小腿绑得细细的，蓝色镶金边的夹克袖口露出一截白净的棉纱内衣的蕾丝边袖子。陈天鸣一下子自惭形秽起来，他希望有一天自己也能够像甲必丹一样骑在高头大马上在大街上穿梭，周围有一群人簇拥着，而自己的衬衣也是白净的，还露出一截高贵的蕾丝边袖子。

陈天鸣抱拳道："久闻甲必丹大名，今日得以相见，实在是陈某的荣幸！"说完在李承祖对面坐了下来。茶房很快另沏了一壶上好的红茶上来，陈天鸣呷了一口，一股桂圆的香味扑鼻而来，口中淳厚回甘，是大名鼎鼎的武夷正山小种。陈天鸣卸货劳作的疲累霎时减轻了不少。

李承祖道："陈老板，你杂事劳累，而我也事务繁忙，我就开门见山了。我听闻只要是月港来的瓷器与漳缎都是上好的货色，而陈老板是地地道道的月港人，想来船上的货色差不到哪里去。我还听说陈老板为人仗义，我也喜欢跟仗义的人打交道，不如以后我们长期合作，你把货物卖给我，我会按市面上最好的价钱给你，你意下如何？"

陈天鸣略一思忖，零散贩卖虽然比批发价利润大，但零散贩卖资金周转时间长，且需要大量人手，自己人手不足，倘若将整船货物一起批发给李承祖，李先生手下已经有一整套成熟的营销脉络，利润匀一部分给李先生，而自己可以提高银钱周转的速度，彼此达到双赢的目的。况且李先生信誉极好，少了拿不到货钱的烦恼，大树底下好乘凉，何乐而不为？一念已定，陈天鸣道："承蒙甲必丹先生看得起陈某，您这个提议极好，那以后陈某手下联络的从月港来的商船货就全部提供给甲必丹先生了！"

"好，陈老板痛快！那就这样说定了，你现在就可以将货物搬到李记商行里，待货物点清，我会吩咐账房马上将货款结清。事已说定，我还有其他要务，我先走一步！以后你喊我李先生就可，不必如此拘礼！"李承祖近年来做事顺风顺水，往往一出手便马到成功，这也是陈天鸣不假思索就答应与李承祖合作的原因。

"恭送李先生！谢谢李先生给陈某机会！这趟船带了一套上等的青花瓷，漂亮得很，等晚上得空时再送到贵府。"

"那就先谢了！告辞！"李承祖跨上高头大马往城里走。

陈天鸣这下子高兴坏了，他心里正忐忑这批货也不知何时能销完，货款何时才能回拢，没想到刚上岸事情就迎刃而解，按吕宋市面上的价格，他一口气就赚了五倍的利润，一万两银子马上变成了白花花的五万两，这事要是沙丽知道了，她肯定要高兴坏了。他将杯中的残茶一饮而尽，吩咐伙计将货运往李记商行，不料迎面有三人拦住了去路。这三人均生得粗壮，面色黝黑，双目中隐隐露出凶光。这人还带了一只大狼狗，让陈天鸣脊背发凉。这只大狗，因了主人的溺爱，经常大块吃肉，全身毛油光滑亮，走起路来昂首阔步。很多人还不如这条狗呀！陈天鸣甚至不无悲哀地想，这条挺胸行走的狗都可以称得上狗人了，而那些点头哈腰的人，是不是可以叫作人狗？

中间那人道："陈老板，茶楼请，我们好好谈一谈！"

半路杀出个程咬金，恐怕没有什么好事。陈天鸣心中一沉，抱拳道："不知尊驾大名？"

右边那个粗黑的指着中间那个为首的道："我们海客帮江湖上谁人不知，谁人不晓？这是我们大名鼎鼎的钱帮主！"

陈天鸣心中一凛，连忙赔笑道："恕陈某眼拙，竟未认出钱帮主来，还望钱帮主恕罪！久闻钱帮主大名，今日一见，威风凛凛，让人好生佩服，陈某荣幸之至！"这个钱大宇是吕宋黑白两道通吃的老大，自己素来与他无瓜葛，今日撞上门来，恐怕凶多吉少，不知又要横生什么波折。

钱大宇挥了挥手："你我从未打过交道，也怪不得你不认得我，不知者不罪。小二，上茶。"

陈天鸣端起茶杯喝了一口，满嘴发苦，不知钱大宇葫芦里卖的是什么药，竟是作声不得。钱大宇见他那表情，不禁哈哈大笑："陈老板，这苦丁茶虽苦，却是清凉败火的良药，喝了大有好处。"陈天鸣只好附和："谢谢钱帮主的好茶。不知钱帮主百忙之中找陈某有何赐教？"

钱大宇拊掌大笑："你一个跑海路的，说起话来也学读书之人文绉绉酸溜溜的，听起来让人好不痛快。"

陈天鸣不敢惹恼对方:"钱帮主快人快语,不愧是豪杰风范!陈某让钱帮主见笑了!"

钱大宇道:"听说你船上装了近万件克拉克瓷?近日漳州货在吕宋抢手得很,你这批货我要了。"

听得"我要了",陈天鸣脸都白了,也不知这"我要了"是甚含义,不知是明抢,还是半买半抢。见陈天鸣面色发白,钱大宇大笑:"你紧张什么,你头尾辛苦,我自然少不了你的辛苦钱。"陈天鸣忙道:"承蒙钱帮主抬爱,只是不巧,钱帮主来迟了一步,刚才李承祖甲必丹刚刚与陈某达成协议,这船上的货已经全部卖给李先生了。钱帮主若看得起陈某,下艘船的货我再卖与钱帮主便是。"

钱大宇变脸道:"李承祖?你跟他签协议了?把合同拿来给我看看。"

陈天鸣讷讷道:"刚刚口头达成协议,还来不及签合同。"

钱大宇拊掌哈哈大笑:"没签合同不算数。凭什么这船货李承祖买得,我钱大宇买不得?兄弟们,搬货!"钱大宇一声令下,码头上冒出百把个身穿黑衣、后背上写着个大大的"钱"字的海客帮人,一窝蜂把货物搬上码头去。陈天鸣手下的几个伙计眼看拦不住,眼巴巴地等着陈天鸣发话。陈天鸣急急拦住钱大宇,赔笑道:"钱帮主,我这批货要是卖给您,我要如何跟李承祖甲必丹交代?还望钱帮主成全!"钱大宇一翻眼白:"你下批货再给他就是了!这批货我要定了,我正等米下锅呢!"原来钱大宇几日来跟总督夸下海口要弄几千件瓷器,今天吃饱喝足前来码头找运气,碰上了陈天鸣这只兔子。

见胳膊扭不过大腿,陈天鸣恳求道:"不然这样吧,钱帮主既然需要,那就把这批货一半卖给您,一半留给李承祖甲必丹,这样可好?"

钱大宇哼了一声:"你如何跟李承祖交代关我屁事?"眼见海客帮的人已将码头上货物搬了近一半,陈天鸣急了,他悄声对阿福说道:"你赶紧到李承祖甲必丹府上把李先生请来,要快!"

阿福为难道:"李先生住哪儿我不知道啊!"

陈天鸣气急:"长官都住在行政区一带,嘴长在身上,问一问就知道了!或者你挑最豪华的那座府邸一问,那就八九不离十了!"

阿福匆匆离去，陈天鸣继续与钱大宇交涉，钱大宇却兀自含着雪茄吞云吐雾毫不理会。陈天鸣一心盼着阿福赶紧带着李承祖先生出现，哪知阿福就像被鹰叼走了一般死活不见踪影。等货物搬得差不多了，钱大宇才开口道："看陈老板是个痛快人，我留一千件瓷器给你罢。"他大概是考虑到李承祖的身份，也不想把事做得太绝。

陈天鸣千恩万谢，"钱帮主，不知货款怎么结算？"

钱大宇不耐烦道："你叫上你的账房伙计一起到我商行里清点货物吧，清点完我马上把货款结给你。怎么样，痛快吧？"

陈天鸣内心叫苦不迭，这时阿福气喘吁吁回来，却只是一个人。他附在陈天鸣耳上悄声道："我好不容易找到李先生府里，但门房说李先生出门去了，还未回来。"陈天鸣心中知道大势已去木已成舟，只好和伙计一起到了钱记商行，清点完后，钱大宇让账房给了陈天鸣一张一万五千两的银票。陈天鸣心中不知是啥滋味，原本怕这批货被钱大宇硬抢去血本无归，所幸除却一万两银子的本钱，还能赚回五千两。只是这五千两和想象中的五万两利润相去甚远，更糟糕的是不知该如何向李先生交代。虽说事情起因是钱大宇横插一杠，但自己不能据理力争，导致最后失信于李先生，实在无颜见李先生。陈天鸣头大如斗，昏沉沉回到家中。

沙丽见夫君像霜打的茄子一样无精打采，心知夫君遇上了大事，否则这几年从未见夫君烦恼成这样。问清了缘由，沙丽道："瓷器、茶叶、绸缎都是月港货，你是月港人，这是你的天然优势。你们不是有月港商会吗？多打听几个同乡，以最快的速度联系上货源，再到李先生府上诚恳地说明缘由请罪，想必李先生是通情达理之人，不会太怪罪于你。"

一番话入情入理，陈天鸣心中顿时敞亮起来。自己娘子虽是在山里长大，却头脑清楚，不愧是他陈天鸣的娘子。心中虽喜，脸上却发愁道："你说得倒轻巧，以最快的速度联系上货源，不然你去联系看看？都怪你，我一再跟你说让我回月港看看，我要是早在月港建立稳定的供货渠道，今日怎么会如此狼狈？"

沙丽被夫君一番斥责也不敢吭声，她承认，自己确实有私心。要是准许夫君回一趟月港，就不会有今日的棘手之事罢？安琪儿在眼前跑前跑去，沙丽陷入了沉思。安琪儿都七岁了，她和陈天鸣也变成老夫老妻了，是不是该让夫君回月港看看？八年了，她和夫君两人也算是患难与共在城里闯下了一片天地，难道八年的夫妻恩情敌不过海丫？想来那海丫应该也已嫁作他人妇，谅她也掀不起什么大风大浪。下次夫君要是再提回月港的事，是不是真该让他回去看看了？沙丽天性豪爽，她甚至跃跃欲试想赌一把了。

陈天鸣这几天积极找同乡联络货源，又到甲必丹府上禀明实情告了罪。李承祖果然是通情达理之人，一听是钱大宇所为，李承祖淡淡一笑。这类黑白通吃的大老粗，没必要为了一批货招惹他，一旦招惹缠夹不清更麻烦。尽管有被冒犯的不快，李承祖还是隐忍下了。他不但没有怪罪陈天鸣，反而反过来安抚陈天鸣。他看出来了，陈天鸣这人实诚，是个值得结交的朋友。李承祖还邀请陈天鸣参加了他的私人宴会，宴会上那些浓妆艳抹穿着旗袍的女人，活像一条条搔首弄姿的美女蛇，缠住了陈天鸣的身体，甚至吊在他的脖颈上，勒得他满脸通红。回到家中，陈天鸣将宴会上的情景讲给沙丽听，沙丽听得咯咯笑，吵着以后有机会一定要带她去见识见识那些"妖娆的美女蛇"。

日子虽然过得惬意，但身在异乡的人特别想念家乡。吕宋经常发生排华事件，当地人眼见那么多月港人、泉州人从吕宋赚走了大把大把的银元，便经常寻衅滋事，和外来者发生激烈的流血冲突。当地的土著对华人进行了大规模的屠杀，这一次的屠杀中有两万多人遇难。陈天鸣事先听到风声，带着一家子跑到李承祖的甲必丹府里避了一阵风头，这才幸免于难。待风声过后，陈天鸣回到住处，痛心地发现街上十室九空，很多同乡都被杀害了，空气中弥漫着血腥的气息，绿头苍蝇满街乱飞。

这个事件震惊了大明朝廷，皇帝听后起初暴怒，说："嶷等欺诳朝廷，生衅海外，致二万商民尽膏锋刃，损威辱国，死有余辜，即枭首传示海上。吕宋酋擅杀商民，抚按官议罪以闻。"然而，考虑到国力问题，最终还是毫无举措。最后明朝朝廷对此的态度是："中国四民，商贾最贱，岂以贱民，兴动兵革，弃之无所可惜。"唉，朝廷认为这些跑到吕宋的人都是商人，而商人是不值得朝廷为之动武的。商贾地位轻贱哪！

陈天鸣想回月港，无奈沙丽坚决不让回。女人总是善变的，有一阶段她确实动摇了，心软了，想放天鸣回月港，但真正事到临头，沙丽又怕天鸣留在月港不回吕宋，所以咬定了不松口。

这天陈天鸣在码头茶楼谈生意的时候，他突然发现了眼前刚停泊的一艘船上出现了一个熟悉的身影。陈天鸣抛下客人，几个箭步窜下茶楼，大喊道："长脚！"船上那人乍听到有人喊自己，惊诧地抬起头四处搜寻。四目相对时，两人都惊喜地喊出了对方的名字："长脚！天鸣！"此人是天鸣在月港的邻居，生来高高瘦瘦，因腿极长，故被称为"长脚"。那人热切地拉住陈天鸣："你还活着？我们都以为你死了呢！我当年寄你卖的那些货哪里去了？我真是被你害惨了！你阿母和你大哥日子也真难过，眼见你好几年都不回去，那些寄货卖的老板时不时来追债，都说你昧良心吞了他们的血汗钱。你阿母也是被逼得没法子了：'这家里有什么东西你们能搬的就搬走吧！我家天鸣性命未卜，你们损失的是钱，我失去的是一个儿子啊！'大伙儿七嘴八舌嚷开了：'谁说钱不重要？钱就是命！我那些货就是我全部的身家性命，把家里的全部积蓄都投进去了，现在家里穷得揭不开锅，我娘子又哭又闹不跟我过了呢！'另一个说：'我更惨！我是借钱买的货！还以为想沾光发笔横财，没想到现在被债主天天追债！他们放出话来了，说要卸掉我的大腿！我能怎么办？我要是真被卸了大腿，我就上你们家吃饭！'"长脚滔滔不绝说着，陈天鸣想象着阿母被一大群人唾沫横飞围攻的情形，禁不住一阵阵心酸。

"你们放心！所有的货款都一定会赔给你们的！说来话长，那条船被海盗劫了，我和阿福命大活了下来，咱们好好喝一杯！"陈天鸣将长脚迎上茶楼，重新叫了酒菜。今天真是老天爷开眼！自从他搬到城里,每天黄昏他都要到码头走一走,希望能够遇上从月港来的故人,好向他打探一下家乡的消息,无奈上天捉弄人,总是不遂人愿。这下可好了!陈天鸣大致讲了八年前遭遇海盗打劫的红过,举起酒杯诚恳地向长脚赔罪:"你们那些货我一定会照价赔偿的。"这些年来,陈天鸣一直在寻找那个打劫货船的海盗,可惜没看清他的真面目,码头上来来往往的人没一个跟那海盗神似的。虽然蒙着脸,但陈天鸣相信,只要再看到那个海盗,他一定会凭着气息与感觉一眼把他认出来。

长脚有些不好意思:"那些货都被海盗抢走了,我怎么能叫你赔呢?"

陈天鸣慨然道:"货是在我手上丢的,我对不起你们,当然得赔。我先问你,海丫怎么样了?"

"海丫啊?前几年她日子可难咧,还没成亲就生了个大胖小子。月港人都骂她败坏门风,骂那孩子是野种。"

陈天鸣神色黯然:"那是我的孩子。"

长脚有些尴尬:"我知道,海丫满村里说,这孩子不是野种,是陈天鸣的。你去了这么久没回来,海丫过的简直是寡妇的日子。你知道,寡妇门前是非多,晚上总有人去推海丫的门……"

陈天鸣怒了:"都有谁?我回去宰了他们。"

长脚吞吞吐吐:"你劝你干脆别回去了。"

"为什么?"陈天鸣吃惊地瞪大了眼。长脚欲言又止,陈天鸣催促道:"怎么了?你倒是说呀!"

"海丫嫁人了!"

"嫁人了?"陈天鸣犹如兜头被泼了一盆冷水,整个人像霜打的蔫瓜。海丫嫁给谁了?他的儿子喊谁叫爹?满肚子的酸醋又苦又涩,明知海丫很难,理智上也希望她改嫁,过上好日子,可是一旦得知她真的改嫁了,心里怎么这样难过呢?不行,他不愿意他的孩子喊别人爹,他要把儿子要回来。陈天鸣抬起无神的双眼:"长脚,你们的船什么时候回去?我要跟着你们的船回去。你明天先到我屋里来,我把当年的货钱给你。"陈天鸣早就盘算好了,他这几年挣的钱,除了扣掉赔偿给别人的货款,还略有盈余,今天即使没有遇到长脚,他也是准备回月港去的。

　　长脚又道:"还有一件事你知不知道？"

　　陈天鸣呆呆道:"什么事？"

　　"你阿母生病过世了你知道吗？"

　　"我娘死了？"陈天鸣像闷头被敲了一棍,他刚才只顾询问海丫的情况,竟然忘了阿母了！他是个不孝子！想到娘去世时他不在身边,阿母有多绝望多凄凉！豆大的泪珠滴在桌子上。不行,这次他一定要回月港看看！给阿母坟头除除草,给她老人家上一炷香！陈天鸣的耳边突然响起阿母的歌声:"太武山流动着滋润我的甘泉……"陈天鸣突然泪如泉涌。不行,一定要回月港见阿母！哪怕是在坟前！

　　那长脚欢天喜地回船上去了。八年前听说陈天鸣的船沉了,他自认倒霉,以为那笔货款再也要不回来了,没想到今天天上突然掉下个馅饼,真是美事。

　　接下来的几天,陈天鸣异常忙碌。沙丽有些不安,她声音颤颤地问夫君:"天鸣哥,你这几天来这么费心,凡事亲力亲为、细致谋划、反复叮嘱,对孩子亲热得过于反常,难道要离开这里？"陈天鸣沉默了一会儿,不知该如何作答,他知道,要是提出回乡,沙丽肯定一万个反对。他还没拿定主意,是要悄悄地潜回家乡呢,还是征得沙丽的同意。看着沙丽那狐疑的目光,陈天鸣道:"没有啊。"

　　沙丽松了一口气,"我一直担心害怕咧,这就好啊,我的夫君。"然而沙丽终究还是有些惶惑,她依偎进夫君的怀里。男人是女人的天,强健如沙丽也不例外,她紧紧依偎在夫君怀里,仿佛一松开夫君就会消失得无影无踪似的。陈天鸣感受到娘子对自己的依恋,心中酸涩不已。

　　三天后,待所有生意事项交代清楚,陈天鸣回到家里,开箱拿银票。安琪儿跳进阿爸怀里,奶声奶气问道:"阿爸,这是什么呀！"沙丽不知所以,笑问道:"明天有大买卖吗？"陈天鸣指着椅子道:"你坐下,我跟你商量点事。"

　　沙丽忐忑不安地坐下,期待他快点说话。

　　"三天后我要回月港。"

"什么？"沙丽噌的一下从椅子上站起来，"我不让你回去！"最担心最害怕的事终于发生了。

陈天鸣闷声道："我娘死了。我总得回去给我娘上一炷香吧？"

这下沙丽不敢再反对了。如果再反对，她就太不通情理了。

陈天鸣柔声道："我知道你担心我不回来，你放心好了，我一定会回来的。"沙丽冷笑："谁相信你的鬼话？你们男人都是负心汉……"陈天鸣沉默良久，低声道："海丫已经嫁人了……"沙丽听了眉眼瞬间放晴："嫁人了！太好了！嫁给谁？"见夫君一眼郁闷的脸色，沙丽连忙收敛起笑容，劝道："你别怪她，一个女人过日子太不容易了。你看，你不也娶亲了吗？人都是要往前走的，大家都不容易。"陈天鸣双目无神："是啊，我也娶亲了，我怪她嫁了人，她大概也怪我娶亲了吧……"

沙丽帮他收拾行装："你回去看看吧！毕竟那儿是生你养你的地方。只不过你要答应我，一定要快点回来！"陈天鸣拿着银票准备去兑换银元，沙丽突然从背后搂住他的腰，头抵在他背上："我要跟你一起回去！我要看着你，要是你一个人回去，我真怕你一辈子不回来了！那我和安琪儿怎么办？"

陈天鸣温柔地握住妻子的手："这不现实啊！你要是和我一起走，谁来照顾安琪儿？要是安琪儿也一起走，海上大风大浪，我不能让安琪儿和你冒这个险。再说了，月港话你听不懂，你也吃不惯那里的饮食，你还是放心在这里照顾安琪儿吧，我跟你保证，我一定会回来的！"沙丽怏怏不乐地松了手。

兑换完银元，一切准备停当，夜已经深了，沙丽千叮咛万嘱咐，终于累了，睡了。陈天鸣却睡不着。回想自己白天对沙丽说的话，他知道自己是有私心的，他不愿意带沙丽回月港，是因为不想让海丫看到自己娶了一个番婆，不想让海丫伤心。他以前拍着胸脯信誓旦旦要让海丫过上好日子，他做到了没有？没有。他食言了。他惭愧啊。他对不起海丫。

第六章　海丫改嫁

儿子的出生带给海丫无数的欢乐。看到儿子，就像看到陈天鸣一样。每次干完活回到李婶家，把断奶不久的儿子从李婶家接回来，儿子就欢叫着扑到她怀里。

这天干完活到李婶家，阿念坐在门槛上等阿母。这道高高的木门槛，是防止鸡鸭跑进屋里，阿念喜欢骑坐在门槛上看过往的人。李婶招呼道："干完活啦！入来食一杯茶。"

海丫抱起儿子，腾出一只手将一个铜钱塞到李婶手里："谢谢李婶！幸亏有你帮我看孩子，不然我都没法出去干活，我们娘儿俩只好饿死啦！"

李婶笑道："你太客气啦！你一个女人家的，很不容易呀！你家天鸣什么时候回来呀？"说着递给海丫一碗茶。海丫的眼神黯淡了一下，敷衍道："快啦！快啦！天鸣哥答应过我，他赚了钱一定会回来的。"海丫抱着儿子逃也似的离开了李婶家。想着天鸣哥一晃几年没有音信，他到底是葬身海底了，还是在吕宋赚了大钱娶妻生子做了负心汉，到底情况如何都不知晓。想到这里，海丫的眼泪禁不住流了下来。儿子见状，用他那粉嫩嫩胖嘟嘟的小手帮她擦眼泪："娘，你别哭，阿爹不在，等我长大了我来养你、保护你。来，你坐到板凳上，我来帮你揉揉背。"听到儿子懂事的话语，海丫心中一酸，真想号啕大哭一场。可是，她不能在儿子面前暴露出自己的软弱，她强迫自己破涕为笑："我们家阿念真懂事呀！"儿子的手小小的，力气也小小的，捏在她背上痒痒的,像只蚂蚁爬来爬去,海丫被挠得笑起来。儿子一听这笑声更来劲儿,使出吃奶的力气揉啊捏啊搓啊,海丫所有的疲惫一扫而空。每次收工回来与儿子相处的时候是她一天当中最快乐的时光。另一个快乐时光是,没有活做的时候,她就带着儿子到容川码头看船,等候天鸣哥的归来。

海上雾气隐隐约约,海丫抱着孩子,指着大海那边对孩子说:"阿念,你爹就在海那边,那里的日子比咱们这边好多了,咱们慢慢等,总有一天你爹会乘着大船回来接我们……"阿念嘟起小嘴:"我阿爹肯定不要你了!他也不要我了!不然他怎么这么多年都不回来接我们?"

海丫生气了,瞪圆眼睛:"胡说!你阿爹一定会回来接我们的!"

阿念倔强地一梗脖子:"我没有胡说!是你自己一直在骗自己!"

海丫控制不住自己,一巴掌打过去:"你这个死孩子怎么乱说话,你阿爹对我发过誓一定会回来接我的!"

阿念从未挨过打,"哇"的一声哭起来:"我没有胡说!乡亲们都这么说!都说我是没有爹的野孩子!阿爹要回来早就回来了,干吗到现在还没回来?要么就是死在海上了,要么就是娶了番婆了!"阿念一直没有告诉阿母,豆巷、帆巷上的人经常戏弄他。

"你爹是谁?"村里的闲汉每次逗弄陈念都这么开头。

"我爹叫陈天鸣。"陈念大声喊。

"哦,陈天鸣?他在哪里呢?"闲汉一阵哄笑,"你娘没有明媒正娶就生下你这野孩子。"

陈念涨红了脸,"我爹在吕宋!我娘说我爹要挣很多银子回家。"

"你别做梦了!陈天鸣早就到海里喂鱼去了!"一个闲汉凑近陈念:"你喊我一声爹,我给你糖吃。"

陈念怒了:"我喊你一声狗屁!"说着一头朝闲汉撞去。

那闲汉恼羞成怒,挥起老拳。陈念毕竟是孩子,打不过那闲汉,吃了闲汉数十拳,但那闲汉也被陈念结结实实咬了一大口,手上一排清晰的牙印。

回到家里,陈念一头扑到床上撕心裂肺地痛哭起来,哭声在小屋子里久久回荡。等到哭累了，他擤去鼻涕，用沾满黄泥的袖口擦去泪水。

海丫红了眼圈，心像针扎一样。出洋人命苦，如果遇到台风或海盗，不幸落进海里就成了鲨鱼嘴里的口食，大海里不知飘着多少孤魂苦主。月港有一间专门的石头小屋作为从海里捞上的无名死尸的安身之所，逢年过节时，老百姓都会来给这些陌生的苦难人上一炷香，供点饭菜。天鸣哥啊天鸣哥，你到底在哪里？海丫好几次在码头看到几个类似陈天鸣的背影，但都不是天鸣哥。他已经从月港消失了，空气里嗅不到他一丝丝的气味。

一晃好几年过去了，海丫每个月初二都要烧金纸，祈求菩萨保佑陈天鸣平安归来。以前，她幻想天鸣哥有了大出息，驮着大锭大锭的金子回来，现在她不要什么金子了，只要天鸣哥平安回来就好，只要人在，什么都可以舍弃；只要人在，活着就有盼头。可这样不明不白的，不知是死是活，真让人难受、揪心！每次往炉里抛掷金纸的时候，燃烧起来的金纸带着点点火光在风中翻飞，像许多许多蝴蝶，在空中浮浮沉沉，最后变成很轻的灰，慢慢降落到地上。

孤儿寡母的日子不好过。海边的夜晚显得如此狰狞。豆大的煤油灯火将海丫的身影曲折地投放在土坯壁上，扁平而巨大。随着海丫身体的起伏及穿针引线的手的上下起伏，那壁上的投影在阿念眼里耸动如鬼魅。阿念爬到母亲怀抱里，嘴里嚷道："阿母，我怕。"海丫腾出一只手将儿子搂在怀里道："乖，再等一会儿阿母就好了。不然你先去睡？"

阿念摇摇头："我怕。我一个人不敢睡。阿母我等你，你快一点啊。"

海丫眼眶一热，放下针线活："算了，阿母不做了，现在就睡吧。"搂着小小的人儿，海丫想，幸亏有这小人儿，不然这苦日子该怎么熬啊。

每次一想到天鸣哥海丫心里就沉重无比，她叹了口气，掏钱买了串糖葫芦。糖葫芦却没有堵住阿念的嘴，阿念还是哭哭啼啼的。海丫牵着哭哭啼啼的阿念往回走，一群聚在鱼尸上的苍蝇轰的飞散，却又恋恋不舍地在空中盘旋。阿念突然一甩手，对海丫说："你先回去吧。"阿念小小年纪，却越来越有主见了。海丫瞪了儿子一眼，却又拿儿子没办法，只好道："那我先回去了，你别乱跑啊，赶紧回家。阿母做好吃的等你回来。"等海丫渐渐走远，阿念仍一个人兀立在码头石埕上，苍蝇又一一降落，密聚在浓郁的鱼腥的尸味上。阿念呆呆地听着云雀啾啾的叫声，那些云雀从贴近海面的高度一直往上蹿升，直望得人脖子疼。那小成一个黑点的云雀的身体忽然如一颗石头，直接下坠。"哎呀！"阿念担心地惊叫起来，云雀却又恶作剧般地忽然展开翅膀，离开了海面，继续向上飞去。这些云雀，是用特技一般的飞旋和勇敢的坠落来展示自己的吧！

　　一圈圆圆红红的落日，像一枚哭得红肿的眼睛。许多诡异的紫、红、蓝、灰，在金色的扎眼刺眼的光线里，交替，变幻，闪烁。码头上各处都闻嗅得到鱼腥味，许多刚刚被捞上来的一网一网的巴浪鱼、丁香鱼，成片成堆暴晒在石条上。然后天就慢慢黑下来了。阿念看着一艘一艘远远的渔船，一点一点渔船上的灯火，有一种说不出的惆怅："我什么时候才能长大呢？我要是长大了，我就要出海去找我阿爹。"他褪去短裤，准备到海里游一会儿，喃喃自语道："阿爹到底有没有被海盗杀死呢，还是阿爹已经沉到海底很多年？"他对浅滩中的礁石布局都太了解了，完全像一条自由无阻的鱼，可以通行在众多布满牡蛎壳的礁石间，不会被剐伤。他从俯泳改为仰泳，漂浮在水上，月光和水光在身体之间流动，轻轻拨水的手和轻轻踢动的脚，使微微的水波在四肢间波动，他像浮在月光上的一条鱼，梦想着飞到天上去，在众多星辰里找到属于自己的那一颗。他爬上一处比较平坦的礁石，白日艳阳晒过的燥热褪去之后，空气中有一种安静的沁凉，好像从井里掏出的冰镇的凉茶。阿念天生喜欢海，他想象海底鱼的眼睛丝缎般闪亮，鱼鳞犹如透明，金银宝石的光交相辉映，鲜艳的珊瑚，黄绿的水草，闪烁着珍珠光芒的贝壳，那是一个让人心荡神驰的美丽世界。

　　日子就这样一天天在希望和失望交织中滑行。忘掉悲伤的最好办法就是不停地劳作，把自己累成猪狗，直到麻木。"落雨了，阿念，快把衣服收起来。"海丫忙着去收晒在埕里的番薯签。等她收完番薯签，阿念已经把收回来的衣服叠好了，海丫喜道："阿念，你真是懂事了，能帮阿母做事了！"她伸出手去摸儿子的头，阿念却将头一偏，躲开了。海丫的手落在半空，讪讪地收回来，哎，儿子现在竟然与自己隔了一层心事了。她知道儿子经常跑到码头上看海。

海丫闷着一张脸，坐在镜子前梳头，慢慢梳理着那头黑色如丝缎一般发亮的长发。她一直梳着梳着，好像要梳到地老天荒。不经意间，她发现了一根白发，她缓缓地将白发扯了下来，置于掌心，目不转睛看了许久，突然悲从中来："天鸣哥，你这负心贼哟！你为什么还不回来？"她将脸埋到掌心里，呜呜咽咽哭了起来。此时，突然有一阵脚步声传来，海丫慌忙将眼泪擦了擦，抬起头来，竟然是张恨天带着阿念回来了。这张恨天是龙溪人，前几年出海一趟发了大财，回来后落户月港，在县衙里谋得了一个闲差。海丫勉强朝张恨天挤出一丝笑容。张恨天看着海丫红红的眼睛，笑道："我说今天你们娘俩这是怎么啦！阿念跑到我那儿的时候，也是哭哭啼啼的。"

海丫掩饰道："没什么，就是今天鱼捕得少些，我们娘俩拌了一回嘴。"

阿念抢白道："阿母你骗人！我说阿爸再也回不来了，你就打我一巴掌！我说的是真话嘛！你还打人！"

海丫的眼泪又忍不住了，她躲回厢房里。张恨天道："阿念，你先去烧点晚饭。"把阿念支到厨房里后，张恨天走进厢房里，海丫赶紧拿手帕擦眼泪。张恨天捡了一只条凳坐下："其实阿念说的是真话，这么多年了，天鸣要回来早就回来了。我看天鸣是不会回来了。"海丫还是低着头不吭声。张恨天站起来，在屋里踱了一会儿，突然走到海丫身边，把手放到海丫肩膀上："嫁给我吧！"

海丫吃了一惊，想站起来，却被张恨天摁着肩膀起不来，她冷着脸道："你把手拿开。"空气静极了，过了一会儿，张恨天讪讪地把手挪开。海丫低垂着眼睛："我答应过天鸣哥，我会等他一辈子。"

张恨天跺脚道："你太傻了！你怎么会这么傻呢？你们娘俩过得这样难，跟着我，不要说吃喝不发愁，身边有个男人在，别人也不至于欺负你们娘俩！我听说你卖鱼的时候，邻摊的阿昌老是对你动手动脚……"

海丫凛然道:"那阿昌要是再敢犯浑,我让他死得很难看!"

张恨天道:"你别硬撑了,你自己受苦不要紧,你看看阿念也跟着你受苦!正在长身体的时候,却瘦得竹竿似的,说句你不爱听的话,你看他那手,瘦得像鸟爪子似的,那天还晕倒在码头边,还是我把他扶起来的!"

海丫吃惊地站起来:"真的?阿念怎么没有跟我说?"海丫一阵心疼,她太亏欠这个孩子了。张恨天的眼神里满是怜惜:"这孩子懂事得很,他不但自己不跟你说,还不让我跟你说……"

这时,阿念隔着门帘大声道:"阿母,我喜欢恨天叔,我要让恨天叔当我阿爸!"海丫的脸腾地涨得飞红,骂道:"小孩子家家,别乱说话!"

张恨天坚持天天来看海丫,每次来都会带来新鲜的海鲜和美味的糕点。把礼物放下,他就忙前忙后帮海丫干活,实在没活可干了,他就看海丫在油灯下织锦。海丫灵巧地纺织着锦缎,手指忙碌地在纺机上穿梭着,那手指非常灵活,非常柔软,像一种无声的语言。张恨天看得痴了,情不自禁地上前一把抓住海丫的手,说了一句天天重复的话:"嫁给我吧!"

这一次,海丫没有摇头。她想过很久很久,这几天,她久久地在容川码头边徘徊。自己固然可以过着清苦的日子来等待天鸣哥,却不能耽误了阿念的身体,更不能耽误了阿念的前程。张恨天大喜过望,海丫虽然没有点头,但她没有摇头,他就当她是默许了:"那我请人找个黄道吉日,咱们马上成亲!"

张恨天心急,道长说本月有三个黄道吉日,初八就是个难得的好日子,张恨天只怕夜长梦多,到时海丫又反悔,便急切地将日子定在这天,急令手下人操办成亲用的各种物品,包括准备聘礼、赶制新人的衣裳、布置府宅等,将府上的人忙得人仰马翻。

十一月初八是个大晴天。太阳一大早就升起来了,把整个张府照耀得金碧辉煌。张恨天的府第是闽南风格与西式洋楼的混融,有着睥睨月港的豪气。这座招摇的府第，诱引着渔民在梦中将船起碇向远方，尔后载回白花花的白银，再将白银变成阔气的宅子，在村人羡慕的目光中慢悠悠地喝茶。这天张府到处张贴着鲜艳夺目的大红喜字，宾客如云，人声鼎沸，每个人都穿上了最得体最漂亮的衣裳。张恨天容光焕发，胸前挂着红绸缎结成的大红花，戴着一顶崭新的黑毡帽，骑在一匹高头大马上前往海丫家迎亲。在娶亲行列的前头，走着全月港最著名的迎亲班子。两面鼓上飘着长长的绸条，挂着用珠子和贝壳做的装饰；两支铜管在太阳晃动的亮光下闪出一道一道的金光，连马儿身上都十分别致地装饰着深黄色的穗子。到了海丫家，喜婆慌慌张张地迎了出来，附在张恨天耳朵边悄声道："新娘子不见了！"张恨天脸色骤然一变，从前一晚开始，他最担心的就是海丫临时反悔，一会儿又担心陈天鸣突然冒出来把海丫抢走，只恨不得吉时早点到，只要把海丫迎到洞房里，那海丫这辈子就是他的女人，再也逃不脱了。没想到最担心的事情还是发生了，要是找不到海丫，那他在月港丢人就丢大了。他强行克制着心中的怒气，压低声音问："周围都找过了吗？"

"都找过了。"喜婆慌得六神无主，没想到海丫在成亲之前来这么一出，要是惹怒了张老爷，那她不仅得不到赏钱，恐怕连工钱都得泡汤。

张恨天背负着手在院子里踱了几个来回，说道："各位先在这里喝喝茶，休息休息。"一边招呼喜婆和一群帮佣的女人分发喜糖、盛卤面、夹五香和炸丸子，然后以最快的速度赶到了容川码头。果不其然，一个纤弱的身影孤独地站在码头边，正痴痴地往海那边眺望。蔚蓝色的大海日复一日地拍打着小岛边的礁石，发出永恒的哗哗声，涌起的浪花像一条银光闪闪的花边。张恨天长长地舒了一口气。还好，还好，人在就好。张恨天缓步走到她身后，轻声叫了声："海丫。"海丫听到声音转过身，恍如在梦中，喃喃道："天鸣哥再也回不来了。"

张恨天心中妒忌得流血，但在大喜的日子里又不便发火，他不想把自己的好日子搞砸，他搂过海丫的肩膀："是的，陈天鸣再也不会回来了。海丫，吉时快到了，赶紧回家换喜服吧。"

"吉时快到了？"海丫抬起眼看张恨天，眼睛里是盈盈泪光。

张恨天拿出帕子帮海丫把泪擦干:"是的,吉时快到了,跟我回去吧。今天是咱们大喜的日子,你要高兴一点。"

海丫像梦游般被张恨天带回家,喜婆以最快的速度帮她穿上大红喜服,化了妆。吹吹打打中,喜婆高声喊:"吉时到,启轿。"海丫木头一般坐在新娘轿中,身上穿着红棉袄,下边是青缎子棉裤,脚上穿着新的红缎子绣花鞋子,头上戴朵红绒花,张恨天骑着高头大马跟在后面,后面八个吹鼓手鼓着腮帮子吹得起劲,四个老爷子和两个媒人。马的笼头上及车老板的大鞭上,都挂着红布条子。沿途挤满了看热闹的月港人,张恨天一路含笑拱手作揖致意。总算顺利回到了张府,要拜堂了,海丫频频向门外张望,她真希望天鸣哥能奇迹般从天而降,但是奇迹没有发生。唢呐声吵得她头晕,她的脸色苍白,只不过被浓浓的胭脂遮盖住了。

拜过天地,喜婆催促着张恨天揭新娘的盖头。张恨天抽出喜秤,他的手微微地抖着,他踌躇了一下,美梦终于成真,他简直不敢相信,几乎想掐一掐自己是不是在做梦。他鼓起勇气把新娘头上那张盖头帕一挑,把它搭在床沿上。一阵粉香往他的鼻端扑来。他抬起眼睛偷偷地看了海丫一眼,一颗心怦怦跳着,眼前是摇晃的亮晶晶的珠串和一张他日思夜想的粉脸。终于抱得美人归。张恨天望着海丫的粉脸痴笑:他终于娶到月港这第一美人了!谁不知这美人长得俊,还心灵手巧,她绣的漳缎无人能及!

第七章　广开海禁

陈天鸣终于登上了回家乡的货船，因为他听到一个让人欢欣鼓舞的大好消息：大明朝放开海禁了！

1567年，朝廷发生了一桩大事，嘉靖皇帝驾崩了，隆庆皇帝继位。新皇帝登基都要大赦天下，月港人并不知道，此时遥远的紫禁城里正在发生一场激烈的辩论，而这场辩论直接关系到他们的生计。大臣奏报隆庆皇帝："陛下，月港开禁方便管理和防范。月港是内河港口，出海口在厦门，因此管理月港只需在厦门设立验船处，就可以对进出口的商船进行监督，这样就不会出现隐匿宝货、脱漏饷税的现象。而且，当厦门出现倭患海寇的警报，停泊在月港的商船可以及时转移并采取防范措施。"

福建巡抚都御史涂泽民站在一旁倾听，斟酌着如何开口。他在福建任职已有三四年，这是一个身材壮实的中年汉子，脸上皮肤被海风吹得黝黑。涂御史长期耳闻目睹月港乡民生活的困苦，请开海禁的想法在他脑中盘桓已久。况且，前任浙江巡抚朱纨的前车之鉴至今令他心有余悸。朱纨这个冤死鬼之前兼管福建海道，提督军务。朱纨一到任便下令严"海禁"，革渡船，严保甲，搜捕奸民，获交通诸番者，不俟命辄斩，而当时很多地方官员或多或少都参与了海外贸易，这些被损坏了利益的官员开始绞尽脑汁，通过在朝的同乡官员弹劾朱纨。闽籍御史周亮、浙籍御史陈九德相继上书弹劾朱纨，抓住当时朱纨在走马溪生擒贼首李光头等46人，不待朝廷命令便将他们以倭寇罪全部处死之事，弹劾朱纨"举措乖方，专杀启衅"，请治其罪，迫使朱纨免职。涂泽民其实很为朱纨惋惜，朱纨对朝廷的一片忠心天地可鉴，可惜他只是一味愚忠，不懂变通，没有看清沿海形势之变化。朱纨擅自杀人其实情有可原，贼寇凶残，夜长梦多，今日吾不杀汝，明日汝必杀吾，况且越狱的贼寇有多起先例，所以朱纨快刀斩乱麻，将李光头等人全部处死也是不得已而为之。可叹他对朝廷的一片忠心全部付之东流，赴汤蹈火为朝廷效力却被革职，原本身为封疆大吏何等风光，全族上下都夸他光宗耀祖，如今皇上一道圣旨将他免职，闲坐家中只觉日月无光天地一片昏暗，越想越郁结于心，索性自己了结了性命。兔死狐悲，涂泽民一方面谨记朱纨的教训，一方面希望自己能够为民请命。

他已联合几个同窗向圣上进言请开海禁，不过他知道这事难度很大。大明朝禁海多年，突然要改变习惯做法，朝着原先完全相反的方向走，事关海防安危，恐怕不容易。不过，请开海禁是利国利民的大好事，关系到全月港的子孙后代，老百姓谁愿意过这种偷偷摸摸的日子？这种提心吊胆的日子老百姓早就受够了。谁不愿意光明正大地出洋贩运？如果朝廷能够想百姓之所想，急百姓之所急，那真是百姓的福音。为了月港人的生计，涂泽民愿意放手一搏。他站出队列，举着笏板对着隆庆皇帝恭敬地鞠了一躬："皇上，微臣认为，市通，则寇转而为商；市禁，则商转而为寇。禁商犹易，禁寇实难。开港互市实为消除倭患的根本途径，开海具有弭盗、安民、固防、增税诸多好处，请皇上三思。"隆庆皇帝听了微微领首："此言有理。"另一个顽固的海禁派马上跳了出来："皇上，万万不可。开海实为贪念一时之利，一旦开市，无禁无阻，有违祖宗成宪。倭寇犹如洪水猛兽，要是海禁一开，倭寇肆无忌惮长驱直入，我天朝沿海非大乱不可。"隆庆皇帝听了眉头一皱，此言极为在理，万一放开了，形势大乱，谁来收拾这个残局？到时即使砍了涂泽民的脑袋也于事无补。开海禁一事还是得慎重考虑。

明朝嘉靖年间的所谓"倭患"，乃嘉靖二十六年最早暴发。浙江巡抚兼任福建等处海道的朱纨下令剿捕海盗，严禁通番，并催使近海居民通盗者互相告发。吃"走私饭"已成习惯的地方豪民汹汹而起，吃里爬外，纷纷与葡萄牙人勾结，上岸杀人放火，地方官不知实情，上报说是"倭寇"入侵，其实最早的盗贼并不是真正的日本人，反而是由海而至的葡萄牙人。这些人在闽浙大掠，与日本浪人及中国海盗王直、徐惟学等人大肆勾结，在嘉靖十九年就已经把宁波附近的双屿港当作大本营，四处出击，杀人越货。

特别可恨的是，葡萄牙人在放火烧杀抢劫财货之外，他们比倭寇更可恶，经常大量俘掠平民，转送海上贩卖作奴隶，平民一旦被转卖为奴，那便是堕入苦海，永世不得翻身。嘉靖二十七年，盘踞双屿岛的葡萄牙人、日本浪人、中国海盗的据点被明军攻克，这伙贼人暂时退出浙江，逃往福建的浯州屿重新集结，转至福建烧杀抢夺兴风作浪，不久便发生了在诏安附近的走马溪之战。

走马溪位于诏安县东南，里面有一个避风港，名曰东澳，大批走私海盗船常在此聚集，被称为"贼澳"。嘉靖二十八年正月二十六，明军从走马溪发兵船，进剿这批海盗。葡萄牙等盗贼先是持鸟铳上山阻击，被明朝伏兵打下山，狼狈地逃回船上。将军卢镗亲自擂鼓督阵，指挥水军进攻，包围了七只敌船。经过激烈战斗，生擒佛郎机国王三名、倭王一名以及其余"黑番鬼"等人共四十六名。在明朝人的眼中，这些人俱是黑白异形，身材长大。可见，除葡萄牙白人外，其中还有充当他们奴隶打仗的黑人俘虏。明朝人当时很少见黑人，看见这样的人种，自然视为异形"黑番鬼"。但所谓的"佛郎机国王"和"倭王"，不过是海盗高级头目。同时，被杀海盗中还有十余名中国人。

基于种种触目惊心的倭患，因此朝廷中顽固的海禁派不在少数。

涂泽民反驳道："皇上，切切不可因噎废食。夫夷寇之为滨海者，非倭夷敢自犯中华，乃中国自为寇者。昔日大禹治水也采取疏导为止。凡事越堵越塞，最终只能溃堤泛滥。倘若一直采取严厉的海禁和残酷的刑罚，海商为求生存，不得不武装起来，组织成走私集团，以对抗官兵的追捕和残杀，如此下去只能两败俱伤。不如因势利导，否则民生艰难，民不畏死，官府又能奈其何？"

海禁派和请开海禁派势均力敌，一时之间朝廷之上议论纷纷，众人七嘴八舌，犹如一锅煮沸的粥。涂泽民的门生支持老师："皇上，闽南乡民轻生死而安波涛，民意不可违，还望皇上三思。先朝皇帝实行多年海禁，大家都看在眼里，那是劳民伤财，徒劳无功，倭寇猖獗，实为我天朝心腹大患，要是能变寇为民，那岂不是成为今后千古一段美谈？"

这时三王爷反驳道："变寇为民？说得轻巧！寇就是寇，匪性难改，几十年的追剿都不能灭绝倭寇，怎可奢望凭个海禁政策就能变寇为民？"因为自恃和皇上是亲戚关系，三王爷自然可以不像别人那样出于敬畏而缄口不言，他的海禁观点根深蒂固，故而语气很冲。而朝堂上各位大臣见状，便一个个都盯着皇上，也不跟风进言，只看皇上如何反应。

隆庆皇帝咳嗽了一声，乱哄哄的朝堂霎时安静下来。隆庆皇帝道："各位爱卿说得都有道理。为慎重起见，今日且先退朝，我和尚书阁几位元老再议议，过几日方公布决议。"

众朝臣鱼贯而出。回到府上，涂泽民忧心忡忡："也不知几天后皇上会不会开海禁？"他的侍妾娇声道："老爷，你好好休息一下吧。你看，为了朝廷的事，你都几夜不曾睡过囫囵觉了，反正你已尽力，就耐心等候皇上的决定吧。"

涂泽民本已宽衣躺下，突然霍地从床上爬起来。爱妾惊问："老爷，这么晚了，你要上哪儿去？"

涂泽民道："快帮我更衣。我不能这样坐等消息。我要到陈尚书府上走一趟，争取他的支持，皇上很信任他，他说的话有分量。要是能促成开海，我也算是为闽南百姓做了一件功德。"

侍妾还要阻拦："这么晚了，外面还下着雪，雪天路滑，万一路上摔跤了那可如何是好？明早再去吧。"

涂泽民眼睛一瞪："啰唆什么？皇上明早就要找陈尚书他们议事，明天早上去找陈尚书哪还来得及？"

这侍妾平日被娇宠惯了，从未受过这般呵斥，不敢再言语，只好忍了委屈帮老爷更衣。侍妾听得抬老爷轿子的脚夫脚步声渐渐远去，自己披了寒衣守在油灯前苦等。直到四更才盼得老爷回来，只见老爷脸上几道擦伤，侍妾惊叫起来："怎么啦？"一边拿了茶油来擦。涂泽民摆摆手："不碍事，雪天路滑，摔了一跤而已。"侍妾心疼埋怨道："叫你明天早上再去，你偏不听。"涂泽民却喜滋滋道："这一跤摔得值。陈尚书见我雪天来访，又见我脸上因摔跤擦伤，被我诚意感动，他答应我在皇上面前力陈开海的好处。"

过了几日，朝廷正式颁布了开海令，但不是全盘放开，因为倭寇过于猖獗，朝廷严令商船不准到日本贸易。月港人奔走相告：这下可好了，再也不用躲躲藏藏了，从今以后可以光明正大出洋贸易了！月港人敲锣打鼓给涂巡抚送来了一块牌匾。虽然还是不能到日本贸易，但月港人还是享受了25年的好时光。他们对着北方三叩首，感激朝廷的恩泽。要知道，海禁政策由来已久，开海违反祖制，不知要积攒多少的勇气、经过多少的思虑才能做出这样大胆的决定！月港的鞭炮燃放了三天三夜，红红的纸屑在地上堆了厚厚一层。人人奔走相庆，皇恩浩荡，只要朝廷能想着老百姓，世道太平，他们就有盼头过上好日子。唯有阿土的老娘大哭："阿土，你死得好冤啊，怪只怪你没福分，没能等到这一天！"

第八章　海客归乡

站在船头，陈天鸣只恨船只开得太慢，他恨不得插上翅膀马上飞回月港。在此之前，他已委托长脚先行回月港帮他置办新宅子。和他同行的还有一个洋人：约翰。约翰对陈天鸣的家乡月港产生了极大的兴趣，他缠着陈天鸣带他回月港看看。这月港到底是怎样一个神奇的地方，能够产出那样精美的瓷器以及那样华丽的丝绸？他准备到月港实地考察一番，写一本《月港游记》，详细记述一下月港的风土人情。约翰划着十字道："我们出洋并不仅仅为了经商，热风吹拂着我们的心，为了将上帝的旨意传向四面八方，我们踏上了通向海洋另一边的金色旅程。"在岸边，约翰用双掌摸摸浮动的海流，念道："你们认识主吧，海洋。"又对着船儿祝福："愿我和你永远是海神的儿子，在海上逞英雄。"陈天鸣不知道约翰喃喃自语些什么，但他明白，约翰是在祈祷。

到了厦门港，海天相接处，一轮红日跳了出来，近得仿佛一伸手就可以把那串明亮灿烂摘下。陈天鸣的眼睛被晃得睁不开了，一道奇异的光晕在氤氲的水里颤动飘摇。陈天鸣的心越跳越快，两岸的景色越来越熟悉，真有种近乡情更怯的感受了。近了，近了，终于到月港了。这里外通海潮，内接山涧，一水中堑，环绕如偃月，多年不见，陈天鸣悲喜交集。岸上热闹非凡，放眼看去，有布行、米行、冰糖行、药材行、铸鼎行等，比起他当年离开的时候热闹多了。转眼容川码头就在眼前，陈天鸣站在甲板上，他身着崭新的长衫，挥着纱帽朝岸上的人招手，一副富贵派头。岸上的人欢呼起来，唢呐喧闹起来，锣鼓震天。长脚很会来事，雇了一帮人到码头吹吹打打迎接他。风声也早已放出去了，当年委托他卖货的人，都可以到他家把当年的货款领回，还加上八年的利息。于是人群便蜂拥而至，一帮人中有陈天鸣的远亲，也有当年的债主。有一个人，悄悄地隐匿在巷子里，她，就是海丫。看着陈天鸣被一帮人拥着坐上轿子，海丫的泪水无言地淌了下来。她无颜见陈天鸣，她没有守住，她嫁了人——她呆呆地看着陈天鸣的轿子远去，一个人站在苍凉的海风中。

　　陈天鸣的老院子早已被收拾一新，他荣归故里的消息一传十、十传百，家里宾朋满座。陈天鸣一走进自家老院子，他简直不敢相信自己的眼睛！他的阿母还好端端地坐在厅堂里。陈天鸣扑上前跪了下去："阿母，阿母，我这是做梦吗？那个夭寿的长脚啊，竟然说你病死了！看我打不死他！"

　　阿母搂着他又哭又笑："是我教他这样说的啦！我对码头上的所有人都这样说，不这样说，你哪能回来看我！"阿母高兴得在堂屋里转转圈，她激动的喘息让四周的空气都微微震颤。阿母突然想起还没把这喜讯告诉祖宗呢，她冲出家门，颠着小脚小跑着到了祠堂点了一炷香："祖宗保佑！天鸣终于回来了！好手好脚的，还发了财！"

　　大哥道："天鸣，你可要记得大哥！你出洋的这些年里，我至少养活了阿母，没有让阿母饿死，只要我锅里有一碗粥，就一定有阿母半碗！"

　　陈天鸣从包裹里拿出一张银票来："哥，这些年多亏了你！你是个孝子，是我不孝！"大哥接过银票，惊喜得眼珠子差点从眼眶中掉出来。

　　八年前的债主蜂拥而至，陈天鸣一一付清了银子，甚至附上了利息。整个海澄县都轰动了，一提起陈天鸣的名字，人人都会竖起大拇指："义气！"货物被劫走了，陈天鸣也是受害者，真要赔钱的话，应该让那些千刀万剐的海盗来赔偿。但陈天鸣站出来负起了本不应该负的责任，让那些原本已经绝望的债主霎时间又充满了希望。八年里多少绝望的咒骂，如今都变成了奉承话，世事如棋局难以预料啊。

待债务清理完，陈天鸣总算喘了一口气，他美美地一觉睡到了天亮。醒来时，听到邻居豆腐坊传出笨重的石磨一圈圈转动的声响，吭嚓，吭嚓，一声重，一声轻，闭着眼睛都能想象得到从石磨缝隙汩汩流下来的白色浆液。老板呵斥大女儿豆子下得少了，女孩儿嘟嘟囔囔地回嘴。待到熟豆浆的清香香遍了整条街，街上所有的店面差不多都开了，窗户被一扇扇支开，到处是搬桌挪椅的声响，老板娘迷糊着眼卸下一块块店面门板，伙计拿着抹布这边擦擦那边擦擦，一浪又一浪的叫卖声传来："卖油条，卖豆花，卖花生浆，卖包子馒头……"夹杂着小孩的啼哭声、大人的叫骂声、水声、洗漱声、铲锅灰声、刷马桶声，交杂在一起。哎，多么熟悉多么亲切的乡音呀！几缕淡金色的阳光软软斜斜地照在斑驳的青石板上，在这一瞬间，陈天鸣真想永远不再回吕宋了。

第二天晚上，陈天鸣大宴宾客，陆仁德作为恩主被让到首座。陈天鸣摇着倭扇，坐在缅甸红木椅上，墙上挂着西洋番镜，香炉里插着檀香，几根七彩暹罗孔雀羽毛插在青花瓷里，一对苏门答腊的虎皮鹦鹉在安南花梨木做的鸟笼里嘀嘀咕咕地说话。招待客人的是台湾鹿肉以及美容养颜的爪哇燕窝。喝的是血红的洋葡萄酒，陆仁德惊叫道："怎么血一般的颜色！"陈天鸣笑道："你尝一口就知道了。"陆仁德犹犹豫豫浅尝了一口，甚是顺口爽滑，有一丝葡萄的香甜。陆仁德尝到了甜头，一晚上喝了几十杯，酒瓶摆满了案头，还顺走了陈天鸣剩下的五瓶葡萄酒，他自恃对陈天鸣有栽培之恩，一副恩主的模样。饶是陈天鸣再大方，也有些心疼。不过当晚客尽主欢，所有人都非常愉悦。因为所有来的人都有礼物相赠，或是象牙，或是犀角，或是玛瑙，或是玳瑁，也有沉香和胡椒等不一而足，均是外洋来的稀罕物。

酒足饭饱后又泡了几壶好茶，用了甜点，宾客才渐渐散了。

送走所有宾客后，陈天鸣突然感到有些疲惫和空虚。他本性并不张扬，但他希望通过这些宾客的嘴向全月港传达一个确凿无疑的信息：他陈天鸣翻身了。他希望传递信息的人越多越好，多到能够将这一消息传到海丫的耳朵里。他奋斗了这么多年，就是为了等这一天，向海丫证明：他陈天鸣不会永远是一个穷小子，总有一天会出人头地，会让海丫过上好日子。这一天终于来了。可是，为什么并没有想象中的那种狂喜呢？也许是他付出的代价太大了？如果他不出洋，他和海丫肯定早已成亲，并且生了一大串孩子，也许穷得叮当响，但也许比现在开心吧？别人看到陈天鸣风光，只有他自己知道，自己现在貌似风光的日子是有缺陷的，而且是致命的缺陷，永远有一块忧伤的阴影埋伏在他内心深处。他负了海丫，这是他一生中最不可饶恕的罪过。

陈天鸣胡思乱想沉沉睡去，第二天早上醒来太阳已晒到屁股上。吃过早饭，陈天鸣一个人在院子里龙眼树下泡茶。茶，素来是被人称为"忘忧草"的，自然是"何以解忧，惟有香茶"了。陈天鸣喜欢一个人喝茶。一个人喝茶，越喝越清醒，越喝越深切，越喝越品到人生的滋味、真谛，越喝越明白茶中的妙处：明前春茶纤细明丽的芬芳、秋茶厚重的浓香与坚韧的邈远。自己贩茶，自然有口福喝上各种好茶，泡上一壶武夷岩茶，有桂香纷至沓来，远涉而至，相伴而行，香气悠远、浓郁、幽然，甚至连杯壁都为香气所弥漫缭绕，令人不忍置杯于茶几，而捧于掌中反复把玩、细品：想高山流水，云雾深处，如此植物，如此纤叶，如此嫩芽，如此经历了冬的冰雪、冬的严寒、冬的沉睡，而醒来，而萌发，而吐芽，而嚅吻早春的第一颗晨露，而汲取深夜里清凉的雾岚……如此，品之清心沁脾，何等逍遥！一个人喝茶，不必费心寻找茶楼茶驿，不必担心小二的指甲是否藏满污垢。你可以随心所欲，哪怕置身车水马龙的闹市，也可以心静如水，游离于万物之外，浸润于茶香之中，从而"大隐隐于市""深隐隐于茶"。茶的深处，就是心的深处。一杯淡茶，是每个人生命中可以一陪到底的"朋友"。有了这么一个朋友，何等有幸！所以，喜欢一个人喝茶；当然，斗茶时也缺少不了各位"茶仙"的衬托。陈天鸣的宅第里经常飘出茶香，便有无数爱茶者闻香而来。

家中那棵龙眼树结出了累累的硕果，压弯了枝头。陈天鸣跳起来摘了一串龙眼果实，龙眼圆圆的，身上包裹着一层土黄色的外壳。陈天鸣轻轻剥开一粒龙眼外壳，里面露出白里透亮的果肉，送进嘴里甜津津的,月港人都把它当作补血的宝物。他想,下次回去可以带几斤龙眼肉,给沙丽补补血,她生了女儿以后,总是嚷嚷着头晕,就是缺血的缘故。陈天鸣吃完龙眼肉,吐出一粒乌黑发亮的龙眼核,这龙眼核像一颗黑珍珠,又像龙的眼睛,怪不得人们称它为龙眼。这日母子二人在龙眼树下闲聊。这棵高大的龙眼树就像一把撑开的绿绒大伞,在陈天鸣小时候能帮他们遮风挡雨。盛夏,这一棵龙眼树又成了陈天鸣一家夏日乘凉的好地方。陈天鸣仰头看龙眼树,倍感亲切。多年不见,连这棵龙眼树也呈龙钟之态了。不过它棕色的枝干还十分高大,尽是枝枝丫丫的,就像千手观音的手臂不停地向四周伸展。陈天鸣离开的时候,龙眼树还没结果呢。龙眼树的叶子刚长出来的时候是嫩的红嫩红的,等过了一段时间,龙眼树的叶子渐渐转绿了。椭圆的叶子一片挨着一片,就像一个个绿色大帐篷,又像一片片翻滚的绿云。这株老树树干上都是青苔,枝头上却有隐匿的花的蓓蕾。龙眼树的花小小的,是很小很可爱的还带有一丝丝香味的小黄花,既引来鸟儿在枝头叽叽喳喳跳跃,花香会引来成群的蜜蜂在花丛中忙碌。

阿母道:"村西头的那个海丫真不要脸,前几年不知被谁弄大了肚子,跑来找我说她肚子里有你的种,口口声声喊我娘。她大概想着你出洋在外死无对证,一口咬死肚子里是你的种。我就用笤帚把她轰出去了。哪能那么便宜了那个奸夫!"

陈天鸣顿足道:"哎呀,阿母,那真是你孙子哟!"

陈天鸣老娘骂道:"天寿哟,你这挨千刀的怎不早说!那海丫早就带着孩子改嫁了!这女人怎么这么守不住!你去把我孙子要回来!天杀的,姓陈的人却认别人作祖宗,真是做孽哟!"

陈天鸣奋力将龙眼核扔出去,不料却听见有人哎哟叫了一声,原来龙眼核不偏不倚正打在来人脑袋上,来者正是永丰货栈王老板。陈天鸣连忙赶上去道歉:"真对不起啊!"王老板也笑了:"没啥!月港人谁没挨过龙眼核弹珠!只是你这弹珠力道比别人大,疼死我了!"王老板揉揉自己的脑壳。陈天鸣从屋里再搬出一把竹椅来,两人就在龙眼树下泡茶。

第八章 海客归乡

陈天鸣表面悠哉悠哉，其实心似油煎。看望海丫原本为首要之急，但之前忙着理清债务，现在火烧眉毛的是拿到下次出海的销引。自朝廷开了海禁后，月港设立了督饷馆，还规定出洋须有销引。让他万万没想到的是，现在全月港的销引都掌控在张恨天一人手中。原来，张恨天几经腾挪，后来竟在督饷馆里面谋得一个税曹的美差，专门管出海、上岸的销引。这引票上面注明海商姓名籍贯、贩洋去处、往返时间。朝廷用意除了税收管理外，开海是有限度的，一是限定发舶地，二是限定每年发舶数量，三是限定过番时间，四是限定海船式样与军器装备，严禁打造远洋双桅大船，严禁在商船上装置火炮。隆庆元年，漳州府发出的文引只有五十张。僧多粥少，众商纷纷八仙过海各显神通，只为求得一张引票。一时之间，张恨天成了香饽饽，天天有人宴请。张恨天酒足饭饱之后，往往要说一番早已说得滚瓜烂熟的话："陈老板，我是很想帮你呀，你也知道，这文引比什么都金贵，况且文引也不在我手上，我只能在督饷大人面前说说好话，至于能不能成，那只能看陈老板的运气了。"

对方往往点头不迭："张税曹是个热心人，能结交您是我的福气！张税曹如此抬举，陈某感激不尽！您是督饷大人面前的红人，有您出马，事情自然马到成功，陈某静候张税曹的好消息！"因为引票如此紧俏，若有人拿到了引票，也就意味着巨额的利润，引票就是通行证、许可证。拿到了销引，就好像拿到了通往银库大门的钥匙，故海商争先恐后绞尽脑汁追逐这引票，争先恐后地巴结张恨天。这是一项肥缺，张恨天擅于做人情，结交了一大帮兄弟，还成了县太爷跟前的大红人。

陈天鸣心中老大不畅快。为什么偏偏是张恨天，为什么不是别人？换了另外任何一个人，陈天鸣都很愿意通过中间人从中牵线去拜见，但面对这个夺了他妻子的男人，陈天鸣发自内心地不想跟他有任何的瓜葛。他就不信，难道整个月港的海事都是张恨天说了算？思来想去，陈天鸣决定另走上层路线。

为了引票和销引费的事，陈天鸣壮着胆到漳州府许知府府上投了贴。在月港，如果张恨天存心从中作梗，要拿到销引那是不可能的事。

没办法，陈天鸣只好直接去找张恨天的顶头上司。也算陈天鸣运气好，那天许知府刚好在府中，且心情不错。他听说过陈天鸣的大名，知道这人在海外发了横财，富得流油，也有心会会他，便让管家将陈天鸣请了进来。陈天鸣带了一棵珊瑚树送给许知府，许知府甚是喜爱。他答应有机会到海澄县去了解了解情况。

从知府府里出来，两扇朱门"轰"的在陈天鸣后面关上，陈天鸣回头一看，整个官府沉入暮色，一座座巨大的屋顶漂浮在沉沉的暗夜里。夜色覆盖了青石板路，红灯笼高照着，光影摇摇晃晃的，只听见轿夫脚步整齐的踏踏声。陈天鸣忍不住咳嗽了两声。

许知府雷厉风行，很快就到海澄县来了。办完了公事，许知府在街上闲逛，看到一座南洋风格的府第甚是气派，共有三层楼，宽敞的院子。许知府随口问道："这是谁人的宅第，这等气派？"随从道："是月港首富陈天鸣的宅第。"许知府心中一动："既然路过，那就会他一会。"随从前去叫门，身穿胡绸的陈天鸣慌忙迎了出来，把许知府迎到缅甸红木装点的厅堂里："大人光临寒舍，在下荣幸之至，真是蓬荜生辉啊！"许知府看到门后一座一米多高的米黄釉关公坐像虎虎生威，客厅正中一座青花釉观音立像慈眉善目，茶几上几根暹罗孔雀毛疏落有致地插在堆贴梅花双耳瓶里，厅里散发着安息香的香味。陈天鸣见许知府从西洋镜中反射出来的脸色不好，忙道："大人，在下两天前已派人将一副上好的缅甸红木送到您府上去了，这时也该到了。"许知府这时脸色方好了些："陈会长客气了。"陈天鸣赔笑道："在下生意全靠知府大人关照，孝敬大人是应该的。那几根孔雀羽毛，待会儿我让下人包好烦请大人受累带回去，夫人一定会喜欢的。"许知府脸色慢慢好了。午饭时间到，上的是吕宋香米、爪哇燕窝、鹿肉，还有文莱椰子。饭毕，知府醉醺醺对管家道："太过分了，一介草民竟过得如此阔气，我贵为知府，日子过得寒里寒酸的，气杀人也！"

此后，引票的事一直没有着落。之前一直为引票着急，眼见此路不通，陈天鸣的心反而淡了，反正还要在月港待很长时间，他决定先去看看海丫。听说，她就住在海澄县衙附近，他回家的消息整个月港都传遍了，为什么她不来看他？难道她不知道他回来了？还是知道他回来了，可是她没有守住贞节另嫁他人，无颜面对他，所以不敢来看他？晚上在床上煎烙饼辗转反侧时，陈天鸣的眼前总是浮起海丫八年前那张年轻俊俏的脸，仿佛在对他招手："天鸣哥！天鸣哥！"一想到自己爱的女人竟然和别的男人生活在一起，恨意涌上心头，真不知见了海丫脸上该是什么样的表情！他打听清楚了，海丫嫁的是有钱人，也是下南洋回来发了财的，是县太爷眼前的大红人。海丫海丫，你现在过的是锦衣玉食的日子吧！除了海丫，陈天鸣还一心想见见自己的儿子，可是海丫那边装聋作哑悄无声息，他一直苦想着要如何接近自己的儿子才好。儿子多高了，是胖还是瘦，长得像他还是像海丫，性情如何？越是见不着越是想念，越是想念又越是见不得，总想不出一个周全的法子来。许知府那边随同那几根孔雀羽毛消失得无影无踪，求告无门，只好去试着走张恨天这条路子了。更重要的是，他无论如何也得见见海丫。

第二天，陈天鸣投了帖子到张家，到了张家门前，陈天鸣发现自己手心里都是汗。张家是新起的宅子，足足占了两亩地，气派十足。陈天鸣迅速换算了一下，这栋宅子起码需要一万两银子。陈天鸣吸了一口气。自偿还了债务以后，他满打满算只剩下八千两银子。一个男人，难道真的靠口袋里的银子才能生出底气吗？厅堂里海丫夫妇一左一右端坐在雕花椅上，远远看去，海丫皮肤变白净了，褪去了风吹日晒的黝黑，头上戴的金钗一看就知道价格不菲，手腕上各套了两个水色极好的玉镯。张恨天腰里挂着一个黑绿色的鱼挂饰，眼、嘴和腮都勾上了金边，他面前有一只边缘呈波浪形的绿色玻璃杯，一只带脚的微棕色浅盘，有凸起的花卉图案和卷纹，都是上等的洋货。看得出，他们过得很好。

海丫变了，变得更漂亮了。如果以前是黑牡丹，现在是白牡丹，以前由于长期在海边劳作，皮肤被咸咸的海风吹得黝黑，现在成了夫人，整天躲在大院里，看得出张恨天对她很好，不止是很好，应该是很慷慨，假如海丫要天上的月亮，估计张恨天也要想办法给她摘下来。只是，在海丫淡淡的微笑后面，有着一丝不为人觉察的忧郁，那忧郁像惊惶的兔子，无人时才跑出来，而一旦有人在，那兔子便惊惶地逃跑了。她呆呆坐着，神情倦怠，似乎昨晚没有睡好。自从嫁给张恨天后，他们夫妻俩对孩子的生父只字不提。张恨天一门心思想让孩子忘记从前的一切，而海丫更不愿意提起伤心的往事，她只希望往事随风飘逝，永远地埋葬。

　　时光之手蹂躏着每一个人，哀莫大于心死。海丫觉得自己的心早就死过无数遍了。毕生的愿望都以失败而告终，比如嫁给天鸣哥，比如让啸风认父亲等。之所以活着，是因为儿子还让她心有牵挂。她已不指望她的余生还有会什么惊喜，包括天鸣哥突然回到海澄，带给她的并不是欢喜，而是更多的悲伤与混乱。就像一个结痂的伤口重新掀开流血。唉，天鸣哥也老了。他高大的身子不再那么挺拔，像老树一般略微向前弯曲着，原本神采奕奕的额头上刻下了一道浅浅的皱纹；茂密的黑发稀疏了，两鬓冒出了一小撮白发；脸颊上的肌肉松弛了，腮帮子变宽了，不再是年轻小伙子了。唉，女人比男人更不经老，自己在天鸣哥眼里，想必更加惨不忍睹吧！

　　见海丫隐忍着痛苦的模样，陈天鸣心如刀绞不忍多看，远远对着张恨天强笑道："张大哥好啊！小弟前来打扰了！"

　　张恨天满面笑容作揖回礼："听说你荣归故里，恭喜啊！我正想着等手头的事忙完了，和海丫一起去拜访你呢！"待走到近前，陈天鸣突然面色一变，他赫然在张恨天额头上看到了一颗似曾相识的黑痣！陈天鸣心一沉，难道是他？就是那个在海上夺他货物害他兄弟性命的贼寇？他努力回忆那个贼寇的身材、相貌与口音，一种强烈的似曾相识的感觉涌上心头。可是，陈天鸣又犹疑了。天底下额头上长黑痣的人多了去了，难道仅凭一颗黑痣就认定他是贼寇？要是冤枉了好人怎么办？况且，他打心眼里希望海丫嫁的是好人，可以托付终身的好人！此时张恨天用左手为陈天鸣奉上一杯香茗，陈天鸣才赫然发现张恨天的右臂空空荡荡！当时那个贼首可是双臂健全的人，但也说不定这个贼人在哪次劫船时被砍掉了右臂？

陈天鸣暂且按捺住满腔的狐疑与不断涌上心头的愤慨，此时的海丫介于两个男人中间，大概是难堪至极吧！到底要不要张恨天这个该死的强盗来解释一下呢？还是耐着性子等他原形毕露？如果自己当堂质问张恨天是否在八年前打劫过他的船，张恨天肯定矢口否认，闹将起来反而难以收场，只要潜心观察收集证物，不怕他不露出原形。天哪，如果张恨天真是那个杀人不眨眼的贼寇，海丫哪里是嫁给人哪，简直是嫁给了畜生，这个畜生手上沾满了鲜血。想到这里，陈天鸣心里百味杂陈。只见海丫亲手端了茶盅递了过来："天鸣哥，你回来了？喝口茶吧，铁观音，挺香的。"陈天鸣心里一动，她还记得他爱喝铁观音！以前她喊他天鸣哥，那是情哥哥；而现在，只能是娘家亲哥哥了。满腔的话在肚里回转，却碍于张恨天在场，陈天鸣一口气将茶水喝完，赞道："好茶！海丫妹子，我回来了！今天才得空来看看你！八年前下南洋，我们的船被海盗劫了，幸亏我命大！"

海丫心中关切，却不好表露，只得说："那些海盗实在太可恶，不靠自己双手吃饭，单靠夺人钱财过日子，还害人性命！他们不会有好下场的。你回来就好，回来就好！"海丫没办法告诉陈天鸣，在陈天鸣出洋到吕宋的那些年里，她把月港七个码头前所有庙里的神灵都拜遍了。陈天鸣是从容川码头出海的，海丫起先拜的是容川码头前的妈祖。后来想，很多出洋的船只是从溪尾码头回来，每个神灵保佑各自的码头，单单拜容川码头前的妈祖不够，海丫拍着脑壳责怪自己的疏忽，她匆匆忙忙地备了供品前往溪尾码头的新宫庙叩拜。新宫庙里奉祀保生大帝、三太子、太保公、福德正神，海丫就一个个地燃香磕头。再后来，等啊等啊，一年又一年过去了，天鸣哥始终没有回来。海丫想，出洋回来的船只没有固定的停靠码头，天鸣哥的船在六个码头中的任何一个停靠都有可能，自己真是猪脑子啊，那天，她一口气拜了饷馆码头、路头尾码头、中股码头、容川码头、店仔尾码头、阿哥伯码头、溪尾码头。这七个码头除了饷馆码头在月溪与九龙江交汇的东侧外，其他都一字横陈在溪尾社不足一公里的九龙江岸边。海丫一个也不错漏，连阿哥伯码头都拜到了，虽然阿哥伯码头是军用码头，但凡事都有可能，说不定天鸣哥就从阿哥伯码头回来呢？每一个庙里她都恭恭敬敬地伏在地上深深三叩首，虔诚地把天鸣哥从哪一年哪一天出海至今未归的事都向菩萨诉说一遍，末了恳求菩萨保佑她的天鸣哥好手好脚地回来，只要人在就好，即使一两银子都没赚到也没关系。这七个庙里城隍庙最小，大概只有两平方米大小，海丫怀着同样的虔诚爬上小阁楼叩拜。庙虽小，菩萨却灵验，法力无边，心诚则灵。有时拜着拜着海丫的眼泪就会不由自主从眼角流下来。泪眼蒙眬中，海丫看看菩萨的脸，菩萨的脸很平静，不悲也不喜。海丫禁不住痛哭失声，菩萨啊菩萨，我的天鸣哥到底在哪里呢？你们谁来告诉我？拜完七个庙，海丫突然觉得很累。她失魂落魄地来到望着茫茫江面，那一只只海鸥，可曾见过她的天鸣哥？海风依旧无心无肝地吹着，天天都这么吹着，仿佛一万年都是这样子，没有什么改变，可是，海丫知道自己慢慢地变老了。昨天，她在镜子里看到了自己眼角的一条皱纹。

陈天鸣话里有话道："是的，这种杀人不眨眼的贼寇是不会有好下场的。"他故意看张恨天的神情，却见张恨天神态自若道："这些海盗也真是太可恶了！天鸣兄福大命大，所谓大难不死，必有后福啊！"

这时，一个七八岁的孩童一阵风似地跑了进来，喜气洋洋道："爹，管家已经把货物清点清楚了，这是货单，请您过目。"张啸风双手将货单呈上。张恨天眉开眼笑："好孩子，你辛苦了，快快去洗漱更衣吧。阿爹备了一桌好菜等你，有你爱吃的梭子蟹。"

陈天鸣心如刀割。自己的儿子，姓着别人的姓，喊着别人叫爹，这让他堂堂七尺男儿情何以堪？

"你们两人说事吧，我和啸风去厨房看看……"海丫牵着儿子的手愣愣怔怔地走向厨房。陈天鸣张了张嘴，想问海丫："我们的孩子呢？"但海丫夫妇明显没有提孩子的意思，看来，他们是不想让他认儿子了。张恨天装作不知陈天鸣与海丫的牵扯似的，殷勤地让下人奉上海澄双糕润。陈天鸣示意阿龙将带来的礼盒打开，是一个美轮美奂的孔雀兰瓶。孔雀羽毛乃稀罕物儿，张恨天眼前一亮，口中谦让道："这等贵重礼品，我哪里担当得起？"

陈天鸣微笑不语，亲手打开另一个小盒子，一股异香扑面而来，"这是我从南洋带来的香料。这香料是个稀罕物，也并非南洋本地所产，只因南洋是各条海线的中转站，是西班牙人带进吕宋的。大哥你看喜不喜欢？"

张恨天不由赞道："这些奇巧物儿也不知南洋人是怎么弄的？这份厚礼恐怕县太爷家里也稀罕呢！"

陈天鸣接过话茬道："小弟听闻大哥是县太爷眼前的红人，正有一事相求。"

张恨天意欲在陈天鸣面前卖弄自己的本事，呷了一口茶道："不知何事？若力所能及的，大哥一定略尽绵薄之力。"

陈天鸣心中暗暗高兴，看来今天来对了："县太爷不是规定要领取'引票'船只才能出海吗？小弟离开月港多年，人生地不熟，还望大哥从中周旋。"张恨天故意皱起眉头："这引票确实不好弄，但陈老板这么看得起张某，我就尽力一试罢。"其实他胸有成竹，县太爷每年都留有两三张引票给他，他手头就有一张现成的空白引票。张恨天也知道，陈天鸣为人豪爽，出洋获利，自然少不了他张恨天的一份好处，在家坐收渔利，何乐而不为。

送走陈天鸣，张恨天的脸阴沉了下来。真是不是冤家不聚头啊！他正是劫了陈天鸣的船才发了财的，自此知道海上凶险，他就金盆洗手从县太爷谋得了这个掌管销引的美差，吃上了衙门里的饭，如今是县衙里的税曹。虽然不如出洋那样大肆获利，却也足以过上富贵的日子。他很想将过去忘记，哪知陈天鸣竟然活生生站在他面前，这个阴魂不散的陈天鸣，真是他的克星。本以为这个该死的陈天鸣早就葬身海底喂了鲨鱼，哪知这小子命不该绝，八年后又回到了月港。凭直觉，张恨天感受到了陈天鸣对他强烈的怀疑。要是这事被揭穿，海丫肯定会重投陈天鸣的怀抱。不行，这个人待在月港太危险了。自己必须赶紧想个法子让陈天鸣从月港消失。

五天后，张恨天很痛快地派人把引票送到了陈天鸣家里，还让下人传了话，祝陈老板财源滚滚，出海一帆风顺。陈天鸣深感诧异，原以为不能顺利地拿到销引，他相信，张恨天一定知道他和海丫过往的情感，哪个男人会大度到为自己的情敌效力呢？哪知张恨天行事古怪，竟然痛快地把销引给了自己。其实，陈天鸣不知道，张恨天一直寄希望于陈天鸣赶紧再次出海，定居在吕宋永不回来，可恨的是，这陈天鸣几个月来在月港游游荡荡，与各货栈老板打得一派火热，就是不见他有动身回吕宋的意思。听阿标说，陈天鸣卸完货后再采买新的货源，三个月之内不会再出海。三个月，这日子怎么熬呢？身处一口随时会爆炸的油锅之上，一日长于百年哪！往日做过的亏心事并不曾遗忘，他往往在噩梦中惊醒。张恨天只希望那不堪的一页早点翻过，安安稳稳过他如今的太平日子。

　　拿到引票，陈天鸣心上一颗石头落地。原以为会大费周章，没想到踏破铁鞋无觅处，得来全不费工夫。他亲自登门道谢，同时庆幸自己又有了一次登门张府的理由。道谢是其次，想再见见海丫和儿子才是真正的目的。陈天鸣将五百两银子推到张恨天面前："小弟谢谢大哥，若没有大哥出手相助，小弟真是上天无路下地无门。"

　　张恨天将银锭推回陈天鸣面前："陈老板太见外了，咱们邻里乡亲的，能帮上一把就帮上一把，祝你生意兴隆，财源滚滚，以后说不定我还有仰仗陈老板的地方呢。"

　　陈天鸣知道张恨天只是假意谦让，坚决将银锭再次推到张恨天面前："大哥出工出力，小弟断不能让大哥倒贴。以后小弟还要常年贩洋，全仰仗大哥了！"

　　事情谈完，陈天鸣一直盼着能再次见到海丫，但海丫一直再未露面，大概早就回房去了。

　　晚上，海天号的水手阿标如约到了张恨天府里。张恨天向阿标举起酒杯："你出过洋，见过世面，说话伶俐，码头上有什么消息你若是能及时告诉我，我不会亏待你的。"

　　阿标望了望桌子上白花花的银锭，眼睛里闪现出一丝贪婪的光。

张恨天道:"你要是腿勤嘴勤,往后少不了你的好处。"

阿标受宠若惊,从小他爹娘穷得叮当响,经常被人瞧不起,现在张税曹主动跟他做朋友,他赶紧举起酒杯一饮而尽:"谢谢张税曹抬举!小的有知道的,一定不敢隐瞒。"阿标急于向张恨天表示自己的忠诚,三大杯酒下肚,已经晕头转向了。张恨天派了一个小厮搀扶他回家,一路上,酒气熏天的阿标不断地大着舌头说:"张税曹,你放心,我一定会把码头上的事一点不留,全告诉你……"小厮听了暗笑:"可惜张税曹早就睡下了,听不到你表的忠心……"

陈天鸣拿到销引的事马上在全月港传开了,因为拿到了销引,基本上就等着出洋后白花花的银子入账。有人艳羡,有人眼红,有人唉声叹气,有人咒骂官府作弄人,说衙门只朝兜里有银钱的人开放。陈天鸣正在埋头清点待出洋的货物清单,忽听头上一个笑眯眯的声音响起:"陈老板忙得很啊。"陈天鸣抬头一看,正是曾经有恩于自己的陆仁德。陈天鸣连忙吩咐伙计泡一壶上好的铁观音上来,一边笑道:"哪阵风把陆老板吹来了?"

陆仁德不客气地坐了下来:"无事不登三宝殿啊。首先要祝贺陈老板拿到销引,真是可喜可贺。"

陈天鸣连忙谦让道:"傻人有傻福,天公偏爱我,机缘巧合,瞎猫抓到死老鼠。"

陆仁德道:"能抓到老鼠的就是好猫!不瞒您说,我有个不情之请。"

"陆老板客气了,快快请讲。"尽管明知道陆仁德的请求可能让自己很为难,陈天鸣还是告诉自己尽量满足陆仁德的要求。

"我这儿有一大批货物要出洋,一直苦于拿不到销引,想搭陈老板的顺风船。至于利润嘛,好商量,你七我三,陈老板你看如何?"

陈天鸣略一沉吟,有些为难。要知道,陆仁德不是第一个提出这样请求的人,前几天就有好几个人登门拜访,提的都是同样的要求,都被他婉言谢绝了。这些人就像闻到腥味的猫,闻风而动,让陈天鸣很是头疼,他甚至担心自己手中的这条鱼会被偷走,这条鱼来之不易,他要好好珍惜。但是,陆仁德跟其他人不一样,他家祖辈在月港根基深厚，组织货源迅速有力，若是自己能让利给他，也许能够多一个有力的朋友。思虑至此，陈天鸣爽快道："承蒙陆老板看得起，天鸣不胜荣幸。那好吧，明天就请陆老板把货物运到容川码头。"

陆仁德原以为这事即使能成也得跑上几趟磨上几回，没想到陈天鸣这么痛快地答应了，真是出乎意料。陆仁德简直不敢相信这是真的，失声问："这么说陈老板答应了？"

"答应了。"

"当真？"

"当真。"

陆仁德喜出望外："好！痛快！陈老板是我见过的第一爽快人！晚上在望春楼咱们好好喝一杯，预祝我们今后合作愉快！"

清点货物时，管家道："陆老板，这香料是违禁物品，不能带出去的，是不是把它撤下来？"

陆仁德满不在乎一挥手："很多人都夹带，没关系的。"

管家无话可说，只好退下去了。自家老板什么都好，对下人也挺慷慨，唯一的缺点就是刚愎自用，听不得别人的半点意见。

陈天鸣吃了定心丸，这几日便准备开始放开手脚采购瓷器、漳绒漳缎、茶叶。他哪里知道，他前脚走出张府后张恨天做了什么事。张恨天命人把豆巷、帆巷的大老板都集中在县衙，这些戴瓜皮帽的人都不知道出了什么事，议论纷纷。张恨天咳嗽了一声，清了清喉咙："各位，今天请大家来是通知大家一件事情。"他故意停顿了一下，将大伙儿的心吊在半空中，"各位想必听说原先住在豆巷后来又跑到吕宋的那个陈天鸣回来了，但大家可能不知道，这个陈天鸣是靠在海上抢劫发家的，陈天鸣是官府盯梢的对象，只是苦于还没有十足的证据将他抓捕。各位如果跟他进行生意来往，那是包庇罪犯，明白了吗？"

哦，真没想到，原来这陈天鸣竟是江洋大盗，真是知人知面不知心哪。有的店老板吓得伸了伸舌头，这样的人真是唯恐避之不及，谁还敢跟他来往呢。陈天鸣手里的银子不干净，说不定上面还沾着血。

第二天，陈天鸣到绸缎庄买绸缎。一进绸缎铺，陈天鸣顿觉眼花缭乱。染色丝绸中有帘帷、丝裙，还有一些素罗纱，被染成了褐、灰、朱、黑、红、紫、黄、蓝、绿等，上面还有各种各样的编织图案，这些丝绸既有自然色也有各种彩色，供各种客人挑选，总能挑到一款自己满意的。绸缎在吕宋很受欢迎，他盘算着甚至可以进个几十吨，这么一大笔买卖老板大概会高兴得合不拢嘴吧，简直是天上掉下来的馅饼——平时零售，老板卖个半年也抵不上这个数。陈天鸣开门见山表明来意，庄老板笑脸相迎："哎呀，我真没福气，店里存货不多，错过了这个发财的机会，真是可惜！"陈天鸣道："那你是不是可以跟同行买进，你在这一行里熟门熟路，省得我东跑西跑，我可以另外付一笔辛苦费给你。"

庄老板有些为难："哎，这要放在以前倒是好办，但最近出洋的船多，各位老板都在抢货，庄某能力有限，恐怕短时间内没办法帮陈老板筹措到这么多绸缎，还请陈老板自己想想办法，真是对不住啊，请陈老板多多包涵。"

陈天鸣有些扫兴，事情这么不凑巧，看来自己得多跑几趟了。原本他最信任庄老板，他的绸缎质量有口皆碑，而且价钱公道，没想到自己下手晚了，让别人捷足先登。陈天鸣原本对进货抱着十分乐观的态度，想着大概半个月就能把货备齐，谁跟钱有仇呢？只要银子出门，满满当当的货物随之而来，但现实好像与他的预计有些出入。他又来到张记绸缎庄，这里倒是有货，但张老板把绸缎价格提高了三倍，这不是趁火打劫吗？陈天鸣又不是傻子，这么高的价格他运出洋去，扣掉工本费根本无法获利。陈天鸣想都没想扭头走出绸缎庄，心里愤愤不平，抢人也不是这样抢的！

张老板长长松了一口气，终于送走了这个瘟神。他故意抬高价钱，目的就是要让陈天鸣知难而退，果真把陈天鸣吓跑了。张老板去洗了洗手，终于躲过一劫，谁要是跟这陈天鸣有什么瓜葛谁倒霉。

陈天鸣跑了一天跑得口干舌燥，越跑越窝火，今天真是活见鬼了，没一件事情是顺利的，仿佛空气中有一双无形的手在控制他似的。他原想着，既然绸缎庄没有绸缎，不然就先去买茶叶吧。到了茶店里，店伙计很遗憾地告诉他，说老板不在，这么大的生意伙计拿不了主意。陈天鸣悻悻地出来，转到陶瓷店里。黄老板很热情地接待了他，端茶送水，让陈天鸣大感安慰。哪知到了库房里，陈天鸣看到一大堆歪瓜裂枣，要么是颜色难看得像鸡屎，要么就是边缘残破，品相极为难看。这样的货再便宜也没用，倒贴给陈天鸣他都不要。

天都黑了，陈天鸣才回到家里。第二天，陈天鸣又奔波了一天，还是一无所获。

第三天，陈天鸣正在跟瓷器店林老板讨价还价的时候，一个穿绸衫的肥头大耳的大汉走了进来。不是别人，正是冤家朱旺财。

这个朱旺财从小也爱耍弄拳脚，仗着膀大腰圆，很不服气陈天鸣，哼，在月港能胜过我朱旺财的人还没出世呢！十年前，陈天鸣从东家陆仁德那里喝了几杯酒借着朦胧的月色回家，刚走到桥上，突然从桥两头蹿出五六个手持刀棒的泼皮，大喊着夹击上来，为首的正是朱旺财。陈天鸣一看来者不善，先是退后了几步，退至桥头，眼看如果再退就要顶在桥头另外那批蒙面人的棍棒上。朱旺财吆喝了几个狐朋狗友仗着人多势众满可以杀杀陈天鸣的威风。哪知陈天鸣猛地一转身，握住对方砸来的一条木棍，脚下一使劲，一个扫堂腿把几个泼皮扫倒在地，疼得他们哭爹喊娘，那条木棍早已稳稳地落到了陈天鸣手中。有了武器，陈天鸣如虎添翼，他舞动手中的木棍，如蛟龙出水，点、打、缠、扫，矫健自如。不一会儿，五六个泼皮都被他手中的木棍逼上桥中，陈天鸣大喊一声："都下水去洗澡吧！"说罢木棍横扫，几个泼皮稀里哗啦一个个被扫落到水里。

以前的那口恶气朱旺财一直憋到了现在。朱旺财这些年来一直偷运货物贩卖到东洋，走的是东洋路线，再加上在海上烧杀抢掠顺手牵羊，现在也已财大气粗，月港出洋的人中现在唯有朱旺财、陆仁德能与陈天鸣相抗衡。

"哟，是朱大老板呀！"林老板连忙迎了上去，将朱旺财迎到上座，忙不迭地命人沏了一壶铁观音上来。陈天鸣也端起茶杯喝了一口，一股不悦涌上心头。不是茶不好，而是茶太好了，明显比刚才招待他的那壶茶上一个档次。这个林老板，真是狗眼看人低呀，看菜下碟。眼见林老板对朱旺财嘘寒问暖："不知朱老板这次需要哪些货呀？"

朱旺财道："我要十万只瓷器。"

陈天鸣心头咯噔一下，急道："林老板，这批货可是我先要的。"

林老板摆摆手："我们不是还没谈妥吗？这就要看二位谁出的价钱合理了。"

陈天鸣道："林老板，这不大好吧？做生意总该讲究个先来后到吧？"

看着陈天鸣和林老板你来我去，朱旺财并不着急，依旧慢悠悠地喝他的铁观音，一副等着猫抓老鼠的样子。林老板并不和陈天鸣理论，他回头对朱旺财道："朱老板，您看这批上好的瓷器你能出什么价钱呢？"

朱旺财摇了摇蒲扇，含笑道："这就要看陈老板了，不管陈老板出什么价钱，我都比他多出八百两银子。"

林老板眉开眼笑："是这样的，刚才我要价一万两银子，陈老板坚持要九千两。不然我也让点利，就九千八百两卖给您得了。您是我的老主顾，终究是要讲点交情的。"

陈天鸣忍不住站了起来："林老板，一万两就一万两，这批瓷器我要了。"

朱旺财敲了敲桌子："林老板，我再强调一遍，不管陈老板出什么价钱，我都比他多出八百两银子。一万零八百两。"

陈天鸣急了："一万一千两。"这批货对他太重要了，他志在必得。

"一万一千八百两。"

"一万二千两。"

"一万二千八百两。"朱旺财眼睛眨都不眨，反正他财大气粗。呵呵，要赌气谁不会啊，那个能跟他较劲的人还没出生呢。

等加到两万两的时候，陈天鸣已经鼻尖冒汗了。照这个价格，他已经没有利润可赚了，说不定还要倒贴工钱。没想到这次朱旺财不加价了，他站起来抖了抖绸衫："既然陈老板这么需要这批货，那我就大度一点让给你好了。陈老板，祝你发财呀！"说罢扬长而去。朱旺财今天就是来搅局的，眼看陈天鸣慢慢成为自己的头号竞争对手，自己怎么着都得把他掐死在萌芽状态。小老虎养不得，长大了一定会跟自己抢食吃。他本来是立志让陈天鸣空手回去的，到了两万两的时候，朱旺财突然在心里笑了，小子，这两万两够你喝一壶的，你还以为自己抢到了宝，你就等着哭吧。跟我斗，你还嫩了点。

看着朱旺财的背影，陈天鸣后悔不迭。自己真是太过于意气用事了，一时头脑发热，根本没想到这价钱真是高得离谱了。他厚着脸皮试探着对林老板道："林老板，这瓷器成本多少你心里是很清楚的，今天我跟朱老板是鹬蚌相争，你这是渔翁得利了。您看看，我这出洋不容易，这批货价钱能不能少点儿？"

林老板冷笑道："原来陈老板就是这样做生意的？真是让我开眼了。君子一言驷马难追，陈老板要是想反悔，那我现在把朱老板喊回来。"

他扯开喉咙就要大喊，陈天鸣心一横，咬咬牙道："好吧，两万两就两万两。不过，我先声明，这十万个瓷器我要卖相最好的，花纹要挑最漂亮的，残次的我一个都不要。"

"行。陈老板什么时候把银子付了？"林老板心里喜不自胜，这个朱旺财真是他的贵人啊，朱旺财一出现，他一眨眼间就多挣了一万两银子，做梦都会笑醒，要是告诉老婆，老婆不高兴疯了才怪。林老板努力抑制着自己的狂喜，一口答应了陈天鸣的要求。

"我这里只有一万两银票，另外一万两银票过两天送来。"陈天鸣其实兜里有两万两银票，但他舍不得一下子全掏出来，还要买其他货呢。

"陈老板，咱们一手交钱，一手交货。你既然付了一半的货款，那你就只能提一半的货了，剩下的一半，你什么时候把银票送过来，就什么时候拉货。"这个林老板精明得很，他寸土不让。

陈天鸣真是没辙了："好吧，那我就先拉一半的货吧。"陈天鸣想着这批瓷器太贵了，正找不到借口不买呢，现在先付一半，好歹先节约一万两银子，其余的就以后再说吧，要是在其他地方找到便宜的，林老板，那就对不住了。再说了，你已经狠狠地宰了我一笔了。那林老板虽然不悦，但一万两银子到手，又留下了一半的货物，天底下难得找到这样的好买卖,也就半推半就了。

买卖成交后,陈天鸣拖着疲惫的脚步回到家里,没洗脚就躺到了床上。虽然很累,却怎么也睡不着。他恨不得抽自己一个耳光。逞什么能呢,头脑发昏了吗?竟然用高出一倍的价钱把货买回来?做生意赔钱,还不如躺在家里睡觉呢。他用力掐了掐自己的大腿,告诫自己:以后千万不要再干这样的蠢事了。

第九章　朱旺财

　　这朱旺财大气粗，嗓门高。他的身体经常有意裸着，因为那身上满是刀疤。一块刀疤就是一块英雄的标志。这是朱旺财的前任大哥说的。朱旺财的身上一共有着三十七块英雄的标志。那些标志遍布他身体的各个部位，后脑勺、前胸、后背、肚皮、胳膊，甚至大腿根部都有，不过刀疤密集的还是前胸和后背，共二十三处。刀疤的形状是不规则的，像野地里的乱藤。有的像狗齿撕扯过，虽说结了痂，仍旧凸起两个圆形的瘢痕，后面是狗齿划过的线形痕迹，像流星的尾巴一样拖得老长。有的像猫爪子挠过，又像女人的尖指甲刨过，一溜排着几条弯弯曲曲的线条，又如无数的蚯蚓扭扭曲曲地爬过。有的像水塘底干涸的裂缝，下了一场小雨，裂缝是痊愈了，可有了模糊不清的疤痕，像一抹淤泥一样潦草地积在那里。有的像女人的妊娠斑，凹陷着鸡肠子形状的灰白，有的是污秽的浊红。最扎眼的是背部的那条刀疤，它从腰部出发，一路徐徐而上，横穿了整个脊背，最后止在了朱旺财的肩头。那条刀疤是暗红的，拇指宽，二十多厘米长，像一只狰狞的蜈蚣。

　　这条蜈蚣似的刀疤是朱旺财最荣耀的一条刀疤，因为它是替前任大哥背上的。虽然朱旺财替大哥挡了这可怕的一刀，可大哥最终还是死在对手的刀下。当时大哥的船队和倭寇的船队正你死我活争夺海上霸权，互不相让剑拔弩张，这一刀是朱旺财挨上的第八刀，也是要命的一刀，它本来是冲着大哥去的，可没想朱旺财自个儿找死垫到了刀下，对方愣了一下，这一犹豫手头上的力量就弱了许多，没往死里砍，朱旺财的伤势因此轻了许多，朱旺财才得以捡了性命。其实，不仅仅是第八刀，朱旺财身上的前七条刀疤，就有三条是替大哥挨的。

为大哥身负重伤后，朱旺财在床上躺了两个多月，伤好后做了船队的老大。大哥死了，群龙不可一日无首，船队的小头目聚集在一号福船上，推举新的老大。这些小头目都是一帮狠角色，谁都想做老大，大伙儿七嘴八舌的，谁也说服不了谁，谁也不服谁，眼看就要混战起来。争过来吵过去，最后决定一是比比谁身上的刀疤多，二是比谁蹲笼子的次数多、时间长。比过来比过去，朱旺财身上那条"蜈蚣"就成了刀疤里的旗帜，谁的刀伤也狰狞不过它。而且朱旺财已是三进笼子了，前后加起来，朱旺财在笼子里待了五年之久，这个时间虽然不是最长的，可这次朱旺财蹲笼子的意义不一样。朱旺财蹲笼子并不全是因为他自己，他是替大哥顶罪的，他将大哥犯的事儿全揽在了自个身上，大哥就逍遥了，才能继续指挥船队。在这一点上，所有的家伙都打心眼儿里佩服朱旺财。最后所有兄弟都比了武，单挑，朱旺财同三个不安分的家伙一一过了招，说好是点到为止，朱旺财却用刀背砸伤了好几个弟兄。受伤的人心里怨着，可瞅一眼那条张牙舞爪的蜈蚣，有话也只能往肚子里咽了。

早在嘉靖禁海的时候，朱旺财猖狂进行走私贸易，公然违抗朝廷的禁海令，这是朝廷这不能容忍的，这等刁民，其罪当诛！全国大街小巷贴满了他的通缉令，朱旺财这个江洋大盗成了朝廷要犯。如果问起全国老百姓当今圣上的长相，大概无人知道，而朱旺财长啥样，却无人不晓！他满脸络腮胡子，须发又黑又硬，五短身材，笑声就像鸭子嘎嘎叫，连七岁孩童都对他的长相印象深刻。不过朱旺财这人如李逵般粗中有细，一向神出鬼没，抑或是如月港人所说，有妈祖在天上保佑他，这十几年来各路海盗火拼厮杀是常事，朱旺财风里来雨里去，刀尖上舔血，却也安然无恙。印象最深的是与一个倭寇对峙，那倭寇有一把倭刀，刀鞘是黑色烤漆刷就，刀鞘与刀带挂钩有个单环相连接，刀带颤动着，仿佛里面关着一个嗜血的恶魔蠢蠢欲动。刀柄两侧的丝带下各有两朵樱花装饰，刀穗是红色的，却显得分外狰狞。两人整整打斗了近半个时辰，朱旺财才结果了他,自己也被倭寇砍得全身是血。后来他用上了火铳。朱旺财经常抱怨火铳不好使,子弹不合口径,枪管经常爆炸,点火器不准。有一次朱旺财把火铳放下来想检查一下情况,子弹突然飞了出来,幸亏他闪得快,否则差点自己结果了自己。到了最后,朱旺财都不大敢举枪瞄准,生怕子弹突然拐回来对准自己,一枪不中,重新装子弹也要花很长时间。现在,朱旺财最大的梦想是,弄到一把上等的火枪!

容川码头是朱旺财最常用的码头。这码头是乡人蔡容川所建。蔡容川家教甚严,兄弟不分家,兄弟出洋所得均上交父亲掌管,积蓄到一定时候,蔡家捐建了容川码头。这蔡容川天性仁慈,荒年的时候,米价大涨,月港人饿得奄奄一息,而蔡容川把用大船从海外载回来的2000石大米平价卖出,救活了不少灾民,月港人均称他为善人。要知道,在这样非常的时刻,他蔡容川即使把米价抬高两倍三倍五倍都在他掌控之中,想活命的人也得咬咬牙东拼西凑向他购买。平常人都恨不得趁此机会大捞一笔,正所谓"机不可失,时不再来",但蔡容川没有。单凭这一点,他就是一条汉子!朱旺财生平最看重有情有义之人,故而与蔡容川很快成为八拜之交。这蔡容川也是有胆量有担当,别人一听到朱旺财三字都唯恐避之不及惹祸上身,蔡容川却暗地里常常为朱旺财打掩护。容川码头自捐建后虽为众人所用,但蔡容川毕竟是捐建之人,他的码头有货船来往,旁人也不好说个"不"字,故而朱旺财的货船最常在容川码头来往。朱旺财有一点最让蔡容川敬重,就是月港好多出洋的人都栽在荷兰红毛番的手里,而朱旺财一不怕苦二不怕死,跟红毛番硬拼,几番恶斗之后,荷兰人都畏惧于朱旺财的不怕死,见了朱家的船往往主动绕开,绝不敢惹是生非。真是给月港人长脸!连朝廷都有所顾忌的红毛番,却硬是败在了朱旺财的手下!朱旺财渐渐坐稳了到日本出洋贩运的龙头老大位置。

做了老大,朱旺财的生活便发生了翻天覆地的变化。以前的日子自己再怎么卖命,最后还得听老大的。现在,朱旺财每天去码头转上一圈,这儿走走,那儿看看,证明这一天船队的老大还是他朱旺财,就有人将或多或少的一叠银票毕恭毕敬送到他手上。有的是手下的喽啰孝敬的,有的是需要朱旺财他们摆平一些棘手事情的人孝敬的。一般的琐碎事儿，朱旺财并不出马，只在一旁冷眼观看。真碰上难缠的主儿，他才裸了胳膊，亲自上阵，朱旺财身上的伤疤大部分是后来烙上去的。正是因为有了这些麻烦事，有了这些刀疤，朱旺财才成为兄弟们眼中真正的英雄。

英雄的背后是美人，青楼里的老鸨见了朱旺财都笑脸相迎，挑给他的都是妓院里的头牌。朱旺财心里非常清楚，这一切都是因了刀疤才有的。刀疤没了，朱旺财现在拥有的一切也就没了。朱旺财因此非常珍爱自己身上的每一处刀疤，几乎每一天都要护理一次那些刀疤。朱旺财喜欢泡在妓院澡堂里，那里人多，热闹。最重要的是朱旺财可以完全赤裸了身子，那些刀疤就像英雄的勋章一样在阳光下肆意展览着，散发着红彤彤的光芒。朱旺财像一条鲨鱼一样在澡堂窜了一圈，很多人都看见了他满身的刀疤，不由自主都噤了声，刚才还喧喧嚷嚷的澡堂突然像坟场一样寂静了。朱旺财很喜欢这样的感觉，美中不足的是这种场景并没有维持多久，马上就变化了。很多人潦草地擦了几把身子，匆匆忙忙从水中出来，匆匆忙忙穿了衣服，又匆匆忙忙地，像被人追赶着一样离开了。转第二圈的时候澡堂的人已走了大半，只剩下一小撮被朱旺财圈在澡堂的中央，像鲨鱼嘴边的一道美食一样，瑟瑟缩缩地挤成一团。后来，他们终于逮住机会，从朱旺财的圈子里逃脱了，像一群受了惊吓的鱼儿一样眨眼就无影无踪了。整个澡堂彻底安静了。朱旺财叹了口气，从澡池中上来。他喝了一杯酒，让美人捶了一会儿背，又懒洋洋地在藤椅上迷糊了一会儿，然后才直起身。朱旺财仔仔细细地涂了一遍红花油，轻轻地将所有的刀疤摩挲一遍，绝不放过任何一个细微的角落，脊背上够不着的地方就让美人帮忙。

朱旺财一有了钱，添了诸多毛病，特别是好赌。钱壮怂人胆，他赌运不错，赢多输少，越赌越大，有时一个晚上输掉几百两银子也是常事。朱旺财最爱去钱麻子的赌场，赌场里热气腾腾的，他喜欢的就是这样的热闹场面。那些掷骰子的，满场子吆五喝六，输钱的在那里骂娘，连喊晦气；有连笑带骂的，也有着急了厮打起来的。那输了的，外衣脱下了，汗衫也脱下了，连袜子也剥下了，不死心一定要去翻本，从早赌到晚，连午饭都顾不得吃，可惜从头到尾还是一个"输"字。那赢钱的，得意扬扬，神气得如晨起的大公鸡，唤酒来喝，身边便袋里、褡裢里、衣袖里，都是银钱。到最后一算账，没想到赢得并不多，大头的都被钱麻子拈了去。朱旺财连声喊"大、大、大"，骰子停下来却是"小"。对家便将朱旺财眼前的银子拢到自己跟前，朱旺财叫道："我的银子是百两。"钱麻子道："再博一次，你若赢了，便还了你这锭银子。"朱旺财又摇了摇骰子，掀起盖碗，叫声："小！"不知为何，今天尽走霉运，开的却是"大"。钱麻子笑道："我叫你休抢头钱，且歇歇再博，你却不听，如今一连博上两个霉运。"朱旺财道："我这银子原是要去买货的，鬼使神差到了你这边来，看来我是特意来送银子给你的。"钱麻子道："不管做啥，也不济事了。你既输了，说这么多做什么？"朱旺财道："没奈何，你且借我一百两，明日便送来还你。"钱麻子道："说什么话？自古赌场上无父子，你明明输了，别再赌了，回家喝粥罢。"朱旺财被驳了脸，一脚踢翻椅子，口中喝道："你一百两还我不还？"钱麻子诧异道："朱大哥，你平常最是爽快，今日怎么这般耍赖？"朱旺财不理他，又抢了别人赌的十来两银子，都搂在布衫兜里，睁着铜铃大眼道："老爷我平常最是爽快，今日手头紧，权且耍赖一回。"钱麻子急待向前夺时，被朱旺财一掌推倒。钱麻子几个手下一齐蜂拥上来要夺那银子，被朱旺财指东打西，指南打北。朱旺财把这伙人打得没地躲，便走出大门，看门的问道："朱大爷哪里去？"被朱旺财提在一边。朱旺财一脚踢开了门，撒腿就跑。那伙人随后赶将出来，都只在门前叫道："朱大哥，你太没道理，怎么抢了我们大家的银子去。"却只在门前叫喊，没一个敢近前去追讨。

不久，朱旺财跑到东洋去了，回来后判若两人。原来只是小有钱，如今财大气粗，六个海盗打扮的手下前呼后拥，将他衬得好不威风。

朱旺财此番搅了陈天鸣的局后，哼着小曲回了家。他已经备下出洋的货物，这次买的全是茶叶。南洋人爱喝茶，他买了铁观音、大红袍等整整一万多斤的茶叶，就等着数银子了。刚刚初秋，院子里的菊花开得像金子一样灿烂，朱旺财享受着下午的阳光。

半夜里，风云突变，突然就下起了大雨。狂风大作，电闪雷鸣。伙计慌慌张张地跑进来："老板，不好了！茶叶库房倒塌了！"

"什么？"朱旺财惊叫起来，也顾不得拿伞，就往库房冲去。

大雨如注，朱旺财像柱子般一动不动站在大雨中，浑身淋得湿透，地下积水没过了他的脚脖子，狂风暴雨似乎要把他席卷而去。完了完了，他买的茶叶都囤积在仓库里，原以为仓库挺牢固，没想到仓库竟然在这场暴雨中轰然倒塌，所有的茶叶都浸泡在水里。这被雨水浸过的茶叶必定发霉，即使过后出太阳再晒干也失去了它的香味。"老天爷！你肯定是故意跟我作对，早不下晚不下，偏偏今天下这暴雨！"朱旺财在雨中连连跳脚，脚底下水花四溅。他双手抱头，紧紧地揪住了自己的头发，仿佛要揪出这暴雨带来的烦恼与损失，他的太阳穴剧烈地跳动着。

暴雨过后三天，太阳出来了。陈天鸣则开始收购茶叶，这场暴雨提醒他一定要做好茶叶的防潮工作。石灰来了。贮茶的缸要放进最新鲜的石灰。陈天鸣拎起一包石灰说："这个不行，太潮。缸也太潮，得用火把缸烤一烤。"烤缸也是个技术活，火太小缸还会返潮，火太大会把缸烤裂。烤完缸后，陈天鸣小心地把石灰用纱布袋装成一袋袋放进缸中，再把茶叶精选了分类。

朱旺财不甘心这批被老天爷泡汤的茶叶血本无归，他带着手下揣着银票和一箱现银笑嘻嘻地来到钱麻子赌场，准备把那些茶叶本捞回来。他示意一眼手下，手下"啪"地将那箱现银拍到钱麻子跟前："一人五两，见者有份。"听的人喜笑颜开，都赞自己今天运气好，白白从天上掉下五两银子。朱旺财将脚跷到椅子上："朱大爷今天高兴，要赌大的，一千两起步，谁敢前来与我一赌？"一时间赌场鸦雀无声。过了一会儿，钱麻子见无人应战，他摇着蒲扇道："朱大爷说话可当真？若是输了可会又像一年前那般耍赖？"他说话阴森森的，让旁边的人听了一阵阵毛骨悚然。如果说朱旺财跟去年相比判若两人，钱麻子也是今非昔比，他抱稳了县太爷作靠山，赌场里又新添了十几个如狼似虎的打手，如果朱旺财想来砸场子，恐怕没办法法像去年那般容易脱身。

第一局朱旺财押大,骰子停下来掀开盖碗后,果然是大!朱旺财高兴得哈哈大笑:"老子今年运气旺!做生意嘛生意大赚钱,进赌场嘛逢赌必赢!算命先生说了,我今年走财运,即使坐在家里,天上也会掉下金元宝来!"

钱麻子脸上抽动了一下,示意手下将一千两银票递到朱旺财跟前。朱旺财也不客气,一把揣进怀里,回头朝各位兄弟笑道:"兄弟们别眼红,别看我朱大爷赚钱来得快,运气好了什么都挡不住。等赌完了大爷我请各位兄弟到怡春楼大宴,再到怡红院里睡温柔乡!"一番话听得他的手下兄弟齐声叫好。

第二局,还是朱旺财赢了,朱旺财兴奋得手舞足蹈。他盘算着,今天怎么着也能赚一万两银子。

第三局朱旺财押小,骰子滴溜溜停了下来,全场空气都像凝固了一般,屏声静气中盖碗掀开,是大!朱旺财很痛快地将一千两银票拍出来:"胜败乃兵家常事,给!"

接下来,朱旺财连输五局。朱旺财额头渗出汗来,将身上最后一张千两银票拍到桌子上,吼道:"押大!这次我一定能赢!我就不信,老天爷会站在钱麻子那一边!"

朱旺财又输了。他脸色煞白,跳到椅子上对钱麻子道:"这次你借我八千两银子,一局定输赢!"

钱麻子淡淡问道:"你可想好了?趁现在收手还来得及。"

朱旺财此时已经输红了眼:"废话少说,借我八千两!难道你怕老子还不起不成?"

钱麻子道:"亲兄弟明算账,我还真得问问了,你若输了,拿什么来还我这八千两?"

朱旺财拍拍胸脯:"老子手里有一颗价值连城的夜明珠,恐怕你拿八万两银子来都买不起。"

话已至此,钱麻子便将八千两银票递给朱旺财。全场都瞪大眼睛看这场百年不遇的豪赌。钱麻子问:"朱大爷押大还是押小?"朱旺财眨巴着眼睛想了半晌道:"押大!"钱麻子道:"你想好了?"朱旺财道:

"想好了，就押大。这次一定是大。"钱麻子脸上掠过一道不易觉察的笑意。骰子是灌了水银的，他可以任意操控。

只听骰子在碗滴溜溜一阵清脆乱响，等骰子停下来后，钱麻子再问了朱旺财一遍："你确定是押大？"

朱旺财道："确定。我押大。"

盖碗慢慢掀开，近百双眼睛都看清了，是小！众人唏嘘一片，有心直口快的道："这下朱旺财完蛋了，八千两，要怎么赔得起啊！"

朱旺财恼了，一把将骰子扫到地上，大叫："钱麻子，你抽老千！不然我怎么可能连输七局！"

钱麻子声音不大不小："大家都睁眼看着，我怎么抽老千？我说过了，愿赌服输，现在赶紧派人去拿夜明珠来！"

朱旺财哪里有什么夜明珠？他一声令下："兄弟们，砸了钱麻子这骗人的场子！"六个海盗便将桌上骰子扫落在地，一齐与钱麻子的手下动起手来。其他赌徒见势不妙，纷纷逃走，一个手脚慢的被桌子砸到了脚背，杀猪般嚎叫起来。朱旺财高估了自己的海盗兄弟，他自以为这六个兄弟都是一等一的高手，打起架来一定所向披靡。哪知这钱麻子也不是好惹的，他不知从哪里搜罗来的十几个打手都是狠角色，而且人多势众，不一会儿朱旺财这边便落败下来。海盗见势不妙，喊了一声："大哥，我们打不过，快逃啊！"朱旺财嘴硬道："老子不与你们计较，改日再与你们理论！"说着夺路而逃，哪知被几个打手团团围住去路，混战之中，他惨叫一声，原来他天灵盖被人狠命砍了一刀，顿时血流如注！这时朱旺财才感到了真正的恐惧与后悔。原来人这一辈子犯一次大错就足以全盘皆输，特别是有些错是不能犯的，因为它造成的严重后果终其一生都不能补救。朱旺财头上的血不断喷涌，此时他感到了深深的绝望，完了完了，这下要去见阎王爷了！

此时陈天鸣恰巧来到赌场，因他听手下说阿福竟然跑到赌场来了，他怒不可遏，这"赌博"二字要是一沾上那便是家破人亡，他一定要好好教训一下阿福。眼看朱旺财今日就要被大卸八块，陈天鸣大喝一声："住手！"钱麻子手下都认得这是全月港大名鼎鼎的陈老板，于是停下手来。陈天鸣道:"钱老板,今日你卖给我一下面子,放了朱老板罢!"

钱麻子道:"陈老板的面子那是肯定要给的,不过欠债还钱天经地义,让姓朱的写下欠条再走!"

陈天鸣沉下脸来:"你已经砍了人家的脑袋,还想怎的?再说了,你是怎么赢的你自己心中有数,撕破脸大家都不好看!"

钱麻子脸上红一阵白一阵,赌场多多少少都会做些手脚,比如三吃一,三个人串通一起,挠挠头表示押大,抠抠鼻子表示押小,还有其他形形色色的暗号那些莽撞的新来的赌徒根本不知晓,往往先给这些人一点小甜头,然后再把他们一口吃掉。真闹到官府里搞不好各打五十大板,倒便宜了那官老爷。仔细掂量了一阵,钱麻子像被割了肉般道:"也罢!今天就看在陈老板的金面上放了这姓朱的罢,不过,我不允许这姓朱的再踏入我这赌场半步!"

陈天鸣命人将朱旺财带回府上好生将养。虽然朱旺财在陈天鸣买茶叶时与他捣鬼,但陈天鸣想着冤家宜解不宜结,多条朋友多条路,所以出手相救。

朱旺财伤好后,心中对陈天鸣甚是感激,嘴里却说:"大恩不言谢啦!"陈天鸣淡然道:"举手之劳,你不必时时放在心上。人生在世,有时你负我,有时我负你,但总体来说,我希望自己能尽量不辜负于人。可惜造化弄人,人与人之间难免恩恩怨怨,今日我有恩于你,昔日别人也曾对我有恩,人这一辈子就是这样过来的。"

本来,朱旺财是不屑与陈天鸣为伍的。当老大当惯了,随心所欲自由自在,要是与陈天鸣合作,凡事都要商量,朱旺财受不得这个鸟气。但是,他目前已经赔了个精光,钱麻子还要追杀他,除了联合陈天鸣别无他途。虽然跟陈天鸣一直不对付,为了抢货源处处跟陈天鸣作对,但大敌当前不得不屈尊合作。试想,当年蜀国还得联吴抗曹呢,朱旺财这样安慰着自己。

朱旺财是个心直口快之人,他抱拳道:"陈老板,咱们这次联手是大好事。可是,咱们毕竟斗了这么久,突然握手言和,说真的,我心里还真放心不下。这样吧,为了表示诚意,咱们互换一个人到彼此的船队里头,你看这样可好?"

陈天鸣心头咯噔一下,口中道:"好呀,你要我这边哪个人到你船队里去?"

"就要阿福吧!"

阿福!阿福可是我的左膀右臂!陈天鸣强按住心头不满,不正面回答朱旺财的要求,反问道:"那么,敢问朱大老板要派谁到我的船队里头来呢?"

"就派我儿子去吧。"朱旺财倒是干脆。

见朱旺财如此干脆,陈天鸣也就干脆地答应了,他最怕朱旺财随便派个船员过来,他也不好辩驳。既然双方都有人都在对方船队,这也就放心了。只是,有个外人在自家船队里头,还是要多长一个心眼,万一出了内鬼,出了事情可就不好收拾了。阿福也是机灵,拿着酒杯朝朱旺财敬道:"朱老板,以后我就在你手下了,请多关照!"

朱旺财大喜:"好!痛快!这一杯我干了!"

接下来朱旺财儿子也向陈天鸣敬酒,陈天鸣又和朱旺财互敬,阿福与朱旺财儿子互敬,一时场面热闹起来。当下两边兄弟放开肚皮喝酒,有喝酒划拳的,有抱着鸡腿大啃的,直喝了一百多坛老酒,整个月港上空都飘满了酒香。连那穿梭在酒桌下的两只黄狗,吃了众人酒后的呕吐物,也醉在那里睡了一天一夜,嘴里流出涎水。

陈天鸣与朱旺财首次合作,双方均精神大振,合二为一,如虎添翼,月港谁能与之争锋?他们马上组织了一批货发往吕宋,甲必丹的管家站在马尼拉码头,终于等来了陈天鸣送来的瓷器与茶叶。甲必丹等这批货已经等了半个月了,如果这趟生意成功,可获利八千两银子左右。现在天遂人愿,这阵子海上风和日丽,海船如期到达,管家喜上眉梢。瓷器和茶叶很顺利地送到甲必丹那儿了,只等着明天拿银票。第二天,阿福准时到了甲必丹府上,哪知李承祖阴沉着脸,脸上乌云密布。阿福心中甚是不解:"尊敬的李先生,您遇到什么不愉快吗?"

李承祖并不说话,将手中的一个青龙花瓶递给阿福。阿福仔细看了看，再用手摩挲了几下："这样劣质的花瓶，不知从何而来？"

"你就不要再装蒜了，这花瓶正是你们送来的货！"李承祖怒气冲冲。

阿福大吃一惊："不可能！这里面有什么误会吧！我们老板和您又不是第一次合作，我们陈老板的为人您是很清楚的！"

李承祖提高了音量："正因为我对你们陈老板太过信任了，昨天验货时只抽查了样品，没有全部查验，结果今天发现了里面有大半劣质瓷器！人家说恃宠生娇，这道理果然不错！"

阿福急了："尊敬的甲必丹先生，这次货物我也不知道出现了什么差池，烦请您宽限我几日，让我回月港调查个清楚明白，在下一定给您一个满意的答复！"

李承祖冷冷道："你还是慢慢调查吧，我真没想到在马尼拉竟还有人敢欺骗我。我要换个供货商。你慢走，不送！"

阿福还欲挽回，但看李承祖那神色，知道再逗留只能自讨没趣，只得勉强告辞。一从甲必丹府上出来，阿福急怒攻心，肯定是朱旺财搞的鬼，这姓朱的就是靠不住！原以为陈老板和朱旺财已是兄弟了，兄弟之间本应赤胆相见，再者朱旺财出洋行走多年，在选货方面有过人的眼光，陈老板当时还谆谆叮嘱说这批货是给甲必丹的，务必挑选上等货运过来，朱旺财拍胸脯满口答应，哪知他做事这般不靠谱，出此大纰漏，不单单赚不了钱，还失去了一个大主顾，真是要命！倘若朱旺财此时就在眼前，阿福必将他骂得狗血喷头！可惜朱旺财远在月港，阿福满腔愤怒无处发泄，恶狠狠地将脚下石头踢向一边，那石头骨碌碌滚下了沟里。他心急如焚坐上了回月港的商船。阿福想，这距离远就是误事，捎个口信来回，黄花菜都凉了，要是能有什么鸿雁传书可以马上把信息送回，这样该多好！

阿福回到月港已是七天以后。陈天鸣听到阿福一番禀报，顿时怒从心头起，找到朱旺财劈头盖脸一顿痛骂，朱旺财也是个暴躁之人，他一下子就将桌子掀翻了："陈天鸣，你血口喷人！这批货我精挑细选，都是经过一一查验，如今你昧了良心，难道要赖掉我的银子不成！平日里你名声在外，没想到你是这样的卑鄙小人！"

陈天鸣也气急："你要是不愿意跟我合作你可以明说，何必这样诬陷于我！"

朱旺财嚷道："姓陈的，你要是想吞了我的钱，你明着来，没想到你使这样下三烂的手段！想必你以前赚来的银子都不干净！"

两人均大怒，几乎要动起手来。还是陈天鸣克制住了自己："旺财兄，你送去吕宋的货当真没有掺假？"

朱旺财诅咒道："绝对没掺假！若掺了假，让我断子绝孙！"

陈天鸣看朱旺财不像撒谎的样子，喃喃道："奇了怪了，若你送的货真是上品，为何到了马尼拉变成一堆次品？"

朱旺财朝地下呸了一口："还不是你从中搞鬼？"

陈天鸣道："我们长年在外都知道和气生财，我何必为了八千两银子跟你翻脸？那批货确实掺了太多次品，陈某绝无半句虚言。咱们兄弟初次合作都是真心实意，我何必横生枝节？"

朱旺财撇撇嘴："你做人太阴险，先把我搞臭，你好在月港一人独大，你打的好主意！"

陈天鸣百口莫辩，朱旺财叫道："反正我货交给你了，本钱和说好的利润一文都不能少！"陈天鸣知道朱旺财是火暴脾气，只得忍气吞声先回家去。他越想越纳闷，事情怎么会变成这个样子呢？朱旺财虽然脾气暴，却不擅撒谎，假如他想对付别人，只会明着来，不会使这阴招。是不是从中有人做手脚呢？假如有人从中做手脚，又会是谁呢？陈天鸣将有可能从中做手脚的人一一想来，想来想去，嫌疑最大的就是张恨天。在整个月港，只有张恨天和自己有不共戴天之仇。如果是张恨天，那他是怎么下手的呢？尽管陈天鸣恨不得马上将从中做手脚的人揪出来，却也只能静观其变了。

朱旺财的儿子朱勇猛生得膀大腰圆，天生臂力过人，却比他阿爹来得有头脑。正当朱旺财对陈天鸣破口大骂时，朱勇猛对他阿爹道："爹，我看陈老板不像此等阴险小人。他生意做得那么大，完全没必要使调包计来占我们的便宜。再说了，我们两家刚刚结盟，正是需要坦诚相见的时候，陈老板完全没必要在这个时候无事生非。要是陈老板真是此等阴险小人，他的生意也不可能做得这么大。我看可能是有人从中做了手脚，你不要轻易上当，中了别人的离间计。这事要从长计议，若是有人从中搞鬼，时间久了一定会露出马脚。"朱旺财一听，儿子的话似乎有些道理，于是勉强继续跟陈天鸣合作。可是接下来发生的一件事使陈天鸣与朱旺财几乎反目。

这事是由赈灾惹起来的。由于灾年，月港人家多户颗粒无收。陈天鸣慷慨解囊，搭起灾棚义务赈粥十五天，救了无数灾民的性命。他的赈灾棚前挤满了面黄肌瘦、衣衫褴褛的灾民。有些人其实是饿病的，只需一碗热气腾腾的白粥，力气就会慢慢回到身上，疾病自然慢慢消去。粥棚里阵阵炽热迎面扑来，米粥在锅里咕嘟咕嘟地冒着泡，空气中弥漫着大米煮熟的香味，人群骚动不安裹挟身前，夹杂着被人踩到脚的尖叫、婴儿受惊的啼哭声、母亲声嘶力竭的呼喊和老人无力的诅咒声。各色喧闹交织在一起，施粥官的喉咙都喊哑了："排队排队，人人都会有的。不要急。"但没有人控制得住场面，饥饿的人群只受饥饿的驱使。无数只手和无数个碗伸到施粥官面前，碗沿叮叮当当相碰，施粥官不知谁先谁后，只得胡乱添粥，便有人抱怨起来："我先来，怎么你反而给后来的添上了呢？"

甘知县心有余而力不足。库房吃紧，倭寇时时作乱，县衙疲于应付捉襟见肘，手头根本没有余钱救助灾民，本想加重赋税来填补亏空，但看这情形，如果加重赋税老百姓们非起来造反不可。幸亏有这陈天鸣来帮他化解这尴尬局面，甘知县希望陈天鸣以县衙的名义赈灾，陈天鸣一口答应，甚至直接将热气腾腾的稀粥直接运到县衙门口，让甘知县喜出望外。

过了几日，甘知县让人传话，请陈天鸣到府衙一叙。陈天鸣皱了皱眉头，官府的人不好打交道，这几年来陈天鸣深有体会，每个老爷都紧紧瞪着他的钱袋，也不知这次甘知县又要出什么幺蛾子，却又不能不去，只好扔下手头事务前去。落座之后，甘知县笑意盈盈开口道："陈老板，这次多亏你鼎力相助，众多老百姓才得以度过饥荒。此等善举应该广为天下知。"

陈天鸣赶紧作揖："大人过奖了，陈某只是做了该做的事，都是父老乡亲，本应该互相帮衬。"

甘知县摆摆手："陈老板不必自谦。月港自古就有传统，好事应该刻于旌善亭广为褒扬；另外，像朱旺财此等无恶不作之人应该将其劣迹刻于申明亭石碑上以作训诫。"

陈天鸣慌忙推辞，哪知甘知县执意要重修旌善亭与申明亭，并且承诺费用由县衙承担。陈天鸣只好谢过甘知县。告辞出来，陈天鸣心事沉重，此行出乎意料，原以为甘知县又要揩他油水，他来之前还想着到底要答应还是拒绝，如果对方狮子大开口，那他是否如商贩般讨价还价，哪知竟是修旌善亭这等事。修旌善亭虽好，糟糕的是甘知县要同时修申明亭，将朱财旺落草为倭寇杀人放火骚扰海防之事公之于众，这不是挑拨离间、煽风点火吗？搞不好朱旺财还以为这是自己出的主意，到时必将一腔怒火撒在自己身上，那这事就糟得不能再糟了。

旌善亭和申明亭择吉日动工，三个月后很快落成，焕然一新。甘知县出席落成典礼，即兴发表现场讲话，表彰了陈天鸣的善义仁德，一边痛斥朱旺财的罪行，希望朱旺财早日前来投案自首。甘知县讲得兴致勃勃，陈天鸣如坐针毡，他不敢回头看朱旺财的娘子，只觉后背如有针扎。

第二天，旌表亭的石碑上被泼满了粪便。一夜风吹已经干硬，但粪便喷溅的画面惨不忍睹，在风中散发着恶臭。

发现的人前来报信时，陈天鸣老母一听就跳了起来："哪个天杀的见不得人好，有本事自己也让县太爷给你建一座旌善亭，背地里耍这等下三烂的勾当！"

陈天鸣苦笑，命仆人给了那报信人一把碎银。待报信人走后，陈天鸣道："我早知道会有这种事发生。你等着看吧，说不定哪天石碑被人砸了都有可能。"是的，目前陈天鸣的生意如日中天，最是遭人眼红耳热之时。

果不其然，半个月之后，旌善亭和申明亭的石碑都被砸成两段。甘知县闻讯怒不可遏，月港的大街小巷贴满了朱旺财的通缉令，一夜之间又被人揭得无影无踪。朱旺财神出鬼没如同鬼魅一般，甘知县暴跳如雷却也无计可施。有传闻说，朱旺财手下甚至有倭寇甘愿为他当差，倭寇头盔上饰着金银牛角，五色长丝，类如神鬼，让人惊骇。他们手中多执明镜，善磨刀枪，那些刀枪在日光下闪闪发亮，刺人眼目。不仅有日本贼首，连月港贫民也有不少人在朱旺财威逼利诱之下参与他的行列，其中有的人甚至被押送到日本作猪仔，此等恶行令人发指，人神共愤。又有人活灵活现地描述说，以朱旺财为首的海寇乘坐装载百人左右的船只在诏安登陆，气焰嚣张，如入无人之境。朱旺财如幽灵一般一会儿出现在月港，一会儿出现在东瀛。陈天鸣忧心忡忡，只希望别出什么乱子才好。

朱旺财走的是日本这条线，因为朝廷深受倭寇其害，不准与其贸易，他干的是掉脑袋的勾当。他早年亡命东瀛，一帮难兄难弟都在东瀛，已经习惯了东洋的生活，对航线也最为熟悉，已经熟门熟路，到日本的海途中基本上不会遭到打劫，因为都是熟面孔，除非运气不好，遇到不知哪里冒出来的葡萄牙或西班牙海盗。陈天鸣一直劝朱旺财改走吕宋路线，不要再跟朝廷作对，免得长年累月担惊受怕。朱旺财轻轻哼了一声，喝了一口酒，扔下一句话："胆小鬼总是不敢想着成功而满脑子想着失败。"陈天鸣见他如此固执，心知劝不动，只是担心着朱旺财总有一天要出事。

为了抓捕朱旺财，县衙里的官兵日夜守候在码头。哪知朱旺财狡猾得很，声东击西，派一帮人故意与官兵吵嚷，而他则从另一个码头不声不响上了船，待官兵醒悟过来时，朱旺财的船已经离岸数里，直奔东瀛了！海防官兵换了十几批，却还是没一批能捉住朱旺财的。这家伙，狡猾得像一只泥鳅！朱旺财的胆子比天还大，月港有七个码头，其中阿哥伯码头是官用码头，其余六个是商用码头，照道理官兵是猫，他朱旺财是老鼠，老鼠应该远远绕开猫才是，而他朱旺财胆大包天，有一次竟然派人使计将官兵灌醉了，他的货船大摇大摆从阿哥伯码头出发了！被耍弄的官兵怒火中烧，恨不得将他剥了吃了，但又只能打落牙齿自己吞，声张不得。这等事传扬出去岂不是让月港百姓笑掉大牙，说官兵怎的如此饭桶脓包！

第十章　漳泉饷税之争

人怕出名猪怕壮，眼见陈天鸣盖洋楼吃燕窝戴金表，官府人闻风而动。各种饷税扑面而来。督饷馆征收三种饷税，一是水饷，不是以船的载重量收取，而是以船的广狭为准，按船只大小而征收，陈天鸣现手下有十二艘福船，年年要交纳水饷。二是陆饷，是按出口货物的多寡与价值的高低来计算的，陈天鸣出洋一定要购买货物，所以陈天鸣又交了第二重饷税。第三种为加增饷，专门征收从吕宋回来的商船税，陈天鸣的最大利润均出自往来吕宋的货船，因此，陈天鸣要交三重饷税。他真希望一艘船的货物只交一重饷税，无奈官府规定如此，更改不得，只好眼睁睁地将自己的辛苦钱拱手送给官府。

为弥补国库虚耗，朝廷派出大批宦官充任矿监税使，派到福建的税监是高寀。高寀处处设立关卡，对进出港口的船只大肆搜索，连一只蚂蚁也不肯放过。高寀来时的阵势不输皇上。一阵震耳欲聋的车马喧哗之声轰然而来，惊得路人不禁停下手头的忙活，纷纷扭头望去。只见驿道上尘土飞扬，一面面绣着龙马花纹的旌旗迎风猎猎招展，旌旗后面，一辆辆马车和一队队骑兵声势浩大而来。一看到那龙马旗，士兵们一个个就地埋头伏下身来，也顾不得地上碎石硌得膝盖生疼，一齐朝着这些马车、骑兵迎拜。哗啦啦一阵杂响，那数不清的马车、骑兵一直驰到这个城砖打磨场的周边才停。在他们众星拱月般的簇拥下，一辆顶上插着五彩描金孔雀翎团扇的马车径自驶到了驿站门前。然后，马车的珠帘掀开，一位身着金亮缎袍的老者在两名绝美丫鬟的搀扶下,踏着八个躬身伏地的男仆脊背,就像踩着一块块垫脚石那样目中无人地缓缓走了下来。此人身材瘦削,他整了整衣襟,在早已整理好的铺着虎皮坐垫的红木椅上坐了下来,犀利的目光向四周环视着,仿佛一个凛然不可侵犯的霸主,那么高傲,又那么威严。就在众人惊疑不定的时候,老者身后那些侍卫齐声高呼:"高公公驾到!"这声音宛如一阵惊雷在众人心头滚滚而过——原来,这个老者就是皇上身边的红人高寀!张恨天心中暗暗咋舌,此等威风此等气派,见风风灭,见草草枯,谁敢逆着他的意思半分半毫?

高寀在泉州府的临时"别宫",奢华夺目。墙壁、地板、天花板都是鎏金的,酒杯是名副其实的金樽,茶杯是景德镇官窑里的贡品。当然,这些都是传说,每个听说过的人都要咋舌一番。高府卫兵、家丁300余人,宾客谋士及哥童舞女百人,饮食奇珍及一应米菜酒果,日用50余金,全部取于商店,各项物价分毫不给。高寀听说了江湖术士的秘方,养了许多娈童歌妓,整天花天酒地,寻欢作乐,妄图壮其男根,以补缺憾。他自知这肥差时间有限,不可能天长地久,因此变着法子竭力搜刮,百姓都骂他"金头苍蝇臭腹内"。

除了征收饷税,高寀还打起了挖矿的主意。这下子,陆仁德家遭了殃。陆仁德家的祖坟风水极好,坐山看溪,九龙江水蜿蜒从山前流过,祖辈尸骸都葬于此处,并建造了一个方圆三亩大的墓园。高寀阴恻恻一笑:"这山上全是富矿,即令开矿队上山,就从该墓园挖起!"陆仁德闻报不禁魂飞魄散,他心急火燎赶到祖宗的墓园一看,这还了得,棺木竟然被掘了出来,棺材板被掀开,森森白骨散了一地!陆仁德哭倒在地,抱住矿兵大腿:"官爷,求求你,祖先暴尸山郊野外,于心何忍?"

矿兵一脚将他踢开:"我们只是奉命行事,你去求高大人才有用。"

陆仁德擦干眼泪到泉州高府求见,哪知高寀连见也不见,只让亲信邱九成传话:"这是掘矿淘金,如果要保存墓园,就拿出八千金上交。"陆仁德惊呼:"八千金!我要去哪里抢!"他多次请邱九成吃吃喝喝反复磋商讨价还价,最后以五千金了事。被榨了五千金,陆仁德

第十章 漳泉饷税之争

宛若被剜了心头肉，对高寀恨之入骨，他发誓有机会定要报仇。无奈天高皇帝远，目前只能隐忍不发，敢怒不敢言。今年也不知哪里触了霉头，万事不顺，所谓三十年河东三十年河西，难道自己的财运开始走下坡路不成？

高寀尝到甜头，变本加厉，到处了解打探各村富户祖宗墓地，不管有矿无矿均令开矿队上山在富户庐墓周围挖掘，富户人家为了保护祖墓不受损坏，只好忍痛用重金买通高寀到别处挖掘。屡次得手，高寀乐此不疲。

于是，月港盐商、工匠、行户、驿夫，到至士大夫辈，下至负贩、小民，均对高寀恨得咬牙切齿，无不欲食其肉、寝其皮。众多商人聚集饷馆门口，要求归还血汗钱。听得外面嘈杂喧闹，高寀冷笑："这帮无知小民，一律杀无赦！"手下卫兵冲出去持刀乱砍，杀死潘六、蔡廷机、何祖荫、林裕泉、陈继祖等二十多名商人。一时间月港血光冲天，十步一缟素。胳膊扭不过大腿，无人敢公然跟高寀作对。

第三天就是"呈祥"的日子，高寀对今年的"呈祥"充满了期待，希望每年的"呈祥"都能带给他新的惊喜。所谓"呈祥"，是指进入中国港口的外国商船，除了必须交纳关税之外，还必须给皇室进奉珍奇舶来品，同时也得给当地官员送些不菲的东西，称为"呈祥"。而那些出洋贩运者，为了违禁货品或者逃税行为不被处置，更会给海关管理者塞钱孝敬。高寀等着漳泉两地知府的"呈祥"，而陈知府也焦急等待着陈天鸣这些月港大海商的"呈祥"。高寀规定："金行取紫金700余两，珠行取大珠50余颗，宝石行取青、红、酒黄50余块，盐商每引勒银二钱，岁银万两；其他绸缎铺户百家，编定轮流供应，日取数百计。"

为了这"呈祥"，陈天鸣真是发愁。往年好日子的时候，"呈祥"除了现成的银票，还有各种奇珍异品，如贵比黄金的龙涎香，据说那是鲸鱼分泌的唾液提炼而成，数量极少，世所罕有。除了龙涎香、象牙、百年老珊瑚等，凡最奢华者皆献给甘知县，只愿能讨甘知县欢心，这出洋贩运之利能够天长地久。记得有一年从缅甸弄了两只会说话的虎皮鹦鹉，海程中一路小心呵护，其中一只还是上吐下泻死于船上，无奈只好把死尸扔进大海。剩下那只侥幸活到月港，小心翼翼献给甘知县，那鹦鹉外形美丽又极为温顺，小公子极为喜爱，只恨不得与鹦鹉同吃同寝，甘知县果然大为开怀。哪知这几年倭寇横行，各种饷税多如牛毛，最惨的是陆仁德，他的五条船被海盗洗劫一空，血本无归，哪还有银子来"呈祥"？可人是习惯性的动物，收惯了"呈祥"，哪一年突然没有，料想甘知县的脸色必定不好。陈天鸣看着备好的银票和物件，连自己都觉得寒酸，脸上不禁阵阵发烧。可是，他没办法打肿脸充胖子，只好硬着头皮去了。

甘知县瞄了一眼"呈祥"，没有说话。陈天鸣坐了一会儿，只觉屁股发烫，再也坐不住，讪讪告辞而去。

下午，张恨天来了。张恨天带来的银票上的数字让甘知县一阵眩晕。甘知县一阵眩晕，他设想过张恨天也许会奉上一千两银子，但没想到是五千两！但惊喜在甘知县眉梢一跳，就被克制住了。

对比太鲜明了。

甘知县将收上来的呈祥一半纳为己有，另一半呈给了高寀，并对高寀添油加醋了一番："没办法，连陈天鸣这样的大老板都只呈了这么寒酸的一丁点儿。"这甘知县也曾饱读诗书，也曾有报国安天下的抱负，无奈囊中羞涩，加上有人主动进贡，也就乐得笑纳；到了后来，竟变得主动伸手，离斯文君子越来越远。

高寀脸一沉，记住了陈天鸣这个名字。

第二天，陈天鸣的"海通"号正在装货的时候，一队官兵从天而降。从前，"海通"号可以说是免检，官兵好几年没有登船了。陈天鸣暗叫不妙，这当官的翻脸比翻书还快，"呈祥"不成反遇难，陈天鸣真是叫苦不迭。前一天他几次动了动嘴唇想开口，见官差一副凶神恶煞六亲不认的模样，只好作罢。

只见那官差如狼似虎，将船中货物掀得一片狼藉，折腾了半个时辰，为首的官差道："你这茶叶上报了八十袋，船上却有八十一袋。

督饷馆规定得明明白白：递送掣验，如所报有差错，船没官；物货斤数不同，货没官。想必你知晓罢？"

陈天鸣连连点头："知晓，知晓。想必是伙计粗心，点错了袋数。恳请官爷高抬贵手！"说着使眼色让伙计送了一袋茶叶和五匹绸缎给那官差。那官差犹不知足，还顺走了两件瓷器。陈天鸣想，和气生财，算了算了，不跟他们计较了。哪里想到，这只是他这船货被剥的第一层皮。出师不利，陈天鸣这回准备跟船回吕宋，顺便回去看看沙丽和女儿，他在月港已经耽搁好几个月了。

陈天鸣的船出了月港，他稍微松了一口气，这只是第一关，到泉州港那边还有关卡把守。到了刺桐港，又一队如狼似虎的官兵跳上船来，开始胡乱翻检，他们翻捡到粗盐，嚷嚷着这是禁物，要没收。陈天鸣赔笑道："官爷，之前食盐属于禁物，但今年官府发布告示，食盐已不属于禁物了，否则，我的货物怎么可能顺利地从月港出来？不信您看看我随身携带的漳州府告示。"说着将藏在贴身衣袋里的漳州府告示小心呈上。

为首的官爷不耐烦地瞥了一眼，将告示扔还给陈天鸣："我不管，泉州府告示里食盐还属于违禁物品，统统没收。"手下一听，争先恐后一拥而上就将一大堆食盐往岸上抬。陈天鸣终于按捺不住气愤起来，这些吃人不吐骨头的官差，就是因为百姓经常忍气吞声不敢反抗，导致他们越来越嚣张，想想自己多少也算是有身份的人，他大喝一声："你们这是明抢！真是无法无天，难道没有了王法不成？我是月港海商陈天鸣，漳州许知府是我八拜兄弟，烦请官爷卖我几分薄面！"官爷轻蔑一笑："哎哟，我好怕哟！实话告诉你，我不归泉州府管，也不归漳州府管，我是高公公的手下，我家公公是皇上跟前的红人，有本事就到皇上跟前告状去吧！"

陈天鸣越加气愤，喝令手下动手将货物抢回来，一时之间双方剑拔弩张。那官差嘿嘿一笑，突然径直往船舱里走，陈天鸣紧跟其后，只见那官差眼疾手快，已从陈天鸣的包袱中找到一头青瓷盘龙。陈天鸣暗叫不好，官差阴森森笑道："好东西！好东西就要上供给朝廷。

小的们，将这盘龙没收了！"陈天鸣劈手夺了过来："你不要挂羊头卖狗肉！谁不知道你们打着上供的名义，实际上被你们抢走的东西都被你们这些小人占为己有！"

这官差平日里横行霸道惯了，眼见陈天鸣如此桀骜不驯，不禁火冒三丈："我怀疑你这船私通倭寇，船上货物全部扣押，待查明真相后再放行！"陈天鸣暗暗叫苦，无奈强龙斗不过地头蛇，人在屋檐下，不得不低头，眼睁睁看着自己的船被扣押，真是叫天天不应，叫地地不灵，只恨不得义兄此时就在眼前为他做主，可惜义兄远在漳州府。陈天鸣往督饷馆走去，他想想碰碰运气，如果督饷馆大人能帮他解决问题，他就不用舍近求远回月港找大哥搬救兵了。

督饷馆就设在入海口，前面是码头，后面有一片水稻田。外面有重兵把守，兵器寒光闪闪。陈天鸣带着四个随身家丁求见，等了许久才有人回话："只许陈老板一人进去。"管家不放心，强烈要求一起进去，但门口守卫毫不通融，粗鲁地将四个家挡在外边。陈天鸣瞥了瞥寒冷光闪闪的刀戟，示意管家退下，自己独自走进去。管家急得大喊："我家老爷可是月港大名鼎鼎的陈老板！"守卫极不耐烦："哧，一个做生意的。"两个守卫互相挤眉弄眼："哟，我家老爷可是大名鼎鼎的陈老板！"然后就乐不可支哈哈大笑起来。

陈天鸣碰了钉子，强忍心中的怒火扭头就走。无奈之下，陈天鸣只得连夜雇了条船回到月港。到达月港时已是三更时分，尽管心急如焚，却不敢打扰义兄休息，毕竟义兄官阶摆在那里。再者连夜去找义兄也于事无补，只得按捺性子小寐了片刻，待到东方鱼肚白时，就急忙启程到漳州许知府府里投贴拜见。

话说许知府又如何成为陈天鸣义兄？原来半个月前，许知府的老母亲生了重病，常觉得心跳如鼓，在佛前许愿："若有人医好我的病，男子收为义子，女子收为义女。"陈天鸣听闻那症状，跟洋医说的心脏病很是相似，斗胆用随身带回的西洋药一试，许知府的老母亲竟然病愈了。许知府是个孝子，不敢拂逆老母亲，但将陈天鸣认作了义弟。

许知府听了义弟一番话，端起茶盖碗打开茶盖喝了一口茶，叹道：

"贤弟，你有所不知，这漳州府与泉州府的关系说来话长。督饷馆原为海防馆，由军事长官防海大夫担任，不归地方政府掌管。防海大夫在事久远，早已操纵自如，所以申报不尽实录，后来就有了漳、泉轮管之议。咱们月港的商船要经过泉州府管辖的中左所才能放洋，对海上边防的管理，两地都投入了相当的军力。现在出海舶税的征收权从海防大夫手上收回来了，泉州建议干脆分开来管理，漳州管理下西洋的舶商，泉州管理下东洋的舶商，但这样管理有多不便，后来才有了督饷馆。朝廷现在也知道要防着督饷馆虚报，所以督饷馆主官一年一任，如走马灯似的。好不容易跟这任督饷官搞好了关系，他又调走了，鞭长莫及。如今这位新任的吴督饷我不知他底细，也未有什么交情，为兄有心帮你，但真不知吴督饷是否卖给我一丝薄面呢！"

许知府其实有很多不得已不便与陈天鸣言明。唉，人人以为贵为知府可以呼风唤雨，却全不知官府的盘根错节与难处。表面上他和陈天鸣称兄道弟，实际上，许知府深知，如果没有真正的平等，就不会有真正的朋友，毕竟一个是官一个是民。陈天鸣不知道，督饷权前几年一直由皇上直接派宦官前来收取，百姓对这阉人恨之入骨，更可恨的是，这阉人气焰嚣张，全不把当地官员放在眼里，陈天鸣根本不知道地方官员和宦官双方已到了几乎水火不容的地步。水饷、陆饷、加增饷是漳泉一带最主要的财政来源，宦官全部搜刮走，一毛不剩，而府衙捉襟见肘水深火热，连孝敬上级的余钱都没有，这让许知府大为恼火。陈天鸣不知道，不单单他一人跑到许知府这里来诉苦，甘知县前天也刚刚跑来这里诉苦过。地方县衙承接着驿道沉重的接待任务，迎来送往衣食住行都要包管，而朝廷并没有一丝一毫的拨款，全部由地方想办法，这真是愁死人。特别是接待高寀一行真是让甘知县煞费苦心，若只负责高寀一人倒也罢了，让人气愤难平的是高寀仆役成群，而这些仆役仗着主人正得圣上恩宠，飞扬跋扈，那气焰比起高寀有过之而无不及，真可谓一人得道鸡犬升天。服侍大人倒也罢了，连仆人也要服侍，甘知县真的恨不得将这些乌合之众统统乱棍打死，表面上却还得笑脸相迎，心里还得筹划着这一大亏空不知要从何挪补。事情总有爆发的时候，这日两拨人马在容川码头打起架来，县衙人马毕竟熟门熟路，痛快地打了一场胜仗，还捉了对方的一名手下回来。哪知那高寀仗着皇上的宠爱，也不登门商谈，竟然直接率了一队人马攻进县衙，将县衙砸个稀巴烂，抢出自己人扬前而去。甘知县心头窝了一团火却无处发泄，只能忍气吞声。他一边命人收拾县衙，同时严令此等事绝对不允许走漏半丝风声，若让他听到百姓有一丝议论，扣除三个月薪俸。捕快个个噤若寒蝉。丢人啊，丢人啊！这犹如让人在脸上狠狠地打了耳光，而且是左右开弓。但此等丢脸事如何跟一介商人言说？陈天鸣盼的是减轻个人的赋税，许知府盼的是将督饷权拿到手里。无独有偶，泉州的林知府也对高寀深恶痛绝，同样盼着自己当家作主。两人同时给皇上上了折子，均痛陈高寀在地方如何横行霸道激起民愤，希望督饷权归地方所有。所不同的是，林知府认为督饷馆应该设在泉州刺桐港，而许知府认为督饷馆应该设在月港。

　　林知府说，一切船只出洋皆要经过刺桐港，督饷馆理所当然应该设在刺桐港，若设在月港，只征收一部分海澄商民，岂不是贻笑大方。许知府说，月港如今正处鼎盛时期，出洋量大大超过刺桐港，督饷馆理当设在月港，取之于民用之于民，否则月港财政举步维艰，实在难以生存。

　　万历皇帝想，你们如意算盘一个打得比一个精，不与朕分忧，还想着与朝廷碗里夺食！宫里的开销用度都指望着高寀上交回来的饷税，你们以为天高皇帝远不知道你们的鬼把戏。收上来的饷税经过层层盘剥，到朝廷手里十成能剩下两成就阿弥陀佛了。要是派高寀去，即使高寀从中搞些手脚，起码还能有六成到自己手里。谅那高寀也不敢弄个二八开。水至清则无鱼，人家辛苦办事总得给人一些辛苦费，无利不起早，不然谁还来为你办事。想到这里，万历皇帝提起朱笔在奏折上批道："高寀办事辛劳，难免得罪乡党，待朕查明真相再作处置。"

　　事情就这样拖了下来，漳泉双方争吵不休，正好让那高寀乘虚而入渔翁得利，又在漳泉之地逍遥了好几个月，直至闹出人命，民愤极大，皇上才不得不下旨召高寀回京。

陈天鸣犹如迎头泼了一盆冷水，他原以为只要义兄一发话，事情必定马到成功，哪知事情盘根错节，民与天争，民与官争，官与官争、与朝廷争，每个人都有自己的不得已，每个人都有自己的不容易。这下南洋看似风光，一路上过关斩将，也不知要上下打点多少关节，耗费多少心血，想到这里，陈天鸣不禁仰天长叹。天空中一片火烧云，像血一样纵横涂抹了半个天空，让人心生悲凉。水饷、陆饷、加增饷犹如蚂蟥吸民膏血，下南洋不容易，在别人眼里，他们利润丰厚，坐享其成，哪想到不仅有海上恶浪滔天、倭寇横行，更有那码头层层关卡，层层抽丝剥茧，不堪其苦。

高寀不单单要没收陈天鸣的货物，他还要罚款。陈天鸣哪里肯交？高寀便下令将陈天鸣老母亲与大哥抓了起来。老母亲和大哥被押了上来，两人都蓬头垢面，老母亲满头白发乱糟糟地披在脸上，身上散发出一股臭味，堂上的人无一不掩上口鼻。大哥的衣服都皱了，还撕了一道口子。陈天鸣急忙跪在地上恳求道："高公公，求求你放了我母亲和我大哥吧！大丈夫一人做事一人当，有什么事你找我便是！"高寀乜斜着眼道："只能放一人，你选吧。"

大哥眼巴巴地看着陈天鸣。奶奶的，没享上这个老弟多少福气，却经常惹祸上身。老母亲年纪大了，说实话，年纪越大越怕死，能多活一年都是美事，但她心里疼爱儿子，就对陈天鸣说："阿鸣，放了你大哥吧。你大哥还年轻，有老婆有孩子，还有很多事要做，怎么能年纪轻轻就丧了命呢？"

陈天鸣看看老母亲，又看看大哥，左右为难。若救大哥，弃老母亲于不顾，他不孝的名声会马上传遍全月港，所有的月港人都会戳着他的脊梁骨指指点点，再说了，老母亲对他有养育之恩，自己怎么能如此无情地舍弃她？可是，要是舍大哥而去救老母亲，嫂嫂侄子都会恨他，大哥于九泉之下想必化作厉鬼都饶不了他！眼看陈天鸣迟疑不决，高寀不耐烦了，催促道："你快做决定，不然两个人都一起斩了！"陈天鸣欲哭无泪，急得想撞墙，终究是老母亲不忍，她大叫道："阿鸣，你不要为难，阿母已经活够本了，以后你要记得好好帮衬你大哥！"

说着一头朝柱子撞去，顿时血流不止，全场人都惊呆，陈天鸣和大哥抢上前去扶住，哭叫道："阿母！"老母亲握住陈天鸣的手，虚弱一笑："阿鸣！"陈天鸣转而向高寀跪了下去："求高公公看在老母的份上减少一些赋税，小人确实无能为力！"

看着公堂上乱糟糟的场面，高寀挥挥袖子："减少一半！再也不能减了！"

陈天鸣便吩咐伙计去取银票。

银票到手，高寀便下令放了陈天鸣阿母与大哥。陈天鸣阿母命大，回到家止了血，静养了一段，总算保住了一条老命，只是行动更为不便了，愈加老态龙钟，老人家依旧固执地住在老宅院里。本来，陈天鸣的新宅子阔大气派，陈天的娘却死活不肯搬进新宅子里。她说，那西洋样式她不喜欢也不习惯，再说了，要是你那死鬼老爹要回来找我，会找不到的。我要在这老屋里等他回来。陈天鸣拗不过老娘，所谓孝顺，要顺着孝，他只好买了一个小丫头侍候老娘日常起居，老屋虽然破旧倒也宽敞，多了一个小丫头也不觉得拥挤。

陈天鸣内疚不已，阿母安慰他："我年纪一大把了，也活够本了，这一撞少了一半税银，也算是撞得值了！"陈天鸣愤恨道："这高寀督饷一日，百姓便没有一日安宁！"

高寀自接到圣旨后，便与市舶司的邱九成密谋如何在临走前最后大捞一把。次日，邱九成亲自率领五十个官兵到阿哥伯码头，逐船搜查一个叫阿木的人。问来问去，大家都说不知道，不认识。邱九成道："这个阿木定是没有交饱和便私自回家了，众兵听令，到南门街追捕阿木归案！"

五十名亲兵冲到南门街，不管是金银店铺，还是宝石、古玩商行，均去势汹汹破门而入，逢人便砍杀，见金银珠宝、绫罗绸缎就抢，弄得整个南门街哭喊声一片。他们敲门砸户、杀人越货，一时间把整个繁华的商街变成打砸、杀人的场所。抢完后，邱九成下令："放火！"他要让一切不留痕迹。一时间南门街变成一片火海，乡亲们想冲上去救火，却被邱九成及凶神恶煞的亲兵持刀把住，谁敢上前立杀无赦！

眼睁睁看着毕生心血烧为灰烬。

月港的士、农、工、商、贩夫、走卒愤怒了，几千人从四面八方汇集到饷馆门前，要揪出高寀，千刀万剐以平民愤。高寀吓得赶紧从后门逃往福州，命随从汪秉坤在门前挡驾。汪秉坤站在台阶上大声威吓："高公公深得圣上隆恩，他收的饷税均是为圣上效劳。你们这群不知死活的刁民，竟敢与高公公作对，我劝你们赶紧退下，以免惹来杀身之祸！"

呸，这狗奴才狐假虎威还想吓唬人呢！他根本不知厉害，还在那里装腔作势："你们想干什么？想造反吗？"

对，就是要造反！

愤怒的群众一拥而上将他捆绑起来沉入月港。第二天，汪秉坤直挺挺地浮尸在月港水面上，高寀听说后也无可奈何，心中暗暗叫苦，却又不敢传扬出去，更不敢回月港报复，生怕被剁成肉酱，更怕像汪秉坤一样被拉去"填海"。

第十一章　左右为难

因为货被扣了，陈天鸣再次耽搁了回吕宋的行程，只好写了一封家书给沙丽，说还要在月港耽搁数月。

安琪儿先拿到了信，回到家里眉开眼笑望着沙丽，那雏菊花瓣似的双唇笑成了弯月，两手从背后抽出，捧出一个信封。沙丽的牙齿都磕碰了，慌慌地将那灼烫之物取到手里，回到自己房间将门锁起。女儿在门外叫道："娘，爹在信里都说了什么？"沙丽把信放在自己的胸口，一颗心怦怦直跳，不亚于刚和夫君两情相悦时约会的情形。天鸣哥会在信里说啥？他要回来了吗？还是不要她了，准备从此留在家乡月港？这信里面可能藏着一纸令她昏厥的判决。紧张使沙丽不能呼吸。她搓动双手，将信封放在梳妆台前，在心里默念着夫君的名字，然后将信小心翼翼打开。谢天谢地，夫君在家乡一切安好，只是要准备回吕宋的货物，所以还要在月港耽搁数月。唉，数月到底是几个月？沙丽现在终于懂得了什么叫望穿秋水。

安琪儿从小养尊处优，从不懂得什么叫忧愁。父亲回了家乡月港，一去数月，母亲甚是想念父亲，安琪儿也想念父亲。她撺掇母亲："我们乘船去月港找父亲吧！"母女俩一拍即合，简单收拾了行装马上启程。安琪儿兴奋得睡不着，这是她第一次出远门哦！从小待在马尼拉港口，一切风景都看倦了。安琪儿甚至有些庆幸自己的父亲是异乡人，听起来有传奇浪漫的色彩，让沉闷的生活多了一些新鲜感。

自从陈天鸣回了月港后，沙丽是掰着指头过日子的。每天黄昏，她都打扮得漂漂亮亮的，到码头等候夫君归来。然而，当船上的人鱼贯而出，最终码头上空无一人时，还是没有陈天鸣的身影。沙丽明显地瘦了，脸尖尖的，孩子哭了，她都愣愣地没听见。天鸣哥是不是被那个叫海丫的女人缠住了？难道天鸣哥不打算回来了吗？一想到这里，沙丽就想哭，一颗心揪得紧紧的。不行，我要去月港找他，我一定要把他找回来，我不能没有他，安琪儿不能没有爸爸。沙丽心急火燎地将老酋长接到城里，她收拾行装准备出发。酋长的身体越来越不好了，他吧嗒着烟斗："以前我就说别到城里来，别到城里来，你不信，这下好了，把相公弄丢了吧？"沙丽气得跺脚："阿爸，你不要火上浇油行不行？我一颗心都在油上煎了，你还往里面撒盐！"看着憔悴的女儿，酋长不敢再说风凉话了："沙丽，不管陈天鸣那臭小子回不回来，你一定要回来啊！我不能没有女儿，我外孙不能没有娘！"沙丽的眼圈一下子红了。

沙丽晕船，在海上又吐又拉，倒是安琪儿活蹦乱跳的，一路照顾阿娘，为阿娘端茶送饭。母女二人颠簸了四天四夜，终于到了月港。跨上容川码头时，沙丽扶着一块石头吐了个昏天暗地，直到只吐出酸水，她才有力气抬起头打量眼前这个陌生的地方，原来这个陌生的地方就是夫君的故乡。这时，她看到了一个八九岁的孩童。小孩面相黝黑，沉默、茫然地坐在另一块石头上，眼里有着与他的年纪不相符合的沉重。沙丽走上前去："小孩，打听一下，你知道一个叫陈天鸣的人吗，他家住在哪里？"沙丽跟陈天鸣生活久了，也学会了一些简单的闽南语。

那小孩听到陈天鸣三个字，眼神突然警觉起来："你打听陈天鸣做什么？你是他什么人？"

沙丽高兴起来，听小孩那语气，好像认识陈天鸣似的，运气真好，一下船就能打听到夫君的消息。"我是他老婆。我从吕宋来找他的。"哪知那孩子竟霍地从石头上跳下来，骂道："不要脸的番婆！"骂完后一溜烟跑得无影无踪，气得沙丽浑身发抖。这少年家真是有人生没人养啊！无缘无故干吗骂人，月港这是什么鬼地方啊？连个小孩子都这么不友好！不行，等找到天鸣后，一定让他马上回吕宋，这鬼地方，她是一分钟都不想多待了。沙丽气极，想追上那孩子理论一番，于是跟着那孩子奔跑起来，街道两边那一块块店铺牌匾、路名标记像长了翅膀似的从她眼前飞掠而过。安琪儿跟着跑得上气不接下气："娘！等等我！"

这个孩童不是别人，正是海丫的儿子张啸风。张啸风原名阿念，是阿母取的名字，后来继父给他改名张啸风，阿念毫不犹豫地抛弃了原来的名字，因为他想彻底让那不堪回首的往事跟随着旧名字埋葬。张啸风这阶段心情极为恶劣，得知亲生父亲回月港的消息，他偷偷去看了陈天鸣一回，那个高个子男人正坐在屋里跟一帮人谈笑风生。那张笑脸让张啸风又气又恨，这狗日的男人，丢下他和阿母不管，一去八九年没有音信，他和阿母所有受的苦全拜这个男人所赐，他根本不想认这个陌生的父亲。他喜欢继父张恨天，张恨天对他们母子有情有义，比眼前这个无心无肝的男人胜过千倍万倍。不行，他不能跟亲生父亲相认，认了，就是对继父的背叛，他张啸风不想做一个无情无义之人。心里虽然这么想，但毕竟有个疙瘩在，张啸风经常坐在码头边发呆。没想到今天竟然碰到这个棕色皮肤的番婆，她和陈天鸣真是一对天造地设的狗男女。这个陈天鸣真是无情无义，他果然在吕宋娶妻生子了，人家在吕宋过的是风流快活的日子，枉他阿母为这个姓陈的白白流了多少眼泪，多少年了，阿母天天都要到码头上等啊、等啊，脖子都抻长了，她哪里知道，她等的是这样一个薄情寡义的男人！

陈天鸣正在自家院子里发呆，货物被扣了，他是一筹莫展。忽听见院子外面一个熟悉的女声喊道："天鸣哥！"又有清脆的童声："阿爹！"陈天鸣疑心自己听错了，快步走出院子打开门，果然是沙丽和女儿！长途颠簸，沙丽黑了、瘦了。陈天鸣一阵心疼，忙把母女二人迎进来："你怎么这样性急？不是说好我这边办完事就回吕宋吗？"沙丽热得用手扇风："渴死了，快给我端一杯茶来。"陈天鸣连忙泡了一杯茶给娘子，沙丽一口灌下，精神缓了缓："我不是怕你忘了我嘛，所以就千里迢迢寻你来了。"陈天鸣心里一阵温暖，有人这样稀罕自己忘记自己心疼自己,他心里还是很感动的——哪像海丫,永远一张冷脸对他,就像千年的寒霜似的,让人心冷。陈天鸣道:"傻瓜,我的话你还不信么。咱们成亲这么多年了,我什么时候骗过你。哦,对了,你还是蛮厉害的嘛,竟然能摸到这里来。"

沙丽神秘一笑:"我是闻着你的气味来的。"陈天鸣心中一软,上前将沙丽搂在怀里。沙丽嗔怪道:"你怎么这么久还不回吕宋?"陈天鸣急忙将回到月港遇到的大大小小麻烦通通讲了,他愁眉苦脸道:"我现在又变成穷光蛋了。"沙丽神秘一笑,从贴身内衣里拿出一张三万两的银票。陈天鸣高兴得跳起来:"好娘子!你是我的救星!有了这笔银子,我们就可以重新买货了!"

接下来几日,陈天鸣一边重新准备进货,一边带着沙丽母女俩逛月港的大街小巷,带她们吃月港的各色小吃。沙丽爱吃月港的双糕润,甜而不腻,配茶最好,沙丽那天一口气买了五大包准备带回吕宋孝敬老酋长。除了双糕润,沙丽还爱吃月港的五香,刚从油锅里起来,酥酥脆脆的,配上手抓面极为可口,沙丽能一口气吃上三条。至于海鲜,她从山里搬到城里后就常吃了,所以并不稀罕。逛街时,沙丽总是紧紧挽着陈天鸣的胳膊,像一条藤一样缠在陈天鸣身上。陈天鸣一次又一次将她的胳膊拿开:"沙丽,这里不是吕宋,这里是月港,月港人很封建的,被人看见了会说你的。"

沙丽瞪大眼睛:"说我什么?"

"说你没羞没臊。"

沙丽只好不情愿地将胳膊放下。在码头边走着走着,她突然指着豆巷道:"这条小巷子我还没进去过呢,我们去看看。"

陈天鸣拉了她的手往回走:"一条破巷子,没什么好看的,我带你去茶楼喝茶吧。"陈天鸣一颗心怦怦直跳,因为海丫和张恨天的府邸就在豆巷里,潜意识里,他不想让海丫知道沙丽的存在。海丫负了他,他希望海丫受到良心上的谴责,千万不能让海丫知道他也负了她。

到了晏海茶楼包厢,陈天鸣点了一壶铁观音和贡糖、双糕润等,沙丽津津有味地品尝起来,一边饶有兴致地读着茶楼里的对联:"埤垾风前横短笛，烟波天外有归舟。"沙丽连连点头："这茶楼品位倒也不俗，一般茶铺都写宾客盈门之类的俗语，没想到小小茶楼竟然如此雅致。"沙丽自从嫁给陈天鸣后，学了不少汉字，也算是半个中国通了。她的语言天赋让陈天鸣赞赏不已，不仅会听闽南语，还会来上一两句。面对夫君的赞美，沙丽娇嗔道："不是说嫁鸡随鸡，嫁狗随狗吗？我既然嫁给闽南人了，就应该会说闽南语呀！"老板娘见来了贵客，亲自招待，两个女人叽叽喳喳说起话来。

陈天鸣插不上嘴，便下楼来溜达溜达。他的目光突然被大街上的两个少男少女吸引住了。那男孩大约八九岁，身子极瘦，却高挑，那浓眉大眼不知为何似曾相识。男孩身边的女孩大约六七岁左右，缠着哥哥买这买那，银铃般的笑声传出去老远。陈天鸣冥思苦想这男孩子究竟是谁？奇怪，他离开家乡多年，早就没有什么相识的人，怎么会觉得这个少年如此眼熟呢？突然脑袋中电光石闪：这少年不就是以前的自己吗？哦，哦，这肯定就是海丫为他生下的儿子了！陈天鸣面色大变，只觉一颗心怦怦直欲跳出胸口。沙丽关切地问他怎么了？身体不舒服吗？需不需要回家休息休息？陈天鸣摆摆手："没事，就是肚子突然有点疼，现在好了。"他目不转睛地看着儿子，眼神里满是贪婪，心中盘算着如何与儿子打招呼。只听少年对女孩子道："秀秀，这个手镯很漂亮，哥哥买下来送给你可好？"说完从货铺上摘下一只金手镯递给女孩。女孩欣喜地将手镯接过："真的很漂亮，阿哥，上面还有凤凰的图案呢。"

陈天鸣心中一动，哦，这女孩喊自己儿子为哥哥，想必是海丫和张恨天的孩子了，不禁心中一酸。原来这女孩叫秀秀，只恨女孩左一口哥哥右一口哥哥地叫唤，无从得知儿子究竟叫什么名字。其实陈天鸣误会了，秀秀是张恨天与小妾所生的孩子，这么多年了，海丫与张恨天一无所出。

秀秀正把玩着那只手镯，不料却有一只手伸过来将那手镯夺走："哇，这么漂亮的手镯！老板，多少钱？我要了，回家送给我妹妹，她一定喜欢。"原来是个十一二岁的公子哥儿，身边簇拥着七八个随从。张啸风上前一把将手镯夺回来:"你这人怎么这样不讲理?我们先看中的东西,你怎么可以随随便便从别人手里夺去?"

那公子哥儿不防备手镯被夺走,不禁恼羞成怒:"我堂堂漳州知府的大公子,整个漳州府都是我家的,我看中的东西就是我的!小的们,给我教训教训这小子!"一听主人下令,那些随从便一哄而上抢那金镯子,张啸风和他们混战起来,秀秀急得在旁边哭叫。那公子忽然嬉笑着凑到秀秀跟前道:"这位姑娘长得好呀!你要是跟我回府做丫头,我就把手镯送给你!"秀秀又急又羞又恼,奋力朝公子哥儿啐了一口。那公子哥大怒:"小的们,把那小子跟这不识抬举的丫头一起收拾了!"眼见儿子就要吃亏,陈天鸣从楼上跳下,几个扫堂腿,便将那些小喽啰踢得哭爹喊娘。陈天鸣将儿子扶起:"怎么样?没事吧?"张啸风抬头看搭救自己的好汉,正是自己暗中恨了几千回的爹,一时酸甜苦辣涌上心头。

陈天鸣急切地拉住他的手:"阿念,你应该知道,我才是你亲爹!你不要恨我。我也是想早点回来见你们母子的,可是我的船在海上遇到海盗,矮仔等人都被杀死了,变成了海里的冤魂。我在吕宋打拼多年才有了一点积蓄,才敢回来见你们母子俩。"

张啸风冷笑:"明明你迷恋女色,喜新厌旧,你就不要编什么借口了!"

陈天鸣道:"我知道你恨我怨我,要是换成我,我也恨我也怨。但是,我要告诉你,你的养父很可能是那个劫我船的海盗头子,他手上血债累累,不会有好下场的。他当时蒙着脸,我看不清他的真面目,但他额头上有颗黑痣,而你养父额上恰恰有颗黑痣。"

张啸风怒道:"天底下额头长有黑痣的人多得是,照你这么说,个个都是杀人不眨眼的海盗了?你不要血口喷人!"

陈天鸣道:"我知道你一时难以接受,但是,时间会证明一切的。我虽没有看清那匪首的真面目,但他的身形、他的眼神、他的声音、他身上的一切气息,都跟张恨天一模一样,我终生难忘。我可以肯定就是他,只不过我目前没有直接的证据而已。我那艘船上有一个镇船之宝，就是一尊青龙瓷器，想必也落入了他手里。要是我能找到那尊青龙瓷器，我就可以顺藤摸瓜找到那个贼寇。"

"青龙瓷器？"张啸风变了脸色。他回忆起阿爹房里有一尊青龙瓷器，栩栩如生，那青龙仿佛要随时腾云驾雾而去。阿爹爱若珍宝，包括下人打扫房间也从不让碰一下，生怕别人一不小心失手跌碎，从前都是他一个人细细擦拭。

这时沙丽从楼上下来寻找陈天鸣，一见张啸风，不禁尖叫起来："你这小鬼！今天终于让我撞见你啦！你那天为什么骂我不要脸的番婆？说！"张啸风原本对陈天鸣有些感激，一见这个番婆，满腔恨意又涌上心头，他拉起妹妹手冷着脸道："秀秀，我们回家。"

陈天鸣怔在原地，埋怨沙丽道："你一个大人怎么跟一个孩子过不去？"沙丽嚷道："那个小鬼头真没教养，我跟他无冤无仇的，在容川码头下船时跟他问个路，他就骂我是不要脸的番婆。你说这小鬼是不是有人生没人养啊！"陈天鸣大怒："闭嘴！"他气冲冲往家里走，后头的沙丽一头雾水："为了个不认识的小鬼跟我生气，你发的是哪门子的神经！"

张啸风带着满肚子疑问回到家中，直奔阿爹房里。他指着那尊青龙瓷器质问道："阿爹，这尊青龙瓷器到底是从哪里来的？那个混账陈天鸣竟然说你是海盗，这尊青龙瓷器是你从他船上抢走的！"

张恨天勃然变了脸色："那姓陈的当真是胡说八道！这青龙瓷器是我从一个洋商那里买来的，现在涨了不少钱，以后还会继续涨。这好东西人人觊觎，什么脏水都往我身上泼！啸风，你到底是信我的话还是信那混账陈天鸣的话？"

"当然是信阿爹您的话了！阿爹你不要生气，姓陈的不值得你生气，现在这世道小人太多了！"张啸风安慰阿爹。有时，他真希望张恨天就是他亲爹，可惜造化弄人啊！

这件事就这样过去了，可是，它毕竟在张啸风心里种下了一颗怀疑的种子，心中时不时有一团疑云掠过。

安琪儿人小鬼大，从阿爹隐约的言语中得知自己还有一个同父异母的哥哥。哥哥！安琪儿眼睛一亮，一个人的生活多么孤单寂寞呀！从小她就羡慕别人有哥哥，现在她也有哥哥了！她要去找她的哥哥！

这天，张啸风在容川码头玩耍，斜刺里跳出一个棕色皮肤的女孩，女孩头顶扎了一个马尾，上面插着几根羽毛。女孩笑吟吟叫道："哥哥！"张啸风诧异道："你认错人了吧！"

女孩猴子般敏捷地跳到他跟前："没错！你就是我哥哥！我爹是陈天鸣！"

张啸风心头一震，脸色一变，眼前这个女孩子大概就是陈天鸣在吕宋生的野种了："谁是你哥！我不认识什么陈天鸣李天鸣！"说着沉着脸就走了，留下安琪儿呆在原地。在安琪儿的设想中，哥哥一听到她的自我介绍，应该惊喜交加，拉着她又哭又笑，然后带着她到处玩到处下馆子，哪知哥哥竟这般冷漠无情！想到这里，安琪儿不死心地追了上去："哥，我是你亲亲的妹妹呀，我叫安琪儿！"张啸风停住脚步，盯着安琪儿一字一顿道："你真弄错了！我爹叫张恨天！"

安琪儿碰了钉子回到家里长吁短叹，她真不明白，哥哥为什么会这么冷血呢？为什么不认她这个妹妹！他恨父亲情有可原，可父亲当时不知道有这么一个儿子呀！知道以后父亲不是在尽力弥补吗？如果一个人内心充满了怨恨，那他活得多么不快乐呀！安琪儿下定决心，她一定要用满腔热情化解哥哥心里的坚冰。

陈天鸣迫切希望单独见见海丫。自那次陈天鸣到张府拜见时，陈天鸣几次用眼神向海丫示意他有话要对她说，但海丫总是躲开他的眼神，明明看到了，却垂下眼帘，装作没看见，急得陈天鸣几乎想发疯。他有太多话想要问她了，难道他不该问吗？她不是信誓旦旦要等他回来吗，现在为何成为他人妇？难道她是个水性杨花的女人吗？他相信她有苦衷，难道她是被迫的？假如是张恨天这个狗娘养的逼迫了她，他现在可以立刻带她走，尽管沙丽可能大哭大闹，但管不了那么多了，不管沙丽承认不承认都好，他认定海丫是原配，要是沙丽接受不了，沙丽想走请自便。可是由于妒忌心作祟，他总是觉得海丫对张恨天产生了感情，一想到这里，陈天鸣的心就像刀割一样。每逢这两种念头在脑袋瓜里打架的时候，他整夜整夜在床上翻来覆去犹如受刑。他一心想找海丫问个明白，但海丫老是躲着他，陈天鸣真想当着张恨天的面把事情扯开，但他还是抑制住了冲动。打人不打脸，毕竟张恨天现在已经是海丫名正言顺的夫君，自己找上门来抢他的女人确实有些欺人太甚。陈天鸣一连数日都远远地在张府外徘徊，希望能够遇上海丫，她出来买些脂粉首饰也好，烧香拜佛也好，一个人总不能一辈子都躲在房间里不出门吧？但他就是看不见海丫的身影，他真是泄气了。不行，不能这样坐以待毙，陈天鸣发现海丫每天黄昏都会在后花园的亭子里呆坐，这天，陈天鸣写了一张条子，隔墙扔了进去。海丫感觉到了异样，她抬头看了看，一张纸条从天而降，却没有看到半丝人影。海丫疑惑地上前将纸捡起，打开纸条一看，她面色一变。原来是陈天鸣约她明天早上辰时到城隍庙相见。只见她匆匆忙将纸条撕碎埋进花盆里，回房去了。

　　第二天，陈天鸣在城隍庙等到午时都没有等到海丫。本来，昨晚他兴奋得睡不着，他相信海丫一定会如约前来，他都替她考虑好了，辰时张恨天前去府衙办公，而城隍庙这时比较冷清，在这里见面基本上不会遇到人。结果，他路都快望穿了也没有望到海丫的身影，这犹如劈头盖脸给了他狠狠的一耳光，打得他眼冒金星。海丫已经忘记他了！海丫心里已经没有他了！陈天鸣心里满是痛苦。这到底是怎么了，难道，张恨天给她的荣华富贵已经盖过了昔日的山盟海誓？

　　等陈天鸣跟跄着离开之后，海丫悄悄地站在了城隍庙前。她双眼红肿，很显然刚刚哭过。她在心里默念："天鸣哥，对不起，我既然已经对不起你，再也不能对不起恨天了，嫁鸡随鸡，嫁狗随狗，我不能不守妇道。天鸣，忘了我吧，好好地过你的日子。"海丫走进城隍庙里，点燃了三炷香，对着城隍老爷拜了三拜："城隍爷，你保佑天鸣哥做生意顺风顺水，万事如意，长命百岁……"这里的城隍庙是世界上最大的城隍庙，极为灵验，远至厦门、同安、马巷、金门、漳州所属各地，均有信徒前来进香。往回走的时候，海丫蓦然发现，刚才在城隍爷面前只顾求城隍爷保佑陈天鸣，却把夫君张恨天抛之脑后了，她内心感到有些不安。这两个男人，她希望两个人都过得好，只有他们两个过得好，她才能过得好，只要有其中一个过得不好，那她的日子就过不好，她只想继续过平静的生活，不想再有什么风波把目前的平静打破了。此时有个人影悄然站在她身后，海丫转身时吓了一大跳，不由尖叫一声捂住胸口。一个熟悉的声音道："别怕。是我。"原来陈天鸣不死心，又转回来了。海丫说的话他全都听见了。

"跟我走吧！"陈天鸣热切地说。他原本想上前抱抱海丫的，可是海丫面无表情沉默不语，陈天鸣不敢造次，甚至连扯一扯她衣袖的勇气都丧失了。多年不见，陈天鸣突然悲哀地意识到，横亘在他和海丫之间的是说不出的陌生。他也不知道，自己是不是真的还像年轻时候那样深爱着海丫，还是只是想赎罪，想让自己的心轻松一点，不要再被内疚压得喘不过气来。

海丫还是不说话，不知不觉间，那片从榕树上扯下来的叶子被她揉碎了。

"我知道你怨我，怨我这么多年一直没有音信。我回来迟了。哎，当年那些艰苦跟狼狈，不提也罢。可你相信我，我一直没有忘记你。"

海丫一直顽固地保持着沉默，沉默得就像饷馆码头的那些条石。

陈天鸣急了，从她背后绕到她跟前，可海丫低着头，他仍然看不清她的表情。陈天鸣无奈地搓着双手："跟我走吧，我会好好补偿你的。"

海丫突然抬起头，幽幽道："你的夫人，很漂亮吧！"

陈天鸣猝不及防，他突然结巴起来："马马虎虎，就那样子。"哎，海丫怎么知道他娶亲了呢？天底下真是没有不漏风的墙啊！

海丫又问："生的是男孩还是女孩？"

陈天鸣涨红了脸："女孩。"

"漂亮吗？"

"漂亮。"想起安琪儿，陈天鸣由衷地自豪。

"那她娘一定也很漂亮。"

话题又绕回沙丽身上，陈天鸣再次结巴起来："没你好看。"这话有些假，沙丽身上是一种健康的朝气蓬勃的美，近年来有些发福，与海丫的弱不禁风相比，两人各有千秋。

海丫喃喃道："啸风这孩子，孤单得很，心里有话总是不愿跟人说。"

陈天鸣执拗地问："你跟我走吧！带上啸风跟我走吧！安琪儿很好相处的，她一定会喜欢你和啸风的。"

海丫凄然一笑："跟你走？"

陈天鸣以为海丫动心了，大喜过望，忙不迭地点头："是呀，跟我走！至于张恨天，我可以补偿他。条件由他提。你要是开不了口，我来跟他谈。"

"你把我当什么人了？当年你远在吕宋的时候，我孤苦无依，恨天收留了我，现在你再高价把我买回去？那我成什么了？这样始乱终弃的女人，不要也罢。"

陈天鸣瞠目结舌。

海丫痛苦地闭上了眼睛，两行眼泪从眼角流了下来："回不去了，真的，回不去了。就像月港的九龙江水，这水一年年的，好像从来没有什么改变，但今天的水再也不是十年前的水了。"

陈天鸣一腔热望被迎头泼了一盆冷水，呆呆地站在那里。

"我先回去了。"海丫掩面自顾自走了。现在，她很想大哭一场，可是，这里不是哭的地方，她也不想让天鸣哥看到她的眼泪。

"等等！"陈天鸣追了上去，掏出怀中一块翡翠玉佩递给海丫："这是我给啸风的礼物。我听我娘说啸风出生在十月初二，以后每年我都会给他送生日礼物的。"

海丫接了那玉佩掩面疾走。

陈天鸣呆滞地看着月港灰白的水面，苍茫的江面上，稀疏的船只静默不动，随着水波荡漾着。是啊，覆水难收，所有的一切都回不去了。陈天鸣苦涩地想道。他长长地叹了一口气，又有一种莫名的轻松。不论如何，一桩横亘多年的心事终于了结，虽然他得到了一个否定的答案。假如海丫答应跟他走，以沙丽的血性，那还不跟他打得头破血流？家里必定鸡犬不宁。也许，这算是一个不坏的结局吧！

　　第二天是十月初一。按祖辈传下来的惯例，在农历每月初一、十五日，尤其是十月初一至初十日的祝诞活动，城隍神像要抬出宫巡游，因而最为热闹，响亮的鞭炮声在空中炸响，硝烟腾起扑向庙宇上空，香案上挤挤挨挨放满了红盘。巡游队伍一般是先绕城一周，然后到港口、港尾、豆巷、五社、华瑶、枋桥、外楼、内楼、许前，再向东到东林、河福、新亭，然后由东门街入城内，这时已是下午三四时，大人小孩站在彩楼前争相观看，彩楼由七彩纸拼接而成，每一层走廊上都站着3位神仙，各不相同。主楼门前设有香案，供村民们前来焚香祈福，希望风调雨顺、安居乐业。人人笑逐颜开，连巡游后的城隍也停在庙前临时搭建的木屋中看戏。

　　巡游的队伍很长，把几条巷子都塞满了。张啸风也在队伍里面，他随着唢呐声一前一后踩踏出步伐，觉得城隍爷在引领他前行，他喜欢这样热闹的场面。巡游时，先由锣鼓开道。由两个人抬着一面大锣，一人持棒棍敲打；随后有乐队，包括4人以上吹唢呐者；又有持凉伞和木牌的人，木牌上写"月港""城隍""肃静""回避"字样；后有鼓手击鼓。接下来是各村的北管乐队，锣鼓齐鸣，声势震人。第二为马队。金门、厦门、漳州、漳浦等地都有人拉马来出租给小孩骑坐。由马夫拉马，大人手持竹篮装着茶水、点心跟随，以供小孩饥渴时用。因有编号，故也秩序井然。第三是蜈蚣艺，又称"桌仔艺"，由两人抬着十三四岁未成年儿童，装扮成仙童，在他们身边，也有人带着茶水、点心随行，以便他们喝水吃点心。第四是各村的歌仔阵、锣鼓阵，在锣鼓阵后面，也常有人挑着茶水、点心同行。接着是众多由两人抬着老妇人的乌轿，以及各地的香客。男的靛蓝色绸衫，女的青衣乌裙。第五是狮阵，由"虎鬼娘"戴着面具挥着蒲扇逗引着狮子，应和着节拍，扇、点、跳、舞，而提狮头和舞狮尾的人随着左摇右摆，腾、跃、扑、滚、趴，煞是喜庆。队伍押后的是城隍爷乘坐的神轿，轿前有手持长香的和尚，又有一些手持长拂的老年男女，以拂去空中的蜘蛛网。

最后是城隍爷和城隍妈的神轿。城隍爷的神轿由八人扛抬，二人扶轿。另有20人跟随，以便随时替换，神轿边摆动边前进。巡游队伍从早上出发，要到下午三四时才到城内，从新搭建的彩楼回到城隍庙河的戏台边，停在临时建盖的木屋中，观看戏台上演出的芗剧《关公走麦城》等，都是剧团的拿手好戏。从十月初一到初九日看戏，初十城隍神轿才抬回宫内过生日，人神共乐。这时，宫门敞开，宫前35米处的戏台上同时演出两台戏，相互竞赛。

戏台上很热闹，急管繁弦，沙丽母女俩听得入迷，虽然听不懂唱什么，但知道演的是才子佳人的悲欢离合。有一瞬间，陈天鸣走神了，他莫名其妙感到了喧嚣中的孤独。特别是月琴声响起时，他闭上了眼睛，一颗心跟着月琴的调子起起伏伏，想起了这么多年风雨飘摇的日子。他刚被乡亲们荣推为庙会会长，他在台上主持完仪式的时候，惊喜地发现了海丫也出现在一大群膜拜城隍爷的妇女当中。眼看海丫祭拜完后就要离开，陈天鸣急匆匆结束了讲话，对甘知县等贵客说了声抱歉，抬脚急急朝海丫追去。他压低声音喊："海丫，海丫！"哪知海丫听了呼唤之后走得更急，陈天鸣喘着气赶上海丫，海丫竟如见了陌生人一般，避开他又欲往前走。陈天鸣忍无可忍，一把抓住海丫的手腕。海丫急了："放开！让人看见了成何体统！"

"我就是不放。你总得给我说个明白吧？"陈天鸣很固执。这时身后响起一声大喝："放开她的手！"两人同时一看，竟然是张恨天。陈天鸣一怔："我要是不放呢？"张恨天阴森森道："你要是不放，我就让你没有手。"

陈天鸣冷冷道："那你试看看。"

海丫急了，把手挣脱开，低垂了眼。张恨天对她道："你先回去吧，有些事我来跟天鸣兄弟谈谈。"

海丫顺从地走了。陈天鸣急道："海丫，你不能走，别人的话我不信，我要你亲口对我说！"海丫却置若罔闻，头也不回地走了。

张恨天阴沉着一张脸："陈天鸣，以后请你自重，海丫现在是我的娘子，虽然我知道以前你和海丫青梅竹马，两小无猜，但是，在海丫最需要依靠、最孤独无依的时候,你又在哪里?你一去不回头,是你负她在先。你别以为我不知道,你在吕宋娶了一个夫人叫沙丽,你也是有眷属的人了,希望你以后不要再来骚扰海丫。"张恨天说罢扬长而去,留下陈天鸣呆在原地。是啊,他也负了海丫,他没有资格再去纠缠海丫,可是,没有海丫亲口对他说:"我再也不喜欢你了,你走吧",他真是死也不甘心啊!

陈天鸣在月港已经待了好几个月了,不单单张恨天盼着他回吕宋,海丫也盼着他回吕宋去。陈天鸣就像一堆火药,只要他在,不知火药堆什么时候会爆炸。这几日海丫总是心神不宁,眼皮子直跳。这天,张恨天从县衙回来,脸上没有一丝笑容,坐在太师椅上唉声叹气,还破天荒拿起烟斗抽起了烟。

海丫给他泡了一杯茶,问道:"你怎么啦?"平时夫君回家后都是满脸笑容的。

"没什么。"张恨天闷声回答。

海丫急了:"肯定发生什么事了,不然你不会这个样了。快告诉我,到底怎么了?"

"你真想听?有些事还是不知道的好,知道了徒增烦恼罢了。"张恨天眼睛炯炯地看着娘子。

海丫走到张恨天身后帮相公捶背:"说吧,好歹我帮你分担一些。"

张恨天还是吞吞吐吐:"我的一批货被官府拦截了,以前从来没发生过这种事,这条线一向做得顺风顺水的。听手下一个兄弟说……"

海丫催促道:"手下兄弟说什么了?"夫君寄货到东洋、琉球等地赚些贴补海丫是知道的,不然单凭县衙的一点薪水根本无法支撑府里的开支。船老大也乐于带上张恨天的货,大家都知道张恨天在县衙做事,船上有了他的货等于有了一道护身符,官府一般不会上船查验。

张恨天犹豫了半响,终于说道:"手下兄弟说是陈天鸣向官府告的密,他这是眼红我呢,听说他筹不到出洋的货。"

海丫惊呆了,简直不敢相信她那曾经那么豪爽那么讲义气的天鸣哥变成了这样一个卑鄙小人。可是事实不由她不信。要是放在以前,打死她也绝不相信陈天鸣会做出这样龌龊的事来,可如今她嫁给了张恨天,陈天鸣也许是出于报复的念头才向官府告的密。天鸣哥变了吗?变得她都不认识了。岁月无情,连她自己也变了,好像所有的人都变了。她定了定神,勉强道:"怎么陈天鸣变成这样一个卑鄙小人?这是你们男人的事,你自己处理吧。"说着转身回房去了。

海丫一走,张恨天得意地笑了,他挥手吩咐丫环:"给我上两斤牛肉、一坛花雕。"

农历十五的时候,海丫照例到城隍庙上香,陈天鸣已经等在门口,他受到庙会的启发,月港的妇女初一、十五都会到城隍庙上香,于是他灵机一动,就在城隍庙守株待兔。陈天鸣已经准备好看到海丫的一张冷脸,他估计海丫还是不会理他。没想到今天海丫却主动走上前来质问:"你为什么要向官府告密?"

陈天鸣丈二金刚摸不着头脑:"告密,告什么密?"

海丫冷笑:"你就别装了,恨天的整船货都被官府没收了,亏了一大笔银子,我和啸风就靠着他挣钱养家,你为什么要断人活路?就只许你出海做买卖,别人就不许?"

陈天鸣叫起来:"没有!我没有!是谁说我向官府告的密?你叫他出来,我和他当面对质!不做亏心事,不怕鬼敲门,你怎么会相信那人的鬼话!我要撕烂那个人的嘴!"陈天鸣愤怒地望着海丫,眼里喷射着怒火,瞬间失去自尊的感觉如同被剥得一丝不挂般。他痛心极了,要是以前,海丫是绝不会这样怀疑他的。

海丫不理他,匆匆上完香,走了。陈天鸣跟上去,想把事情弄清楚,海丫严厉地看了他一眼,陈天鸣不由得停下了脚步。不知为什么,他现在竟然有些怕海丫了。

海丫回到张家大院里,坐下来喝茶,许久胸脯还是一起一伏喘不匀气。她现在越来越糊涂了,到底谁说的是真话谁说的是假话,她该相信谁说的话呢?到底是不是天鸣哥告的密?做了坏事的人总是百般狡辩,天鸣哥一口气把事情推得一干二净,他那一副无辜的表情,也不知是不是在演戏呢?

这时，啸风走了过来："娘，你在这里发什么呆呢？"

海丫掩饰地挤出一丝笑容："没发呆，只是觉得在院子里吹吹风挺舒服的，差点睡着了。"她从怀里掏出麒麟玉佩："来，这个礼物送给你。"

张啸风举起麒麟玉佩看了看，只见那麒麟栩栩如生，在阳光下晶莹透亮。张啸风欢喜道："娘，你今日怎么突然送这么贵重的礼物给我？"

海丫勉强一笑："你越来越懂事了，这个玉佩是对你的奖励。你要好好跟先生读圣贤书，以后做一个像你阿爹那样有用的人。"

张啸风道："谢谢娘！"张啸风不知道，这麒麟玉佩是陈天鸣送给他的礼物。

第十二章　张府不宁

　　张恨天常常后悔，要是几年前不纳妾就好了。张恨天原以为自己是不会纳妾的，但他的耐性被海丫磨光了，常年讨不到一个好脸儿，所以一气之下才纳了若云进门。秀秀的娘亲若云经常吃醋，把家里闹得鸡飞狗跳。

　　阳光照进海丫的屋内，照在海丫的一头黑发上。海丫起床了，正要梳头。她从梳妆盒里拿出一把牛角梳，轻轻地摩挲着。这把牛角梳是天鸣哥送给她的，漆成黄褐色，表面发着光，梳齿不疏不密，整齐均匀，尖端钝圆，梳柄呈半弯弧形。天鸣哥说，用牛角梳梳头发对脑壳好，梳完后特别有精神，可以让头发乌黑发亮。海丫对着铜镜梳了几下，然后用手轻轻掀起右侧的绺黑发，下面马上有一大撮白露了出来，像白雪一样触目惊心。自己刚刚三十几岁就老了。怎么能不老呢。海丫端详着手上的梳子，轻轻抚摸着，像在抚摸过往的岁月。在这把牛角梳面前，她不得不承认，自己从来没有忘记天鸣哥。牛角梳就像那双熟悉的手，每天早晚一次次走过她的头发，抚摸她的头，感受她的气息。这把牛角梳是天鸣哥留给她的心爱之物，还有那个海螺。海丫长长地叹口气，将长长的头发在脑后盘成一个大大的髻子，将牛角梳小心收回抽屉里。她懒懒地走出房门，一眼就见到张恨天。张恨天看到她那懒懒的样子就气不打一处来，以前那活蹦乱跳、充满朝气的海丫哪儿去了呢？她常年不见笑容，眼睛里永远有一层雾。有时他喊她，她好像被吓了一跳回过神来，也不知刚才魂魄去了哪里。其实，她魂魄去了哪里他清楚得很，但张恨天不愿意承认，整天恨恨的，却拿她没办法。他已经尽最大的努力讨她的欢心，府里最好的东西供着她用，所有外港来的奇珍异宝都先送到她房里供她挑拣，可海丫还是整天半死不活的样儿。

常年讨不到一张好脸儿，张恨天的好性子都被海丫磨光了。海丫贤良淑德，但整天冷若冰霜，就像一个大而酸的橘子。张恨天决定纳妾，是青楼里的一名绝色女子，虽然出自青楼，名声不好，但是张恨天希望吃到一个甜橙，他已经厌倦酸橘子了。全府上上下下张灯结彩的时候，张恨天特地到海丫房里看她，他希望看到她痛哭流涕，希望她为他争风吃醋，他要的就是这个效果。哪知进了房门，海丫正在绣一副戏水鸳鸯，收了最后一针，将刺绣从绣框上取下来，展开看了看，笑吟吟递到张恨天手里："老爷，恭喜你。我也没有什么好东西，这刺绣是我一针一线绣出来的，也算是我的一番心意。"

张恨天大怒，劈手夺过刺绣扔在地上狠命踩了踩，扬长而去。

良辰吉日终于到了，整个张府被一种奇异的香气所笼罩。海丫长长地舒了一口气，她盼这一天盼了很久了，自己终于可以清静了。外面锣鼓喧天吹吹打打，喧哗声一浪又一浪传来，张府大摆宴席，整整摆了三十桌酒。海丫以夫人的身份受了妾敬上来的茶，那小妾长得小家碧玉、柔若无骨，海丫想，如果自己是个男人，自己也会喜欢上这个女人的。他们又轮流到每桌敬了酒，敬完最后一桌，她就逃回自己房里。她回忆起那些酒客的眼神，一个个暧昧不明，好像都在等着一场妻妾大战的开始，他们等着看好戏。海丫在心里轻笑一声，如果这些人都等着看好戏，那他们恐怕就要失望了。

这么多年来，她终于可以拥有属于自己的一个夜晚了，再也不用提心吊胆走廊外传来的脚步，她总是不知道该如何面对张恨天。海丫轻快地将房间整理了一遍，又从从容容地洗了个澡，头发也用香皂细细洗了，散发出好闻的香味。真舒畅呀，从此以后，终于可以过清静的日子了。海丫又做了些针线活，儿子慢慢长大了，可以慢慢物色媳妇了，她想准备一些漂亮的刺绣送给未来的儿媳妇。不知不觉已经三更，外面的宾客想必都散去了，整个大院就像退潮后的海滩，丫环仆人收拾完桌上的残羹，也各自安歇就寝。海丫脱衣上床，刚躺下不久，走廊外传来一阵熟悉的脚步声，海丫惊疑不定，应该不是张恨天呀，他此时应该在洞房花烛才对呀！难道是自己听错了？今天客人多，难道有歹人想偷东西不成？没容她多想，房外响起了擂门声："海丫！海丫！开门！"海丫心中刚刚犹豫了一下，到底开不开门呢？她不想开门。正想着如何回话，擂门声擂得更凶了："海丫！开门！"海丫慌忙起来点了油灯，嘴里应道："来了。来了。"长年相处下来，她深知张恨天的禀性，要是装作睡着了没听见，他一定会闹得全府皆知，她不想让全府上下笑话。门刚一打开，张恨天就踉踉跄跄闯进来，一把抱住海丫的嘴就唷，满嘴的酒气差点让海丫呕吐出来。好不容易挣开，海丫赔笑道："老爷你喝醉走错门了，那边新娘子在等你呢！"

张恨天粗声粗气道："我没走错门！老子要的就是你！"说罢不由分说就将海丫压倒在床上。海丫木偶般闭上了眼睛。一阵狂风骤雨过后，张恨天迅速沉入了梦乡，鼾声如雷。无论海丫怎么推他，他都不醒。海丫急坏了，要是张恨天今晚睡在她这里，那她跟若云的仇肯定就此结下了。洞房花烛夜独守空房，哪个女人受得了？海丫心如油煎，好不容易熬到了天亮，她用力拉扯张恨天，张恨天终于醒了，海丫急急道："你赶紧到若云妹妹房里去吧，现在还来得及，仆人都还没醒，若云妹妹也有个台阶下。不然，她肯定会把我恨到骨子里去的，认为是我故意把你留在房里不肯让你去洞房花烛。"

张恨天一笑："就是你把我留在你房里，不让我去洞房花烛的。"

海丫急得跺脚，催促他赶紧到若云房里去。

张恨天睡意蒙眬，不以为然："我爱睡到哪里就睡到哪里，谁敢管我？这府里谁做主？"说罢一翻身又沉沉睡去，急得海丫想哭。

海丫早早就起床梳妆，端坐在桌子旁，一筹莫展。天已大亮，若云前来请安，一见张恨天躺在海丫床上，脸色大变。

这时张恨天也已醒来，吩咐道："你来替我更衣。"若云脸色稍稍舒展，急忙上前服侍。这一套她熟门熟路，在她忙着为老爷穿衣的时候,张恨天搂过她亲了几口。海丫急忙道:"我到厨房看看。"

等海丫在厨房磨蹭了许久,回来请老爷用膳的时候,张恨天和若云刚刚从床上起来,房间里充满腥臊的气息。只见若云青丝散乱,眼波流转,面色潮红。海丫不敢细看,张恨天道:"被子你自己叠吧。"说罢挽着若云出去了。

海丫扬起被子,只见床单上湿漉漉一片,不觉悲从中来,胸口犹如一块大石堵住。这样的羞辱倒不如一纸休书把她休了来得痛快些。哑巴吃黄连只有自己心中明白,又声张不得。想起昔日陈天鸣冷冷地对她说:"这个税曹夫人你当得津津有味吧?荣华富贵谁不爱?整天绫罗绸缎锦衣玉食,仆人前呼后拥,要是我,我也舍不得不当这个税曹夫人呀。"想到这儿,海丫的眼泪像断了线儿的珠子似的掉了下来。她斜倚在床头,凄然一笑。这时丫头进来请她过去用膳,海丫慌忙低了头假装揉眼睛:"我今天胃有些疼,早饭我就不吃了。你告诉厨房不用等我了。"

丫头道:"夫人要是胃痛,那我请郎中来给夫人瞧瞧?"

海丫道:"不用了,你忙去吧。"

待丫头轻轻关了门,海丫忍不住伏在被子上抽泣起来。枉她跟天鸣哥好了一场,天鸣哥还不如一个丫头知冷知热呀!越想越伤心,她真想痛痛快快哭一场,可是她不敢,她怕让下人们笑话,怕惹张恨天心烦,她必须营造出张府上下其乐融融的假象。海丫掩住自己的嘴,抽泣得上气不接下气,唯恐被人知觉,她用被子蒙住自己的头,任眼泪流了一脸,将被子都濡湿了。

待到中午,海丫努力让自己平静下来,她吩咐丫头将被子床单拿出去洗了,丫头已知晓人事,闻着床单上那腥臊的味儿,暗暗撇了撇嘴,夫人平时不苟言笑的,没想到年纪越大越是风流了呢。海丫见丫头那神情,想跟她解释解释,又觉得这事情一团乱麻说不清楚,越描越黑,不说也罢。她走过去帮丫头把床单拧干,忽闻到一阵香风,抬头一看,若云打扮得妖妖冶冶的,正拿着美人扇斜倚地柱子边笑道:"姐姐,真不好意思,还要麻烦你洗床单哦!"

海丫一肚悲愤,强笑道:"我这床单本来就要洗的,今天趁着太阳大,好好晒晒。"

"那姐姐你忙吧,我回房去了。"若云抛下一串银铃般的笑声,扭着腰肢回房去了。海丫眼前一黑,身体晃了几晃,丫头连忙上前扶住,惊叫道:"夫人,你怎么啦?"海丫定了定神,勉强道:"可能身体有点虚,你扶我回房去吧。"无眠之夜,丫头很想与夫人谈谈,以免除夫人心中的万分苦楚。丫头知道夫人心里苦,但哑巴吃黄连有苦说不出,丫头想,即使泡杯香茗给夫人也好,无奈位卑不敢造次,只敢远远看着夫人,久久地听到夫人一声唱叹,在半夜三更寂静时分让人特别心惊。

自此,若云整天想着法儿要与海丫比个高低,凡是海丫有的东西她都要有,张恨天被她缠得心烦,她像只雀儿整天在耳边叽叽喳喳个不停,弄得张恨天心烦意乱。那天被她缠得生气起来,扬手打了她一个嘴巴,张恨天就到府衙公务去了。若云又哭又闹,把整个张府搞得鸡犬不宁。海丫赶紧过来劝慰:"妹妹,你要珊瑚塔,老爷若有他肯定马上给你的。全府上下谁不知道你是老爷的心肝尖儿?只是这珊瑚塔从南洋运来,可遇而不可求,老爷实在变不出来给你。这样吧,我房里那个你先拿去,只要妹妹不嫌弃就行。"

"谢谢姐姐!"若云一骨碌从地下爬起来,"姐姐贤惠大度,那我就不客气了,宝凤,你随夫人到夫人房里把珊瑚塔拿到我房里来!"自此,若云变着法儿生事,海丫所有值钱的私房物件几乎被若云收入囊中。那若云也不是全然没有脑子,她并不将这些值钱物摆在显眼位置,大部分秘藏在箱底,所以张恨天全不知晓。

张恨天已经许久不到海丫房中来了。自从娶了妾后,海丫整天冷若冰霜,若云则沸反盈天,他都不想待在府里了,他更愿意到府衙公务。其实,他早就后悔了,早知道就不纳妾了,为了赌气匆匆娶了个妾回来,没气着海丫,倒是气着了自己。可是也不好休了若云,人家七出一条也没犯,她顶多就是贪财、醋坛子而已。张恨天很怀念以前府里平静的日子,海丫即使对他不冷不热,但至少他从府衙回来她还会迎出来，嘘寒问暖一番，尽到娘子的本分。现在倒好，海丫乐得当甩手掌柜，迎候的事一概都由若云来，一见到若云那张脸张恨天就想叹气。本以为是聪明一招，如今看来愚蠢至极，不仅没有激起海丫的一丝丝醋意，反而让海丫对他日渐冰冷、日渐遥远。明明看她近在远前，她的魂却像远在天边。如今大错已经铸成，假如天底下有后悔药，张恨天肯定第一个去买。一个人究竟要怎样才能回到过去呢？

若云为张恨天生了两个孩子。第一个孩子是丫头，取名秀秀。张恨天有些失望，女孩子不能传接香火，最终还是要姓别人的姓。他努力在若云身上耕耘，但若云的肚子接下来几年毫无动静。就在张恨天死了心准备全力培养啸风的时候，若云的肚子却又出乎意料地大了起来。张恨天成天盯着那个肚皮研究，人家说肚子是尖的就会生男孩，若云的肚子尖尖的，他趴在若云的肚子上喃喃道："儿子，儿子。"若云笑道："谁说就是儿子？"

张恨天道："你要是给我生个儿子来，我把你当祖宗侍候着。"

若云白了他一眼。

十月怀胎一朝分娩，一个秋天的午后，张府上空响起婴儿嘹亮的哭声，稳婆喜上眉梢："恭喜老爷，是个带把的！"

喜得贵子的第二天，张恨天把全府上下都赏了个遍。由于算命先生说这孩子天生五行缺土，取名张垚。小张垚仗着父亲宠爱，四处为非作歹。德性跟他母亲如出一辙，什么好东西都得归他，否则非得闹得天翻地覆不可。

秀秀天生就喜欢哥哥。她讨厌弟弟。

自从有了弟弟以后，张啸风变得沉默了。原来一个开朗的少年似乎变得心事重重。他经常在夜里从床底下搬出一个柜子，把柜子里的东西一字排开。有麒麟玉佩，有珊瑚，有犀角，有玳瑁，甚至有一个铁疙瘩。娘总是说这是送给他的生日礼物，又叮嘱他不能让他爹看见，说这是她用私房钱买的。其实，张啸风心中已经慢慢明白了：这是陈天鸣送给他的生日礼物！这个狠心的爹在千方百计地讨好自己，想用这些礼物来求得他的原谅。陈天鸣几乎把南洋的宝贝都弄来送给他了。

就说这铁疙瘩吧,听说里面包着火药,要是点燃导火索可以炸翻一屋人。娘千叮咛万嘱咐说这个新鲜玩意儿千万不能碰,只是因为它稀罕,所以才送给他。张啸风摸着那铁疙瘩想:"哼,你送给我再新奇的玩意儿,我也不会原谅你!"不过,他对这铁疙瘩真是充满了好奇,这玩意儿看起来蠢笨蠢笨的,真有那么大的威力吗?他真想把它拆开来看看,一想到娘的叮咛又不敢动手,再次摩挲数下,最终还是把它锁进了柜子里。

第十三章　玉象之祸

就在海丫和陈天鸣、张恨天纠缠不清的时候，他以前的旧东家陆仁德摊上了大事。

陆仁德家的船又从南洋回月港了。听说，船老大为陆仁德带回了一尊珍贵的玉象，价值连城。陆仁德家有尊玉象的消息不胫而走，许多人前来观看，想一饱耳福，都被陆仁德一一谢绝。陆仁德说，没有这回事啦，哪有什么玉象，要是有，我早就发财啦，何必再冒着性命危险出洋风里来雨里去呢。你们听错啦，你们是听谁说的就去找谁，说不定玉象在这个人手里呢。抱着一腔热情前来的人犹如被泼了一盆冷水，悻悻而归。这天，甘知县前来拜访。要是往日，这样的贵客登门陆仁德会高兴得睡不着觉，但今日陆仁德总觉得甘知县无事不登三宝殿，让他有种不祥的预感。前几日甘知县请他到府中一叙，陆仁德借口推托了，没想到今日甘知县竟亲自登门来了。

甘知县矜持地坐下："听说陆老板得了一尊缅甸来的玉象，本大人对玉颇有心得，不妨拿出来一观，我帮你鉴定一下真伪，如何？"

陆仁德警觉起来，难道甘知县存的是觊觎之心？他不敢再像敷衍乡民那样敷衍甘知县，情急中道："是有一尊玉象没错。"

甘知县顿时眼睛一亮。

陆仁德道："可惜我家那个蠢妇人在观看的时候，失手跌碎了，我恨不得休了她。"

甘知县将信将疑："果真跌碎了？如此珍品没有让世人大饱眼福，

却让妇人跌碎了，真真是可惜。当真跌碎了？"

陆仁德慌忙道："果真跌碎了。小民即使吃了十万颗豹子胆，也不敢欺瞒大人。不信大人您瞧。"说着便亲自引着甘知县走到自己的厢房，取出一个樟木箱子，又从腰间取出一把钥匙，小心翼翼地将木箱打开，果然见到那玉象四分五裂，特别是一条长鼻跌得粉碎。陆仁德道："我本想托能工巧匠看能否修复，哪知问遍整个月港，无人敢揽这个活儿。小民打算托人到吕宋问问，看看有没有人能帮我修复这玉象。"

甘知县上前摸了摸，又拿了一个碎片走到窗前细看，摇了摇头："你也不必费心去修补了，这玉不好，都是杂质，修补起来也无多大价值。"

陆仁德顿足道："唉，我真是白白高兴了一场，还以为这辈子靠着它再也不愁吃穿了呢。"

甘知县有些扫兴："本官公务在身，就此告辞。陆老板以后若从西洋得到什么奇珍异宝，别忘了与老夫共赏一下。"

陆仁德强摁下心中的厌恶，装出一副毕恭毕敬的样子，点头如鸡啄米："借大人吉言！若能得奇珍异宝，那是陆府之幸，小人也不敢独享，必送至大人府中让大人赏玩！"

恭送甘知县走后，陆仁德沉下脸来。人怕出名猪怕壮，恐怕全月港人都知道他府上有一尊价值连城的玉象，不知有多少人惦记着呢，明枪易躲暗箭难防，真是让人忧心。这玉象珍贵是珍贵，但也带给他巨大的烦恼。多少次，陆仁德摒开左右，走进密室，小心翼翼地打开装有玉象的箱子，揭开绒布，在烛影下细细把玩这闪烁着光泽的可爱玉象，觉得自己甚至比皇帝老儿还富足。

此时又听家丁来报："许知府驾到。"陆仁德一颗心七上八下，今日也不知吹的是哪股妖风，平日里想见知府大人一面都难，今日知府大人竟然屈尊前来，定然没有什么好事。他强打起精神迎接许知府。许知府先呷了一口家丁奉上的铁观音，陆仁德赔笑道："许知府日理万机，公务繁忙得很吧？"

第十三章 玉象之祸

许知府点头颔首道："那是。最近忙得脚不沾地。领着朝廷俸禄，自当竭尽全力为朝廷效力。我最近正忙着一件大事，想必陆老板也知道？"

陆仁德忙道："愿闻其详。"

许知府笑道："你也知道，月港每年都要向皇上呈祥。普天之下，莫非王土。率土之滨，莫非王臣。皇上贵为天子，所享受的必当是最好的器具。身子臣子，我们应竭尽所能将奇珍异宝献予皇上。呈祥此等大事须群策群力，单靠我和几个同僚之力恐怕不足以完成此大事，还得全月港百姓大力支持才是。"

陆仁德忙不迭地点头："那是，那是，理所当然。"

许知府很满意："我和几位同僚商量着要献一个从海外来的能够让龙颜大悦的奇珍异宝，让皇上知道出洋贩运利国利民，可以互通有无。大家公推只有你府上的缅甸玉象才能让皇上心动，其他普通物件皇上根本不会放在眼里。"

陆仁德脸色顿时煞白，正要开口抵赖，许知府截住了他的话不让他继续说下去："你也别糊弄我说你府上没有玉象。据可靠消息，你府上确有玉象无疑。再者，本府阅人无数，孰真孰假本府自可以判断得明明白白。还望陆老板积极配合，只是借你府上玉象一用而已，过后必完璧归赵。陆老板，成败在此一举，你不要成为月港的罪人。要是月港人知道因为你小气不肯奉上珍品导致龙颜大怒，你会千夫所指，成为月港的千古罪人。"

见许知府言之凿凿，陆仁德索性承认："没错，府上确实有缅甸玉象。但是，谁规定我一定要奉上这玉象，谁能保证皇上见了这玉象一定会龙颜大悦？为什么其他人都只是动动嘴皮子，偏偏要我献出玉象？要知道，这玉象可是价值连城的宝贝！"陆仁德心里还有其他话没有说出口，什么借？说得好听！玉象借去了，那是肉包子打狗有去无还！呈给圣上的东西谁还敢讨要回来？那岂不是不要命了？这姓许的，既要做婊子，又要立贞节牌坊，只知拿别人的东西讨皇上的欢心，哪管别人的死活？有见过不要脸的，没见过这么不要脸的。他没读过什么诗书，只知唯利是图，就不管不顾地将内心所想一股脑儿说了出来,也不知道这话会引起什么后果。

许知府道:"是啊,如你所言,这玉象可是价值连城的宝贝。你想想,当今圣上什么珍玩没有见过?月港为何单选这玉象进贡?其一,象为吉祥物也。其二,君子比德于玉焉,温润而泽,仁也;缜密以栗,智也;谦而不刿,义也;垂之如坠,礼也;叩之其声清越面临工,其终诎然,乐矣;瑕不掩玼瑁,瑜不掩瑕,忠也;孚尹旁边,信也;气如长虹,天也;精神见于山川,地也;圭璋特达,德也;天下莫不贵者,道也。所以才登门请陆老板出一份力。"

陆仁德怫然道:"我一介粗人,之乎者也听不懂。"

许知府安抚道:"身为大明朝的子民定当效忠皇上。你要想想,要是皇上见了玉象龙颜大悦,说不定朱笔一挥减免月港的赋税,你就成为全月港人的功臣,子孙万代都记得你的名字,说因为有了一个陆仁德公奉出珍贵玉象造福了月港,月港人世世代代都记得你的恩德,百年后把你奉上神位也不一定。"许知府说到这里兀自哈哈大笑起来。

陆仁德有些恼了:"知府大人莫要取笑小人。小人只想安安稳稳过好这辈子,其他看不见摸不着的事情不敢想。恕小人不能马上答应奉上玉象之事。我家老太爷视这玉象为命根子,要是将玉象奉给朝廷,那是要了老太爷的命。我不能做陆府不孝之孙。说到底,这玉象奉不奉不是我说了算,而是要看我家老太爷的意思。"

许知府点点头:"你这话说的倒是实情。这玉象太过珍贵,难以割舍是人之常情。也罢,给你三天期限,你和你家老太爷好好商量,你好生开导开导你家老太爷,三天之后给我回话。"

陆仁德道:"估计我家老太爷是死也不会答应的。即使答应,老太爷肯定也会提出各种要求,比如希望朝廷给我一个功名什么的。此等要求朝廷哪能随便答应?"

许知府慨然许诺道:"你若能奉上玉象,那我自然要竭力奏请朝廷褒奖于你,估计皇上一高兴,封你一个道台什么也未可知。"

许知府走了。陆仁德心烦意乱。他深知官府人的话不可信,现在说得好好的，过后反悔完全有可能，他已经吃过多次这样的亏。千万别痴心指望许知府为他争取个一官半职，那些都是虚的，搞不好竹篮打水一场空。到时玉象被许知府私吞了也不一定！

陆仁德走进老太爷卧室，奏明此事。果不出所料，老太爷怫然变色："那些当官的要是想抢夺我家玉象，除非让他们从我的尸首上踏过！这是谁出的馊主意？那些官老爷府上不知有多少奇珍异宝，他们怎么不献上？偏偏拿咱们府上的玉象说事！话说回来，阿德呀，以后你做事要低调些，家有珍宝一定要三缄其口，怎么可以大肆嚷嚷，别人不生觊觎之心才怪！"老太爷视玉象为珍宝，只因船老大将这玉象吹得神乎其神，说这玉象可保佑主人福寿延绵、子孙满堂。若这玉象被夺走，那还了得！

一番训斥让陆仁德懊恼无比。是呀，也怪自己气盛，自从忠心耿耿的船老大从南洋为他带回玉象之后，那种惊奇在他胸中挥之不去，他忍不住呼朋唤友前来府上把玩，朋友羡慕的目光让他扬扬得意，恨不得昭告天下他家有此珍宝，让全天下人都来羡慕妒忌他。如今想来，真是虚荣轻狂惹的祸，要是当初不要那么浮浅，也不至于今天生出如此多的是非！

可是，事已至此，懊恼也于事无补。陆仁德决定一口咬定府上老太爷不答应，老太爷说了，玉象在，人就在；玉象亡，人与之俱亡！要想拿玉象，除非从老太爷的尸首上踏过！归根到底，这玉象是他家私物，官府总不能明抢吧！只要他不愿意，谁也别想把玉象夺走！

主意打定，陆仁德轻松了一些。他照例来到密室里，想再看一看玉象。密室一切如常，铁门上挂着三把锁。陆仁德掏出三把钥匙一一对应打开，走到右边墙角摁了一个暗钮，墙壁倏地打开一个小洞，赫然一个大红木箱。陆仁德将箱子小心翼翼搬到桌上，再用两把钥匙将箱子一前一后打开，岂料，箱子打开后，里面空空如也！陆仁德顿时如五雷轰顶，魂飞魄散！他不敢相信自己的眼睛，以为出现了幻觉，使劲揉了揉，再定睛一看，没错，箱子里空空如也！总不会是上次查看的时候忘了放回箱子里吧？陆仁德将密室翻了个遍，哪里有玉象的踪影？确定玉象不见了之后，陆仁德跌跌撞撞冲到老太爷屋里，哭喊道："太爷，玉象不见了！"

"什么？真的不见了？有没有仔细找找？"老太爷颤颤巍巍道。

"孙儿找了半个时辰了，玉象确实被盗了！"陆仁德带着哭腔道。饶是他已是四十岁的壮汉，遭此巨变，在太爷面前他又变成了一个稚龄的孩子。

老太爷一听，只觉全身血往上涌，大脑嗡嗡作响，喉咙一甜，"哇"地喷出一口鲜血来，整个人往后倒，慌得下人连忙上前搀扶。全府一片忙乱，请了医生来，医生一番急救，老太爷这才悠悠醒来，但右边大半个身子已动弹不了，说话也含糊不清了。老太爷干枯的手死命指着密室的方向，陆仁德明白老太爷是想到密室看看，慌忙命人抬了老太爷到密室里。老太爷环看密室，室内空空如也，不禁老泪纵横，用手使命拍打自己的胸脯："苍天啊，你为什么要如此捉弄于我？孙儿啊，你一定要将玉象找回来，不然我死不瞑目！"

陆仁德忙道："太爷莫焦虑，我即使掘地三尺，也一定会将玉象找回！"陆仁德此时后悔不迭，早知道就不该将玉象失踪的事告诉老太爷。自己一时之间失了主意，慌张之下将此大祸告诉太爷，自己一个壮汉都承受不住，更何况一个日薄西山的老人？到了半夜，老太爷急火攻心，一口气上不来竟然撒手西去。

一时间陆府上下人人自危。贼无非有两种，一种是外贼，另一种是内贼，种种迹象看起来不像外贼，陆府守卫森严，若有外贼，无论武功如何高强都会惊动家丁，可家丁一个也没察觉到什么异样，也没人受伤；那看起来就是内贼了，各房纷纷自查，有赌咒发誓的，有互相猜疑的，上下乱作一团，反倒少人真心去哀痛老太爷的仙逝。

许知府等了三日，原想派人到陆府来取玉象，又放心不下，一则陆仁德狡猾如狐狸，手下对付不了他，他岂肯甘心痛痛快快交出这玉象？二则，即使陆仁德痛痛快快交出这玉象，难保自己派出的手下不见财起义，弄个调包计，抑或干脆说玉象不慎失手打破，到时，即使要了这帮贱奴的命也追不回玉象了！为了稳妥起见，许知府屈尊迁贵

第十三章 玉象之祸

再次来到陆家。

陆家眼前的情景让许知府甚是不悦：全府上下一片缟素，孝男孝女一片哭声。许知府觉得好生晦气，之前隐隐听说陆老太爷去世，也不知是真是假是虚是实。许知府令人奉上二两银子表示哀悼，陆仁德满眼泪痕将许知府请上座，强忍心中哀痛向许知府表示感谢。许知府道："老太爷不幸仙逝，照道理本知府不该此时前来催促玉象之事。无奈事情紧急，漳州府距京城几千里也，若耽误了呈祥大事这罪责谁也担当不起。送奏折和礼物的官差明日马上就要上路，故不得不上门前来，还请陆老板海涵！"

陆仁德抑制住心中怒气："我家老太爷正是被这玉象催逼而死！玉象是他的命根子，他老人家说过了，象在人在，象亡人亡，这玉象不知被哪个大胆毛贼偷走，老太爷才急火攻心吐血身亡。我正想着等忙完老太爷的丧事之后前去报官呢！"

许知府沉下脸来："陆老板说笑了，想那玉象是极珍贵之物，府里定是严加保管，毛贼岂能如此轻而易举地将玉象偷走？再说了，玉象在贵府保存了这么久，早不被偷走，晚不被偷走，偏偏在这节骨眼上被偷走？事关重大，请陆老板再勿托辞，赶紧将那玉象拿出来吧！"

陆仁德有些动气了："事实就是如此，玉象已被偷走，许大人见疑我也没有办法。"

许知府冷笑一声："我已晓之以理，动之以情，你置全月港百姓利益于不顾，只会让万人唾弃。你既称玉象被偷走，可敢让官兵搜上一搜，以证你所言非虚？"

陆仁德赌气道："许大人你命人搜看看便是，若是搜不出玉象，还请大人以后不要再来打扰贱府。只望搜查动作快些，不要惊扰了我家老太爷的魂灵。"

许知府一声令下，那官差便开始翻箱倒柜，弄得所有吊客议论纷纷。陆仁德颜面尽失，铁青着脸肃立在厅堂。那些官差平日里作威作福惯了，打鸡骂狗，见到值钱的玩意儿便顺手揣进自己兜里。忽听厢房一声尖叫，陆仁德听出是新娶的三姨太的声音，急忙赶往三姨太屋里，只见三姨太哭哭啼啼粉脸煞白。见老爷进了屋，三姨太哭诉道："这官爷对我动手动脚……"

此时陆仁德的怒气再也抑制不住，一股脑儿爆发开来，他对准那个官差飞起一脚就踹，官差应声倒地。许知府闻讯赶来，问道："怎么回事？"官差忙道："回老爷，小的奉命搜查，无奈这妇人妨碍公务，死活不让小的搜查，还诬蔑小的对她动手动脚！"那陆仁德哪容得官差在那颠倒黑白，冲上去又对那官差一顿拳打脚踢。许知府勃然大怒："陆仁德藐视官府，本该拖回府衙审理，现给你一个将功赎罪的机会，我再宽限你三日交出玉象，否则定将你问罪入狱！"

本来陆府丧事期间就已经烦乱无比，经官兵如此一闹更是乱成一片。陆夫人哭哭啼啼道："老爷，这可怎么办才好？玉象丢了，要去哪里找？要是找不到，官府真的来抓你怎么办？"

陆仁德怒道："难道没有了王法不成？玉象本是我家宝物，没有谁能够空手套白狼将玉象据为己有！他要是敢来抓我，我就敢去告他！"

第十四章　李代桃僵

陆老太爷头七过后，海澄商会恰逢一年当中的尾牙宴，商会张灯结彩，庆祝一年的辛劳所得。大家喜气洋洋，陆仁德、朱旺财、许来友与陈天鸣这些常年出海赚得盆满钵满的"大脚"（大财主）全部出席。席间，陆仁德大骂许知府黑心肝，打他府上缅甸玉象的主意，害得他老父亲一命归天。有人随声附和，有人敢怒不敢言。陈天鸣拍拍他的肩膀："陆老板，今天是好日子，先暂时忘掉这些不开心的事吧！"

席间数朱旺财心情最好，他今年大发了一笔，今天的尾牙宴费用由他全包了。他胸前挂着金表，手指上的金戒指金光闪闪，他笑眯眯地举起酒杯向陈天鸣敬酒："陈老板，恭喜发财呀！这几年来，月港出海的几个大老板当中，就数你赚得最好，你要请客！你老实交代，手下那支十二只福船的船队，为你赚了多少银子？"朱旺财天生一个鸭公嗓，只要他一说话，人人就为之侧目。年底了，通缉他的风声也慢慢没那么紧了，他又开始在月港招摇过市。

陈天鸣深知财不外露的道理，谦虚道："哪里哪里，谁不知道朱老板今年财气旺，单单到东洋一趟就赚了三万两银子，为兄自愧不如啊！"

朱旺财撇撇嘴："陈老板就不要谦虚了，你放心，我不会找你借银子的。你说说，今年到底赚了多少银子？大伙儿也沾点你的喜气呀！大伙儿说是不是？"众人纷纷起哄，让陈天鸣老实交代，若不老实交代非把他灌趴下不可。

陈天鸣连忙求饶："不瞒各位，若按虚利来算，我今年可赚五万两银子。"众人哗的一声哄叫起来，都说明天应该由陈老板再摆席请客，连请三天都不为过。哪知陈天鸣愁眉苦脸道："诸位，其实到我账里的只有一万两银子。"众人再次哗然，陈天鸣道："为了拿到出洋的销引，首先就要留下买路钱。这一路上关卡重重，有时我都闹不清到底交了几回税。你们都清楚得很，督饷馆不归漳州知府管理，而是由海防大人管理，那海防大人基本上谁的账都不买，只认银子，我是深受其苦啊。陈某说的句句属实，想必诸位感同身受！除了这税收，伙计们的工钱也是一笔不小的开销。八月份的时候，我船上的伙计瘦刚病死在吕宋，我赔了他娘子三百两银子。到处都是无底洞，不知该怎么填啊！"

提到增饷，众人纷纷激动起来，朱旺财狠狠朝地下啐了一口："陈老板，照我说，咱们就不该交那七七八八的鸟税！"说着拍着桌子开始骂娘，唾沫四溅。大家都知道，朱旺财一直与官府作对，他手下有一支队伍，还有火枪装置，他从来不交加增饷，官府恨他入骨，骂他一粒老鼠屎搅坏一锅汤，生怕月港人有样学样，要是大家都学朱旺财，那一切都乱套了，纲常败坏，官府岂不饿死。

陈天鸣苦笑道："我哪有朱老板这般潇洒，我老母亲还在月港，我不得不与官府中人周旋啊！"

陆仁德道："这帮狗官，没一个好东西，我的玉象被盗，他们不去缉捕盗贼，反而逼我三日之内交出玉象，简直没有天理！反正我是要东西没有，要命一条！算了，今天是个好日子，不说这些扫兴的话了，这些头疼的问题改日再议。来来来，我们一醉方休。"于是话题抛过一边，众人捉对拼起酒来，人人均有了三分醉意。陆仁德这是借酒浇愁，一则玉象丢失犹如剜了他心肝，二则许知府限他三日之内交出玉象，他毫无办法可想，索性大醉一场。

突然外面脚步声嘈杂，一队官兵闯了进来。陈天鸣暗叫不好，这些官兵八成是冲着朱旺财而来！朱旺财一个箭步窜进茅厕，正着急得不知所措，只见陈天鸣尾随而到，递给他一套伙计穿的粗布旧衣裳，朱旺财急忙换上，扮成伙计模样，端着一盘吃剩下的鸡骨架趁乱溜走，心中对看门的陆武恨得咬牙，这陆武不知死哪里去了！这浑球几乎每顿饭都要喝一口地瓜烧，真是误事！官兵此时直奔陆仁德、许来友两人，如狼似虎将二人搋住，因两人均是一副阔老板打扮，为首的捕快大喊："都不许动！奉命捉拿倭寇头子朱旺财！"因捕快认识陈天鸣，所以陈天鸣幸免其难。陆仁德与许来友大声喊冤："我不是朱旺财，你们抓我做什么？你们抓错人了，快放人！"张捕快拿出通缉令仔细端详，见那陆仁德与朱旺财长得有几分像，便下令道："将左边这人放了！"

陆仁德祸从天降，连声喊冤。陈天鸣道："官爷，他真不是朱旺财，他是陆仁德。那朱旺财今日原本要来的，哪知生病了没有来。官爷不妨现在带兵到他家拿人，以免延误时间让那朱旺财逃脱了。"众人也齐声说这人是陆仁德，官差哪里肯信，宁可错抓，也绝不放过漏网之鱼，嚷嚷道："你们说不是便不是？本大爷哪有那么好糊弄！带走！带走！"

陆仁德被抓走了，一场高高兴兴的尾牙宴被搅得不成样子。陈天鸣心里觉得奇怪，朱旺财虽是个粗人，但粗中有细，事前已派了五个家丁在门口把守，再加上陆仁德的管家陆武，何以官兵长驱直入，那把守之人一点动静都没有？这其中定然有蹊跷。肯定是有人被收买了。

陆仁德的女人哭哭啼啼来找陈天鸣，"扑通"一声就跪下了："陈老板，求求你救救我家老爷，你也知道我家老爷是冤枉的，我们一家上下老老小小都靠老爷挣银子，没有了老爷，我们全府上下十几张嘴只能喝西北风。求求陈老板高抬贵手救救我家老爷！"说着磕头如捣蒜。

陈天鸣赶紧把陆夫人扶起来："夫人快快请起，陈某担不起。陆老板是我恩公，对我有再造之恩，我一定全力以赴救他出来。只是，我一介平民百姓，只恐力量微薄啊！"

陆夫人也不擦眼泪，任眼泪鼻涕糊了一脸："陈老板是全月港最有名望的乡绅，谁不知道你是许知府的义弟，只要您肯出手，我家老爷一定会平安归来！毕竟官府要抓的是朱旺财，而不是我家老爷。"

陈天鸣上下努力，无奈官差抓陆仁德充数，就是不肯放人。陆夫人急了，口不择言："陈老板，若非你有意偏私，我老爷怎会无端受这牢狱之苦？"陈天鸣急了："天地良心，这两日我连续奔波，无奈力量有限啊！"

陆夫人生气了："全月港人都知道你和朱旺财才是刀尖上舔血的好兄弟。你出海贩洋，一路都是朱旺财保驾护航，每年你都拿出大笔银子回报那姓朱的。你肯定知道那姓朱的藏在哪里，把他交给官府，我家老爷不就自然而然放出来吗？"

一番话说得陈天鸣哑口无言。确实，他心中有偏私，虽然两个好兄弟他都想保，但他不想因为救了陆仁德又陷朱旺财于不义，况且朱旺财若被抓住肯定是难逃死罪。好不容易侥幸逃脱，怎么可能又自己送入虎口？他只好掩饰道："朱旺财一贯来无影去无踪神出鬼没，我根本不知道他的住处。嫂子你别急，我一定尽自己最大努力将陆老板保出来。"

陆夫人又哭诉了一番，她一个妇道人家，什么人都不认得，只知道陈天鸣能耐大，因此天天来纠缠陈天鸣，每次陈天鸣一听陆夫人又来了，头痛不已，真想避开不见，可他又不能对往日的东家娘子不仁不义，少不得次次耐心劝慰。这样反复纠缠下去实在没办法了，陈天鸣硬着头皮去拜见甘知县。他心中打鼓，上次因呈祥之事得罪了甘知县，此番即使抬出义兄许知府的名头，甘知县也未见得能够通融。

衙门守卫去禀报迟迟未回，陈天鸣一个人在冷冷的厅堂里等待。等了一个时辰，陈天鸣一颗心慢慢冷了，但他必须等下去。终于，甘知县来了，一脸冰霜。寒暄过后，陈天鸣几次想把话题引到陆仁德身上，想不到甘知县就像一只狡猾的狐狸，看似轻松嬉戏的言谈严密无比，绝不触及半点隐秘，不过，陈天鸣仍能从他抽动的鼻孔和暴起层层白屑的双唇上，看到里面藏满了焦躁。甘知县其实心中非常清楚手下抓到的人是陆仁德，家里有价值连城的玉象，刚好可以借机搜刮来，也算是意外的收获。他避不提审陆仁德，不给陆仁德申冤的机会。

陈天鸣索性单刀直入："知县大人，在下是来为陆仁德求情的。"

甘知县慢条斯理道："陈老板的话真让我糊涂，你弄错了罢。我手下刚刚呈报说抓到了朱旺财，没有哪个陆仁德！这几日公务繁忙，正准备几日后提审朱旺财这个贼匪。你也应该明白，这世上没有哪个人能为朱旺财担保。"

陈天鸣刚要说那是陆仁德，不是朱财旺，但他突然明白说了也是白说，不禁长长地叹了口气。他眼前浮现起陆夫人绝望的哀求："陈老板你要快啊，万一他们从我家老爷身上得不到什么，就会杀人。"

回到府里，大雨倾盆而下，雨水哗啦啦地洗刷着大地。这是陈天鸣感到很无力很绝望的一天，他整个人瘦了一圈，嗓子沙哑，已疲惫到极点。沙丽责备夫君太过冲动，如果触怒甘知县，搞不好惹火烧身，陈天鸣不想跟沙丽理论，妇道人家不懂得，为了朋友，无论再冒险和辛苦都是值得的。窗外的龙眼树上似乎生出了蓓蕾，尽管很小，但仔细看还是看得见的。万物沉寂，所有的动物都停止了鸣叫，连鸟儿也不见踪影。这里的一切都在等待。不知什么时候雨停了。阳光从乌云缝隙中射出来，把高大的龙眼树照得透亮。沙丽指着枝丫说："看到了吗？"陈天鸣揉揉眼睛看了又看，看到了。那是一簇簇鼓胀的蓓蕾。满树龙眼花蓓蕾蓄势等待着在春天怒放。可是，营救陆仁德的希望在哪里？

捕快轮番毒打陆仁德，最后还一刀剁下了陆仁德的右手食指。如果不是亲眼所见，简直无法相信世上有这样的残暴，人简直比魔鬼还要邪恶。出乎甘知县意料的是，陆仁德竟是个守财奴，宁死不交出玉象。

陆仁德被关进牢里，急坏了他的女儿陆小鱼。阿爹一辈子养尊处优，何曾遭过此等大罪？万一阿爹身体垮了，陆府就没有指望了。这官府真是荒谬，明明不是朱旺财，为什么非说阿爹是朱旺财？所有的人都瞎了狗眼吗？一开始，陆小鱼是乐观的。所有的月港人都可以证明阿爹不是朱旺财，只要证明了阿爹不是朱旺财，阿爹就可以无罪释放。当阿母回家哭诉陈天鸣袖手旁观时，陆小鱼提醒阿母："找张恨天吧！"陆夫人急急找到张恨天，恳请张恨天找知县大人说情。

张恨天道："陆夫人，我知道你着急。我也着急，我也希望陆老板早点被释放出来。可是,你知道吗,其实官府知道你夫君不是朱旺财。"

"官府知道?"陆夫人惊得瞪大了凤眼。

"知道。"张恨天肯定地点了点头。

"知道还故意颠倒黑白?"陆夫人义愤填膺。

张恨天语重心长道:"夫人,你人在深闺,不知道这个世道的复杂。官府抓不到人,显得官府无能。官差为了交差,所以一定要找个替罪羊。你要是知道了这层道理,你就不用着急。官府不可能长期装聋作哑。你相公迟早会放出来的。他们只是在拖延时间,说不定到时真正的朱旺财抓到了,上级就不会怪他们无能。"

陆夫人连连顿足:"可恶!可恶!可怜我夫君在那暗无天日的牢房内受苦!"

张恨天无奈道:"官府就是抓住了你们这个心理,你们越着急,他们就越能捞着好处。"

陆夫人目瞪口呆。她急匆匆回到娘家,直奔自己的闺房,将门反锁了。抱出床底下一个木箱,打开三把锁,那玉象赫然就在里头。原来内贼不是别人,正是她。妇道人家,舍不得家中的珍玩,悄悄藏起来了,假戏真做,将整个陆府闹了个人仰马翻,连陆仁德都被她瞒过了,再怎么怀疑,陆仁德做梦都怀疑不到夫人身上。

望着玉象,陆夫人的眼泪不禁又滴了下来。没错,张恨天说得很有道理,可是她怎么能眼睁睁看着夫君在牢中受苦!万一夫君撑不住,纵然留着万贯家财又有什么意义!

眼见夫君性命即将不保,陆夫人急了。她原以为谎称玉象失窃就可以保住玉象,没想到老爷遭此横祸。眼见老爷就要性命不保,究竟是玉象要紧还是老爷要紧?当然是老爷要紧!陆夫人一咬牙,为了保命,她只好当了陆家的不肖子孙。

陆夫人抱着自己藏起来的玉象直奔县衙,将玉象交给了甘知县。那玉象果然灵通,第五日,一个衙役进到牢里,身上没有挎刀,双手抱拳道:"陆老板请吧!"陆仁德恍惚间觉得这是催他上路,不禁双耳轰鸣心跳如鼓大叫冤枉。看看窗外日光,只觉时辰不对,再打量面前的人，一脸谦恭："恭喜陆老板，张税曹求知县大人保你不死，现置下酒席为你压惊。"陆仁德忽闻赦令惊喜交加，只觉血往上涌，赶紧扶住窗子定了定神，跟随衙役出得牢房。门外阳光强烈，陆仁德本能地闭上眼睛，眼前一片黑暗。过了片刻，陆仁德才缓缓重又张开了双眼。他还是发蒙，一颗心一直狂跳，一个轿夫赶紧上前搀住他。过了好久，陆仁德才稍稍镇定下来，用手遮住额头前边，惊讶地发现衙门前停了一抬轿子，几个轿夫正站在那儿等候。陆仁德坐在轿中百思不得其解，他挑开轿帘，看到周围来往不息的人流、挑担急走的商贩，终于相信自己逃过了一劫。

陆仁德放下轿帘闭目养神，任由轿夫一路轻颠，街上的人流渐渐变疏了，在巷子里拐来拐去，到了一座朱门大院门前，两只表情肃穆的石狮一左一右盘踞，高高的台阶上站了一个挺胸凸肚之人，腰间挂着一块玉佩，手中还转着两颗钢珠。竟然是张恨天！

进到内院，里面有整齐的花树，有池塘和假山石，菊花怒放，还有含苞的玫瑰以及丰腴的月季，插放在映着晶莹的透明玻璃瓶和青花器皿中，于高高低低处绽放，笑靥迎人，香气萦绕，似浓还淡。陆仁德深深吸一口花香，看着这些目不暇接的奇花异草，发出一阵惊叹。

陆仁德将杯中酒一饮而尽："多谢张兄！"他面上带笑，内心却翻江倒海。从自己被关押的那一刻至今，全部是官府一帮人颠倒乾坤拿他当替罪羊，害他在生死关头走一遭，差点吓得他精神失常，如今张恨天又跳出来充好人，不知搞什么把戏。此念一闪，冷汗从额头渗出。

张恨天一番话真假难辨："陆老板，今天为你压惊了，备下一席薄宴，等一下我再亲自送你回府。此事前后我如有不周到之处，还望陆老板体谅。我力量微薄，东奔西走才将您从那暗无天日之处救出来，实在惭愧。咱们多年交情，您一朝有难我岂能袖手旁观……"张恨天此举纯粹是为了拉拢陆仁德，为了打倒陈天鸣，非瓦解陈天鸣的联盟不可。

陆仁德只能连声称谢。

陆仁德被接回家时，全身上下血迹斑斑。他的腿已经被打坏了，无法行走。那截被剁掉的食指已经结了痂，空洞洞一块，煞是刺目。全身上下无处不痛，好似那千斤枷锁还戴在身上。陆夫人心疼得直抹眼泪，诅咒那些当官的不得好死。陈天鸣前来看望陆仁德，陆仁德老泪纵横，陆夫人道："平民百姓对官府就是不能心存幻想呀！银子也送了，人却照样打，真黑啊！官府没一个好人！"

陈天鸣道："是的，这个甘知县太阴险了，与此人交往切不可疏忽大意。上次他为我修建旌善亭，我还以为他是好人。哪知他是月港人头顶伸出的一只利爪，整天挖空心思猎获。"陈天鸣一边奉上南洋来的上好的金创药，一边叹息道："真的太狠了！陆大哥是多好的人，我穷得叮当响的时候不知受了陆大哥多少救济，天鸣一直感激在心。大哥如今不幸遭此大难，一定好好休养。"

陆夫人开始喋喋不休所有官府中人没一个好东西，发声恨道："从此再不交饷税了。"陆天鸣道："其实官府中也有一些好人的，像一直在朝迁呼吁请开海禁的涂泽民大人，就是好人。"

陆夫人抱怨道："好人太少了，我都没碰到过。我遇见的全是坏人！"

陈天鸣苦笑着怅望夜空。弦月初启，陈天鸣微眯双目感受着广漠苍穹，地上处处清辉，院子里怒放的菊花花瓣上已有点点夜露。虽是初冬，夜怎么这么凉呢！

待陈天鸣告辞，陆仁德一听玉象已拱手送给官府，恨得咬牙切齿。本想马上将管家陆武抓起来严刑拷打，无奈身上的伤太重，他命令家丁先将陆武关押起来，等他有了精气神再行拷问。自己这次飞来的牢狱之灾全拜这个陆武所赐，这个狗养娘的一定被县衙收买了，自己明明交代他要看好大门，一有风吹草动就及时禀报，怎么官兵毫无预兆就闯到宴席上来了呢？

第五天后陆武被五花大绑推了进来，陆武身上的衣服散发出一阵强烈的酸腐味道，到处是虱子与跳蚤，这些吸血鬼找到了乐园，在里面做窝狂欢，现在乍见天日，惊慌地散作一团。

陆仁德飞起一脚，陆武就跪下了。陆仁德骂道："狼心狗肺的东西，我待你如何？就算是一条狗，狗也会对我摇尾谢恩。你怎么反而来害我！"

陆武哭喊道："老爷，我真的没有出卖你！我要是出卖你，老早就逃跑了，怎么还待在府里等你回来？"

陆仁德冷笑道："最危险的地方就是最安全的地方，真看不出你还有这等心机，让你当奴才还真是屈才了！"

陆武辩道："老爷，你真是冤枉我了！那天我一直守在门外，有个陌生人想闯进来，我刚要上前阻拦，突然闻到一阵香味，不知为何就头晕目眩晕倒了，醒来才得知官兵把老爷带走了。陆武无能，没有看好门，这一点任由老爷惩罚，至于说我被县衙收买，这一点打死我也不会认的！"

陆仁德大怒："花言巧语，巧言令色，看来不给你点颜色看看你是不会说实话的！给我掌嘴！"陆仁德一辈子身处富贵之乡，哪里遭遇过这等牢狱之苦，满腔愤怒急于发泄。

陆武的嘴巴很快就被打得红肿如猪八戒，他哇的一声大叫，吐出一口带血的牙，却还是大叫："老爷，我没出卖你！"

陆仁德气极，指着陆武道："把他的衣服剥下来！"

家丁一哄而上，三下五除二将陆武衣服剥了个精光，打得皮开肉绽，只听噼啪一声，陆武的左手小拇指竟然被打折了。陆武气息奄奄还是一口咬定："我没当叛徒！老爷不要血口喷人！"

这一声"血口喷人"让陆仁德暴跳如雷，他气得手脚哆嗦咳嗽连连，手指颤巍巍指着陆武："你说还是不说！老实说了我还可以放过你一条狗命！"

"没有就是没有！"陆武斩钉截铁。出其不意的，他竟然一把扯下左手小拇指藕断丝连的筋脉："我要是出卖了老爷，我就不得好死！"

陆武倔强的举动彻底激怒了陆仁德："打，往死里打！我看你嘴有多硬！"

只听噼里啪啦一阵乱响，大厅里回响着陆武的惨叫。突然，陆武的惨叫戛然而止，众人都吓了一跳。只见陆武两眼翻白，有一个家丁壮着胆子在陆武的鼻子下一探，气息全无。那人吓得失声道："陆武死了！"

霎时大厅鸦雀无声，没想到竟然出了人命。陆仁德平素待下人不错，此时出了人命他也吓了一跳，刚才被气愤冲昏了头脑，才导致如此不堪局面。他强自镇定："先把人拖出去吧，放在柴房。"

陆仁德残酷地处置了陆武，陆府所有下人一时间噤若寒蝉，个个如丧考妣，没人敢高声说笑，唯恐一不小心惹怒了老爷。

陈天鸣吩咐沙丽买了些祭品祭拜陆武。陈天鸣接过沙丽手中的火把，丢向那堆纸人纸车。火势迅速蔓延，顿时火光冲天，所有纸物就像这世间的功名利禄，一时间支离破碎，即刻又纷纷倾倒坍塌，化为一堆轻盈而松软的黑色灰烬。几片纸灰蝴蝶般缠绕陈天鸣盘旋，然后紧紧地附在他长衫的下摆。陈天鸣低声道："陆武，你放心上路吧，不要再牵挂你阿母了，我会好好照顾你阿母的。"陈天鸣知道陆武是冤枉的，他已经隐约捕捉到了内奸的蛛丝马迹，就是他手下人当中的一个。

第十五章 内奸

满大街都是朱旺财的通缉令。陈天放在大街上看到缉拿朱旺财的通告，心急火燎回到家里："阿鸣，你赶紧去向官府禀明朱旺财的藏身之所，要知道，窝藏通缉犯罪名可不轻！要是连累一家老小，看你怎么向阿母交代！"

看着老实巴交的大哥，陈天鸣哭笑不得："朱旺财是我生死兄弟，我怎么可以出卖他？哥，你放心，朱旺财藏得很隐蔽，官府找不到他的。你把心放回肚子里。退一万步说，即使朱旺财真被逮着了，我一人做事一人当，绝不会连累你。"

陈天放生气了："是，朱旺财是你生死兄弟，金贵得很，我这个兄弟在你眼里倒是比棉花还轻呢！"

陈天鸣道："朱旺财是朱旺财，你是你，不能比。再说了，人要知足，你那五间瓦房是谁帮你起的？"

陈天放碰了一鼻子灰，这个弟弟，自己从小就拿他没办法。他快快不乐从弟弟府上出去，经过柴房时，他听到了轻微的窸窸窣窣声。一时好奇心起，凑近从窗户一看，只见一个模糊的人影躺在地上，窸窸窣窣声正是因为此人翻身时身下的稻草所发出来的声响！天色昏暗，陈天放看不清那个人的脸，但凭那身形，陈天放可以断定，此人正是朱旺财！陈天放一时又惊又怒，阿弟也真是吃了豹子胆了，陈天放知道阿弟大胆，可是没想到阿弟会大胆到这种程度，他知道朱旺财肯定是阿弟窝藏的，但做梦也想不到阿弟会把朱旺财藏在自己家里，这不是找死吗？陈天放本能地想折回去把弟弟揪过来，可一想到弟弟所说"我与朱旺财是生死兄弟"，他意识到多说无益，此时他警觉地看了看四周，并没有人注意到他，因为他是陈天鸣的亲兄弟，府上所有人都放松了警惕。陈天放直奔官府。到了县衙，陈天放刚想鸣鼓，转念一想，要是鸣鼓，那全月港的人都知道是他举报了朱旺财，那到时他岂不被全月港人的唾沫淹死？正踌躇间，张恨天办完公刚好从县衙里走出来，陈天放大喜，上前一五一十将朱旺财的藏身之处说了，说完千交代万交代："我这举报有功，你千万不要怪罪我阿弟啊，我阿弟是好心……"

张恨天心中狂喜，好你个陈天鸣！今天你死定了！天堂有路你不走，地狱无门你来投！张恨天也曾经想去陈天鸣府上搜查，但他觉得陈天鸣不至于笨到这种程度，明知自己嫌疑最大，哪里能把朱旺财藏在家里？万一到时搜查不到人，实在不好交代。因此，张恨天一直不敢轻举妄动。如今陈天放竟然自动送上门来了！张恨天嘴上不停地给陈天放吃定心丸："你放心，我一定在县太爷面前为陈老板多说好话，减轻他的罪责！"于是唤来两个官差，给了官差五两银子请陈天放喝酒。陈天放从未受过如此礼遇，一时感激涕零。那边张恨天密报了甘知县，甘知县令官差带了人马不由分说闯进陈家，陈天鸣从睡梦中惊醒，匆匆穿了衣服出来，大声喝道："你们也太放肆了，竟敢强闯民宅乱抓人！我到底犯了什么法了？"

那官差冷笑："你还装什么蒜？窝藏通缉犯，死罪一条，株连九族！"

陈天鸣冷笑："你们不要血口喷人！"

那官差也不理会，大手一挥："给我搜！"

哪知把陈家翻了个底朝天，也不见朱旺财踪影。原来，陈天鸣素知大哥生性懦弱，怕生出意外，早已让朱旺财连夜逃走。

捕快一班人马灰溜溜地走了。

陈天放正醉醺醺往家里走。他生平第一次受到官差的礼遇与优待，心中美滋滋受用无比。忽见一群官差气汹汹而来，为首的噼里啪啦狠狠扇了他一顿耳光："你竟敢谎报军情戏弄官爷！抓起来，让他好好尝尝厉害！"

陈天放祸从天降，他娘子一遍遍跑到县衙击鼓鸣冤，她一个妇道人家，只能寄希望于官府秉公办事。甘知县起初不理，这女人也是倔，天天到县衙去，弄得月港人尽皆知，整天在县衙前围观指指戳戳。甘知县不耐烦了，他动了杀机，干脆一了百了，治不了陈天鸣，就治治这个女人，以泄心头之愤。他把张恨天叫来："这个女人实在让人嫌恶，你可有法子让她消失？"

张恨天心领神会："大人，你放心，我有法子让她永远闭嘴。"

这天，陈天放娘子又来击鼓鸣冤，没想到衙门竟然"吱呀"一声打开了，张恨天将陈天放娘子迎了进去。他温和地倾听了她的哭诉，女人一股脑儿将憋在心里的话全部倒了出来，只觉畅快了许多。张恨天假惺惺地备了一桌酒席，请陈天放娘子吃酒。女人不知是计，一杯酒下去，只觉腹痛不已，接着满地打滚，她挣扎着爬到张恨天脚下，手指着张恨天："你，你，你好歹毒啊！"张恨天厌恶地看了她一眼："无知刁民，死有余辜！"

陈天鸣阿母哭哭啼啼来找陈天鸣："你大哥被抓进牢里，你嫂子天天去县衙喊冤，几天不见人影了，你赶紧想法找找你嫂子！"

得知嫂子失踪，陈天鸣心中暗道不妙，知道嫂子定是凶多吉少。陈天鸣心中悲愤不已，嫂子冤呀！活不见人死不见尸！有机会一定要为大哥大嫂报仇！陈天鸣设法到牢中见了大哥一面："哥，你真是太傻了！官府中人阴险狡诈不讲信用，你太轻信了！"

陈天放哭道："阿鸣，赶紧设法救我出去！"

陈天鸣摇头叹气："这事恐怕没这么简单。他们恼羞成怒，刚好把气泄到你身上。官府说了，说你谎报军情，要关你三年。静等时机吧，我已打点好狱卒了，你在这里不会吃苦的。"

陈天放颓然道："你嫂子这几日怎么没来看我？"

陈天鸣道："听容川码头的人说，半夜里听到有人跳水，也不知是不是嫂子一时想不开……"

陈天放大放悲声。

大哥大嫂的冤情一时间茫然无绪，陈天鸣满腔悲愤，日子却不得不照过。他的货基本买齐了，这些天来他东奔西跑，货比三家，天无绝人之路，他认识了漳州府的一位丝绸老板，两人趣味相投相见恨晚，丝绸老板又介绍了一个位陶瓷老板给他，很快就成交了。陈天鸣打算回到吕宋后，以后月港进货都从这两家进，虽然远些，价钱却也公道，质量又是上乘，真是苍天有眼。他这几天忙着跟这两位货栈老板签协议，一直找不到空档前去找海丫澄清不是他告密的事。货都已经装上船了，几家货栈老板一起办酒为他践行，只待把酒言欢后就启航回吕宋。正推杯换盏之间，一个伙计上气不接下气跑来了："老板，不好了，官府派了一队黑压压的官兵把咱们的船扣了，正在搬咱们的货呢！"

　　陈天鸣顿时心头火起，顾不得与几个老板客套，心急火燎地往容川码头飞奔而去。如今朝廷实行开海政策，贩运出洋完全合理合法，上次货物被没收还没讨个说法，如今新仇旧恨一起涌上心头。到了码头，果然见一大群官兵吵吵嚷嚷的，正在把他的货往县衙库房里搬。陈天鸣认得为首的是孙捕头，他正待上前说好话求情，孙捕头皱着眉，黑着一张脸："没什么好说的，你的货严重超载，违反了官府的规定，先行扣押再做处理。"胳膊扭不过大腿，陈天鸣眼睁睁看着官兵把船上的货一搬而空。

　　他被人从背后捅了一刀。绝对是有人告密。不然，他把货运上船的时候趁的是月黑风高，一般是在半夜里启航，而且他已经跟码头上的人疏通好了，照道理一切都应该极为顺当才是，怎么官兵们再一次准时准点摸来了呢？思前想后，绝对是张恨天这个狗娘养的干的好事，他陈天鸣做事光明磊落，除了与张恨天结过梁子，再无其他仇家。

　　陈天鸣在府衙外拦住了张恨天。陈天鸣冷冷道："张税曹，你怎么知道我有一批货晚上要运往外洋呢？而且连我运了哪几种货、价值多少两银子你都知道，你真是关心我啊！"

　　张恨天两手一摊不动声色："我也是刚听孙捕头报告这事的，是一个船员来告密的，天鸣兄弟，你大概得罪了什么人你自己都不知道吧？"

　　陈天鸣冷笑了起来："是的，我肯定得罪了谁连自己都不知道，结果就挨了这闷头一棍。"

张恨天有些尴尬，讪讪道："哎呀，大水冲了龙王庙呀，凭我和天鸣兄的交情，要是我之前知道，肯定要照顾照顾嘛。哪知这孙捕头是个愣头青，办事全没有分寸。我回去看看情况，到时再跟你知会。"

陈天鸣回到家里，心想，难道手下真有内奸？不然姓张的纵有通天本领，他也没有千里眼顺风耳呀！陈天鸣宁愿不知道是谁出卖了他，知道了比不知道更痛苦。可是他的大脑又由不得自己，他一直在下意识地观察到底是谁出卖了他。一想到自己船队里有内奸，他就觉得后脊背发凉，如坐针毡。可能是阿德。自己运的什么货物只有阿德知道，而且其他伙计都待在船上，只有阿德向他告假了两天，说是回家看他重病的老母亲。一想到这里，陈天鸣的眼里不禁喷出了怒火，亏自己这么信任阿德，可阿德还在背后捅刀子，人真是靠不住啊！陈天鸣的五脏六腑就如火烧一般，恨不得马上揪住阿德问个究竟。

好不容易挨到了晚上，照理说两天时间到了，阿德应该回来了，难道他做贼心虚逃跑了？陈天鸣恨得把拳头捏得咯咯响。到了子时，阿德才回到船上。阿德本以为所有人都睡着了，他蹑手蹑脚的，怕把伙计吵醒。哪知船舱中点着油灯，船老大一脸怒容端坐在椅子上。阿德吓了一跳，忙问道："老大，你怎么还不睡？"

陈天鸣道："等你呢。"

"等我？"阿德一脸疑惑。

"你是不是把咱们船上装了什么货全部告诉张恨天了？"

阿德听了脸色陡变，大叫冤枉："老大，我老娘死了，这两天我忙着老娘的后事，哪有时间和心情去告密？"

陈天鸣这时才发现阿德穿着白色的丧服，手臂上戴着黑线圈，刚才他被愤怒冲昏了头脑，都没注意到。"对不起，兄弟，我冤枉你了！"陈天鸣上前握住阿德的手："你阿母的事都料理妥了？你都没说一声，照理我应该前去给老人家上炷香……"

阿德道："我阿母七十二了，也算是高寿了，这是喜丧。幸亏这次船回来得及时，赶得上送她老人家一程，不然，这辈子我心里都不好过。"

陈天鸣道:"这两天你都没睡吧,你先去睡吧。"

"老大,你还不去睡?"

陈天鸣苦笑:"睡不着,也不知是哪个黑心肝的家伙向张恨天告的密,咱们的货物全被抄了。"

阿德挠着头皮喃喃道:"难道是他?"

"谁?"

"会不会是阿标?那天我记账的时候,我去解个手,阿标送菜进来,我进来时看他瞄了一眼货单,他把菜放下就出去了。"

陈天鸣沉吟道:"有可能。这事你先不要声张,等我有了确凿的证据,到时再做理论。"当下吹了油灯安歇。

犹如晴天霹雳,自从知道阿标出卖了他,陈天鸣的脸痉挛着,他努力想挤出一丝微笑,告诉自己要沉住气,却无论如何也挤不出笑容来。他有意无意与阿标闲话,阿标说:"在海上讨生活不容易,还是官府里的老爷日子逍遥啊!"

陈天鸣道:"做人要靠真本事,没有真本事,抱谁的大腿也没用。"陈天鸣的冷淡搅浑了阿标一夜打好的腹稿,他脸上现出短暂的慌乱,但他马上命令自己镇定下来。陈天鸣不再理阿标,站在码头看着茫茫大海。海风吹着他,他冷静地试图用他那双慢慢习惯了在夜色中航行的眼睛辨别着方向。阿标碰了一鼻子灰,心里骂道:"你神气什么呀,你这样一个土鳖,不摔得鼻青脸肿就不知道自己几斤几两重!"

陈天鸣望着他的背影,面若寒霜,心中暗道:"吃里爬外的家伙,一定没有好下场!"

第二天,陈天鸣故意鬼鬼祟祟约了一张姓老板商谈,他大声嘱咐众人:"我有要事和张老板相商,你们无故不得入内。"众人皆应。两人关起门来密谈了大半个时辰,突然爆发出一阵大笑:"这笔生意若成了,你我皆可以歇息好几年!"

张老板谈完生意告辞出来,正在门口扫地的阿标喊了一声:"姑丈,你这么匆忙做什么?"张老板道:"我要赶紧去备货,你家老爷要得急,明晚就要。"

阿标说了声"姑丈慢走",一边望着张老板的背影若有所思。陈天鸣站在窗前,看着若有所思的阿标冷笑。阿标当晚到了姑姑家里,这姑姑从小最疼他,待他极好,见侄儿来了,分外高兴,忙上忙下准备茶点。阿标环顾了屋内一眼,故意道:"姑姑,怎么只有你一个人,姑丈哪里去了,也不在家好好陪你?"

提起相公,阿标姑姑就来气:"你姑丈呀,整天忙得不见人影,哪有时间来陪我?你妹妹出嫁了,只有我一个人在家怪孤单的,今天你来刚好陪我说说话。"

阿标笑道:"姑姑你可要看紧姑丈哦,万一姑丈在外吃花酒,到时姑姑哭都来不及。"

姑姑撇撇嘴:"这一点倒是不怕,你姑丈还没那个胆儿。他是在忙生意,我知道。"

阿标摇摇头:"什么生意比陪你还重要?姑姑现在一辈子吃穿都不愁了,我看你还是要把姑丈看紧点,不要太相信他的话。"

姑姑见阿标不信,笑道:"这次这笔生意非比寻常,做成了可以买一栋宅子。你妹婿不争气,你姑丈准备送一栋宅子给你妹妹。"

阿标还是摇头:"姑姑,我看姑丈是给你灌迷魂汤了,什么生意可以一次赚一栋宅子?"

姑姑急了,凑近阿标跟前道:"我偷偷告诉你你可别告诉外人,姑丈这次进的是食盐等违禁物品,才有此等暴利。"

阿标这才点头:"这我就信了。侄儿先恭喜姑姑了,到时姑姑吃香的喝辣的,侄儿也跟着喝点汤。"

姑姑喜笑颜开:"放心,有姑姑一口吃的,就有你一口喝的。你小子就是嘴甜。"

阿标从姑姑家出来的时候,直接走向了张恨天府里。要说这阿标为何甘心做张恨天的走狗?虽说陈天鸣待手下都不薄,但陈天鸣最信任阿福,而阿标对阿福一向嫉恨得牙根出血。凭什么阿福那么受宠,不就是靠他名字取得好吗?如今张恨天这么信任他,阿标找到了阿福的感觉。陈天鸣再有钱,毕竟也只是一介商人,而傍上张恨天就不一样了,张恨天是官府的人,要是自己为张恨天立下奇功,自己从此有可能就是官府的人了,再也不用出洋顶风冒雨了。阿标越想心里越美,脚下不由加快了步子。

第二天晚上的容川码头,黑夜里一片寂静,陈天鸣的船队在这里一字排开。突然,一艘船上突然亮起了油灯,影影绰绰的,接着响起了脚步声,张老板的伙计挑着麻袋从码头上了陈天鸣的船。此时一队官兵从巷子里冲出来也跟着从码头冲到船上,七手八脚将伙计摁倒在地上。陈天鸣拿着油灯一照,看见为首的许知县和张恨天,甚是诧异:"甘大人,你怎么来了?"

甘知县冷笑一声,找了把椅子一屁股坐下:"我怎么来了?我搜查禁物来了。本县接到密报,说你涉嫌倒卖粗盐。这皇天后土的,真有人为了银钱不要命了。"

陈天鸣大声喊冤:"我没有!"

甘和县稳操胜券:"没有?你可敢把这麻袋打开看看?"

麻袋打开了,却是陶瓷。每一袋都打开了,倒出来了,都是陶瓷。

甘知县变了脸:"既是陶瓷,你为何鬼鬼祟祟晚上装船?"

陈天鸣不慌不忙道:"只因近日人手不够,张老板又急着出远门,好不容易晚上凑齐了人手,所以才半夜装货。"

甘知县生气地瞪了张恨天一眼。本以为今晚会捞到自上任以来最大的一次油水,没想到扑了个空。张恨天慌忙道:"甘大人,小的该死,小的记错了,是阿哥伯码头的朱记商船才对。"甘知县踢了他一脚:"你怎么办事的?"说罢又转身朝陈天鸣道:"陈老板,一场误会,多有打扰!"便带着一帮人扬长而去。

陈天鸣唱了一出空城计,心下畅快无比。

张恨天将阿标唤到府里,朝着阿标一阵猛踢:"你吃了好大的豹子胆,竟然耍我!"阿标吃痛连连告饶:"张税曹,我怎敢耍你?这消息千真万确,张老板是我姑丈,我亲眼看见我姑丈和陈天鸣密谈,你想想,他的货被官府没收了,又急着出洋,他还不狗急跳墙?而贩运违禁物品的事是我姑姑亲口说的,也不知是哪里出错?"阿标至今还是丈二金刚摸不着头脑。张恨天恨道："你害我在县太爷跟前颜面扫地，没用的家伙，还不快滚？"

阿标讷讷道："那我的赏钱呢？"

张恨天怒道："我没要你的狗命就不错了，你还敢要赏钱？成事不足败事有余的糊涂蛋，还不快滚，小心我要了你的狗命！"

阿标自认倒霉，骂骂咧咧从张恨天府里出来，迎面撞见一个人。阿标骂道："谁呀，瞎了你的狗眼！"待看清面前这人就是陈天鸣时，阿标惊得脸都青了。陈天鸣冷冷道："是你告的密吧？内贼最可怕。阿标，你听好了，从现在开始你被解雇了，明天开始就不要到我船队来了。你这样的人我用不起，你还是到张税曹手下讨碗饭吃比较合适。"阿标扑通一声跪了下来："陈老板，我知道错了，你就原谅我这一回了，我是鬼迷心窍了，下次我再也不敢了，我还有老母亲要养活呢，求求你陈老板，你就赏我一口饭吃吧！"

陈天鸣冷笑："你娘要是知道你这德行，恐怕都要羞得一头撞死，你就别再提你娘了。"

说罢大踏步离去，消失在茫茫夜色里。阿标伏在地上后悔不迭地捶打自己的头："阿标，你活该啊！"今天，是阿标这辈子最倒霉的一天。丢了饭碗，以后日子怎么过呢？

沙丽一直催促陈天鸣赶紧回吕宋，陈天鸣支支吾吾，沙丽冷笑道："你不就是念着你那个海丫吗，人家都嫁人当娘了，说什么海枯石烂，那说是鬼话，我劝你还是不要自作多情，省省吧，拉倒吧你。"本来，沙丽准备了玫瑰香茗与夫君共饮，还燃起了香炉，到处是檀香气息，哪知话题绕到海丫身上夫妇俩就不痛快。"天鸣哥，那女人就是个祸水，为了她生出多少是非，你被她害得还不够，我看你就忘了她吧。"

陈天鸣的心被戳到痛处，又不愿与沙丽争吵，含含糊糊点了点头："你先回吕宋吧，我等过一阵子再回。货被没收了，看能不能讨回来。即使讨不回来，也要另外想办法赊账置货，总不能空船回吕宋吧。"

沙丽心中酸楚，自己这几年与他的恩爱还是比不上他的青梅竹马,她赌气回屋收拾行李:"我已经跟海清号的船长约好了,明天我就坐他的船回吕宋去。陈天鸣,你听清楚了,我给你半个月的时间,半个月后你若再不回吕宋,那咱们两个人就一刀两断,恩断义绝。"

陈天鸣从未见沙丽如此决绝,一想到沙丽要跟他一刀两断,他才发现自己的心如此之痛。他帮着沙丽收拾行李,一边道:"我尽力在半个月内赶回去,你一定要等我啊!"

沙丽背对着他,眼泪扑簌簌地往下流,她倔强地不转身,闷声道:"反正我只等你半个月,半个月后你再不回来,我马上改嫁你信不信?"

后面那句话刀一样戳中了陈天鸣的心窝,本来陈天鸣还想再厚着脸皮说些好话讨好沙丽,一听这话干脆赌气到客厅喝茶。这时,阿龙来报:"外面有个叫海丫的女人想见你。"陈天鸣又惊又喜,喜的是他一直苦于没有跟海丫说话的机会,如今她自动找上门来;惊的是房间里的沙丽不知会作何感想,生长在热带性格爽朗的她会不会冲出来做出什么疯狂的举动。海丫进到厅堂,也不落座,就直挺挺站在客厅中间:"我说两句话就走。你的货被官府没收了,真不是恨天干的,你别疑心他。你的货我尽量让恨天帮你讨回来。"

陈天鸣悲从中来:为什么他的货被没收了你就疑心我,我的货被没收了你却叫我不要疑心他,我做人做事就这么不堪吗?可话未说出口,海丫就一阵风似的走了。沙丽从房间里走出来,冷嘲热讽:"老情人见面,怎么没多叙叙旧,怎么一眨眼工夫就走了?哼,她要是不走,我倒是要会会她,跟她理论理论,她都嫁人了,干吗还缠着你。真不害臊。"

陈天鸣有苦难言,不知要跟沙丽从何解释起,他跟海丫再也回不到从前了。沙丽又道:"你的心上人真是好本事啊,竟然能帮你把货要回来。你还不抱紧他的大腿?"陈天鸣深知沙丽刀子嘴豆腐心,他不想与她争吵,含糊道:"你放心,我再难也不会靠女人办事。货被查收只是一场误会而已,我跟官府疏通疏通,过几天就能把货要回来,你放心吧。"其实陈天鸣心里虚得很,他一点把握都没有,他真害怕那些货要不回来,都成了县老爷的私房钱。而这批货是他在吕宋打拼多年的心血，还包括沙丽的陪嫁，万一全军覆没，到时真不知要如何跟沙丽交代。

沙丽半信半疑，陈天鸣哄道："太晚了，赶紧休息吧，免得明天晕船。"沙丽气哼哼背对着陈天鸣躺下，陈天鸣死皮赖脸贴上去。他知道，自己要是不表示表示，女人的心恐怕要彻底凉了。亲热完后，两人默默无语，也困了，一夜无话。

第二天，陈天鸣送沙丽到容川码头。一路上沙丽一直说："不要你送！你走！走啊！"陈天鸣癞皮狗似的跟在后面，他知道，自己要是傻傻地相信沙丽的话不去送她，那后果会很严重。其实沙丽一直在期待陈天鸣说："不然我跟你走吧，反正待在这儿也没多大意思。海丫也嫁人了，这个故乡都变得有些陌生了。"可是陈天鸣打定主意还要在月港待下去，丝毫没有跟她一起回去的意思，让她又伤心又绝望。这个可恶的陈天鸣，即使他不跟她回去，至少如果他哀求她留下来，等他办完事后再一起回吕宋，她顶多装腔作势一会儿，过后就会顺着台阶下，她会高高兴兴留下来等他。可是没有，男人都是石头脑袋，他根本不知道妻子心里的弯弯绕。陈天鸣想的是沙丽如果待在月港，他夹在沙丽和海丫之间真的很为难。就这样，陈天鸣目送沙丽的船消失在海天相接的地方，他呆呆地站了一会儿，看了看海鸥，看了看浪花，才下意识地往回走。

陈天鸣到县衙递了名帖，想拜见甘知县，为自己那批货求个情。门卫并不接名帖，翻着白眼说："知县大人不在。"陈天鸣赔着笑脸从怀中掏出一两银子塞到门卫手里："这位大哥，我那批被扣押的货是我一家老小的身家性命，麻烦你通报一下。"门卫将银子放在嘴里咬了一下，确定是真货，才将名帖接过："我们大人也真的很为难，这么多人私运货物出海，每个人都想来求情，要是每个人都要接待，那我们大人都不用办公了！大人吩咐了，凡是为了货物出海之事来找的统统说不在。不过今天大人真的出门去了，等大人回来后，我会把你的名帖转交给他的，你放心好了。"

陈天鸣追问道："那你们大人几时回来？"

"这就说不准了，我们做下人的，哪里知道知县大人的行踪？"

陈天鸣失望地回到家里，越想越恨，这是什么世道，自己心急如焚，可别人还在悠哉悠哉地过日子。陈天鸣把拳关捏得咔咔响。又等了两日，门卫还是说甘知县尚未回来，陈天鸣越想越生气，这事张恨天是始作俑者，只有找张恨天才能解决。天擦黑时，他怀里揣了一把尖刀，直奔张府。张府看门的不让他进，陈天鸣硬要往里闯，正在吵吵嚷嚷之际，张恨天和海丫闻声而来。看到他，海丫呆了呆。张恨天对家丁摆摆手："天鸣兄是我的好朋友，你们不得无礼。"

家丁退下了，陈天鸣黑着一张脸随张恨天夫妇来到客厅落座，一腔怒气道："张恨天，大男人顶天立地，明人不做暗事，我那批货被官府扣押了，我知道是你搞的鬼，你快快让县衙把那批货还给我。"

张恨天道："天鸣兄，你怎么可以倒打一耙呢？半个月前我的货被官府扣押了，损失了五千多两银子，有人说是你向官府告的密，我可是有人证的，我还没找你理论呢。"

陈天鸣气极，哐啷一声将茶盏用力掷在地上，茶盏霎时跌得粉碎。"你血口喷人！人做事天在看，公道自在人心！"

张恨天冷笑："你一而再再而三闹上门来，我都忍了，做人不可太过分。整个月港谁不知道因为我娶了海丫，你就对我张某人怀恨在心？"说着故意搂了搂海丫的肩膀，海丫挣了挣，没有挣脱，她也不敢太用力。

陈天鸣气极，眼前这个男人欺人太甚！夺妻之恨还未跟他算，他又做手脚将他这几年积蓄的心血全部扣押，赶尽杀绝，是可忍孰不可忍！陈天鸣霍地从怀中掏出那把尖刀，劈面朝张恨天刺去。就在那刹那间，海丫"忽地"站起来迎面朝那把尖刀扑来，尖刀正中海丫的胸口，海丫尖叫一声往后倒去，陈天鸣和张恨天只觉五脏俱裂，同时抢上前来扶住海丫。陈天鸣颤声道："海丫，海丫，你为什么这么傻，我不是要刺你的，原谅我，那个卑鄙的男人值得你这样舍身相护吗？"

张恨天急得大叫："家丁，快叫郎中！"他眼睛瞪得比铜铃还大，恨不得一口吃掉陈天鸣:"要是海丫有三长两短,我必将你碎尸万段!"

海丫胸口的血汩汩地流出来,将整个前襟都染红了,她的呼吸越来越急促,使出全身的力气将两人的手拢在一起:"你们两个,以后要好好的,再也不要争来斗去的,我夹在你们中间很为难的。要是你们还这样,我死了也不会瞑目的……"

等郎中赶来时,海丫身下流了一大摊血,她似乎把全身的血都流尽了,浓烈的血腥臊气息不可抑制地向四周扩散。两个男人都傻了,陈天鸣的眼泪大颗大颗地掉下来,他连连用头在地上猛磕了好几下:"海丫,对不起,对不起,是我杀了你,原谅我,我不是故意的……"

正在此时,张啸风狂奔进大厅,这个少年家一看见血泊中的母亲,万千愤恨涌上心头,他疯狂地大喊:"陈天鸣,还我母亲命来!"说着捡起地上的尖刀就朝陈天鸣刺来。陈天鸣人已经痴傻,愣愣地站在那里也不躲避。倒是张恨天一把握住儿子的手:"算了,他是误伤,是你娘自己迎上去的,怨不得他。现在你若一刀杀了他,杀人偿命,为了这种人赔上你自己一条命,不值得。"张恨天眼里含着泪,心中也痛悔不已,要不是他惹得陈天鸣狗急跳墙,这幕惨剧也不至于发生。海丫啊海丫,你真是太傻了!

张啸风大吼:"姓陈的,你滚!我永远不想见到你!滚回你的吕宋去!不然我见你一次杀你一次!"

陈天鸣木偶一般走出张府。

郎中一直在紧张地帮海丫止血包扎,张恨天在旁连连作揖:"先生,求求你一定要救活我娘子!"张啸风干脆跪在地上朝郎中磕头:"老先生,求求你一定要救活我娘亲!"郎中顿足道:"你们别在这里添乱了,我定会尽力,你们不要在这里碍手碍脚的。"唬得张恨天父子俩不敢再作声。待郎中包扎完,海丫脸白如纸,被送进卧房,张啸风一直守在娘亲跟前。客厅里郎中正在收拾药箱,张恨天哀声问道:"先生,我夫人到底能否活命?"

医生叹了一口气,摇了摇头:"恕我直言,夫人失血过多,就要看夫人的造化了。我怎么看夫人眼睛都不愿睁开,话也不愿意说,仿佛一心想求死的模样？要真是这样，那真是药石无灵了。"

张恨天悲痛中有些尴尬，又有些恼火，耐些性子送走了郎中，他吩咐管家找出了血燕，他要亲自下厨熬给海丫，这血燕补血最快，但愿奇迹会发生！他正把汤盏放进锅中的时候，外面突然狂风大作，门楼高悬的灯笼很快灭了一盏，不一会儿，厨房里的烛光和灯火同时被风熄灭。黑暗中咣的一声巨响，仿佛有莫名的东西从天而降，砸在天井正中。张恨天惊魂初定，滂沱大雨哗啦啦倾盆而下。

就在此时，卧房内突然传来张啸风凄厉的大叫："娘！娘！娘！你醒醒啊，你醒醒！"

张恨天额头直冒冷汗，各种念头在他的脑子里乱转，好像钟表摔坏了齿轮一般。他拔腿想往卧房里跑，却哆哆嗦嗦走不快，他一只手摸着额头，另一只手扶着墙壁，在黑暗中乱摸乱闯，往海丫的房间里走，"海丫，海丫"，他想大声喊他心爱的女人的名字，但喉咙像卡住了一般，只能发出沙哑的低语。

走进房门，他看见海丫安安静静地躺在床上。

他推她，她不动。

她一定是睡着了。

他摇她，喊她，海丫没有一点反应。他把滚烫的嘴唇贴在她冰凉的脸颊上，久久地。最后，他把手按在海丫的心口，突然，那里传来了微弱的心跳！张恨天紧握住夫人的手，热切地喊："海丫，海丫！"海丫的嘴唇翕动着，张恨天把耳朵附在她边努力想听出她在说什么，突然之间他脸色大变，他听明白了，海丫喊的是"天鸣"。张恨天突然暴怒，放下海丫的手。又意识到此时不是生气的时候，海丫正命悬一线！张恨天跺脚吩咐管家："快去把陈天鸣喊来！"

陈天鸣本就徘徊在张府门口，管家一打开门见到陈天鸣如遇救星："老爷有请！"陈天鸣飞奔进去，他紧紧握住海丫的手，轻声呼唤她："海丫，海丫！"许久，海丫终于醒转过来。所有人大喜，丫头连忙端上一碗参汤，陈天鸣接了过来，一口一口地喂给海丫喝。张恨天牙关紧咬，他几乎气炸了肺："陈天鸣，总有一天我要你狗命！"

第十六章　再次远走他乡

海丫从鬼门关走了一遭，总算一天比一天好起来了。在床上躺了近一个月，总算可以勉强下床走动。她越来越信佛了，家里设了一间佛堂专供她朝拜。一道回廊曲曲折折架在池塘之上，直通对岸水榭。池中荷枯叶尽，岸上柳枝挂霜。因佛堂临水背风，海丫每每独立树下观水，既有说不尽的清静轩朗，又有难言的凄凉单调，觉得一生的愿望都冻僵了。

那天，府里来了客人。海丫一贯不管张恨天的事务，因此张恨天也放松了警惕，海丫无意间听到了相公和阿标的谈话。犹如晴天霹雳，海丫苍白着脸回到了自己的房间。得知真是相公向官府举报了陈天鸣私运出港，海丫在府里越来越沉默了。她本来话就不多，现在有时一天都不说一句话。午膳时，海丫无声地咀嚼着饭粒，张恨天盯着海丫的脸看了半天，那张脸如同初见一般陌生得不可思议。张恨天毫无胃口，啪的一声将筷子往桌上重重一摔。

"你不吃了吗？"海丫的口气像一个七八十岁的老妇人，用淡漠的口气问自己的夫君。"家里像死人墓，谁还吃得下？"张恨天没有好气。海丫并不理会夫君那死死盯着她、似乎要把她吃掉的眼神，兀自大口大口地喝着汤。张恨天发泄似地夹过一块鸡胸脯狠狠大嚼起来。眼前的这个女人，离自己越来越远了。虽然她就坐在自己面前，可感觉就好像远在天边似的。他的眉头越皱越紧。

海丫思虑成疾，说话做事突然疯疯癫癫起来。她的左右两鬓边胡乱插了几朵红色的灯笼花，拿着陈天鸣送给她的贝壳笑嘻嘻地问张恨天："哎，这位大哥，你有见到过我的天鸣哥吗？就是那个长得高高瘦瘦的很好看的少年家……"海丫昔日清澈的眼神已经混浊不堪，她不认识任何人了。张恨天听到陈天鸣三个字，怒目圆睁，血往上涌，高高扬起巴掌，终究又不忍，最后还是无力地放下了。唉，这就是自己深爱的女人吗？她怎么会变成这般模样？海丫见张恨天不理他，又跑到管家身边，急不可耐地问："这位大哥，你有见到过我的天鸣哥吗？就是那个长得高高瘦瘦的很好看的少年家……"管家的袖子被海丫扯住，挣脱不得，又见老爷就在旁边，为难得几乎要哭出来："夫人，我没见到你说的那个人。真的没见到。夫人，你把我的袖子放开好吗？"海丫却更紧地扯住管家的袖子不放："你骗人。你们都骗人，天鸣哥那么高那么好看，走到哪里人家都认识他，你们却都说没见过他，你们都骗人！"

张恨天再也按捺不住心中的怒气，这个女人，真是花痴！她是疯癫给谁看呢？他的脸真是被她丢到家了！他心中妒忌得发狂，陈天鸣，你这可恶的家伙，我要你死无葬身之地！他快步走到海丫身边，用力甩开海丫扯住管家袖子的手，管家一溜烟要跑，张恨天喝道："把夫人关进她的房里！没有我的允许不许她踏出房门半步！"

管家连忙喊来几个仆人控制住海丫的双手，把她扭送回房里。海丫又哭又闹："放开我，放开我！我要去找我的天鸣哥！"她的声音是那样大，整个府第里的丫环和仆人都听见了，张恨天脸色铁青，恨得咬牙切齿，也不知道具体恨谁，他一拳擂到茶桌上，茶杯的水溢出来，几个小茶杯碰得叮当作响。海丫此时情急，竟然低头咬了管家一口，管家哎哟一声叫唤起来，又敢怒不敢言，只好自认倒霉，几个人手忙脚乱将夫人摁到椅子上，众人连忙返身出来，哐啷一声上了一把大锁。海丫用力擂门，擂不动，她声嘶力竭地高声叫喊："放我出去，放我出去，我要去找天鸣哥！"张恨天气急败坏："管家，用布堵住她的嘴！"

海丫的嘴被堵上了，唔唔地说不出话来。闹了一整天，她也累了。

天慢慢黑下来，管家亲自将饭菜送进房来，哪知海丫用手一掀，饭菜全部洒落到地上，汤水横流。管家无言，只好吩咐厨房再做。张恨天将管家叫过来，管家进来时张恨天正对着窗外发呆，管家对着老爷的背影也不敢说话，只听老爷闷闷地问："她还不吃饭吗？"

管家低声道："还是不吃。连都爱吃的小螃蟹都不吃。"

张恨天突然火大："不吃拉倒！饿死这个狼心狗肺的娘们儿！不要脸！"管家讷讷不敢言，悄悄地退下了。到了戌时，张恨天终究放不下，走到海丫房门前，心里叹道，这个冤家啊，自己大概前世欠了她，以致这辈子要受她如此折磨。是谁把这个家的平静打破的？无非就是陈天鸣这个可恶的家伙。张恨天听到自己的牙齿咬得咯咯响，必须教训一下这个可恶的陈天鸣了。

海丫的疯病时好时坏，换了几个郎中的药，后来感觉许郎中的药似乎对症些。这许郎中常说，心病还得心药医，夫人因何患病，尽量不要去触及她的伤心事，不要让她看到自己不喜欢的人，这样病就能好得快些。张恨天起初常去探望，可是每次见到他，海丫的疯病便发作得更厉害；若他不去看她，她反而好些，吓得张恨天都不敢再去探望夫人，以免加重夫人的病情。

张恨天发誓：无论如何，这回一定要置陈天鸣于死地！

大街上赫然贴了悬赏缉拿告示，说陈天鸣包庇江洋大盗朱旺财，两人蛇鼠一窝，劫掠下南洋船只，无恶不作，务必缉拿归案，提供线索者有赏。张恨天在甘知县面前添油加醋：这陈天鸣竟然不是一般的海商，他手下居然已经有武装起来的枪炮力量，朝廷哪容得这样的人？万一陈天鸣的队伍壮大起来，那岂不是养虎为患？应该趁小老虎还没长大之前先把他猎杀，否则他这县太爷的位子坐不安稳。陈天鸣罪有应得，杀掉他那是大快人心。甘知县顺水推舟，答应了张恨天的请求。在甘知县眼里，陈天鸣这类贱民怎配享受泼天富贵？若陈天鸣沦为阶下囚，他的那几船货顺理成章归县衙所有。陈天鸣不老老实实在田里耕种，却和那些匪首洋人夷贼一家，是可忍孰不可忍？于是月港的大街小巷很快就遍布了悬赏缉拿告示，说这陈天鸣靠着在海上抢劫发家，如今又窝藏贼匪，罪大恶极，人人得而诛之。

陈天鸣悲哀地想，欲加之罪，何患无辞！月港再也没有他容身之地了，他必须亡命天涯了。再不走，一条小命非断送不可。他冒险潜回家中与阿母告别。正巧撞见舅舅，舅舅一见陈天鸣吃惊得叫起来："你怎么还敢回来！"如今陈天鸣成了朝廷要犯，舅舅恼火得不得了。这小子，从小天不怕地不怕，如今害得他一家子被牵连如过街的老鼠，真是可恨！舅舅责问道："阿鸣，你怎么如此胆大包天，在船中夹杂禁物，因小失大，何必呢！而且，你竟然劫掠船只！"

陈天鸣道："舅舅你不知道，朱旺财虽然是贼匪，却不像有些人那样人面兽心。跑船的不互相帮衬，那还有谁会帮衬？至于劫掠船只的事，你外甥从没有做过，也绝不会这样做，那都是官府对我的陷害。而这些所谓的禁物，朝廷中人的船上都有！他们这是只许州官放火，不许百姓点灯，自己公然贩运却不允许百姓贩运！"

舅舅跺脚道："我说阿鸣，你这是胆大包天！自己闯了祸，还要殃及旁人！"

陈天鸣摊摊手："要是树上掉下一片树叶都怕被磕着，那还是老老实实摆摊去！整天只顾自己无情无义，到最后就是变成孤家寡人一个！"一句话戳到舅舅痛处，舅舅涨红了脸："你不要太狂了！不就是腰包多了几两银子吗？一张嘴利得跟刀子似的，小心割了自己的嘴！"说完气哼哼走了。陈天鸣心中懊悔，不管怎样，舅舅是阿母唯一的兄长，他这次亡命天涯也不知猴年马月才能回来，还得仰仗舅舅照顾阿母呢。他想把舅舅喊回来，出于自尊心，张了张嘴没有喊出声来，眼睁睁看着舅舅负气而去。

陈天鸣的通辑令和朱旺财的通缉令并排贴满了大街小巷。一想到满大街贴出的告示，陈天鸣只觉喉咙中要喷出血来。这甘知县也真是昏庸，偏听偏信，自古多少无辜忠良的性命就断送在这些耳根软的掌权者手里！归根结底还是这个张恨天步步紧逼，不想给他留一条活路啊！他想去找许知府诉说冤情，于是换了黑色紧身衣，戴了斗笠，准备前往漳州府。

身后传来一阵急促的脚步声，陈天鸣回头一看，月港县衙的捕快已经追上来了。后面官兵喊声四起，陈天鸣窜进小巷子里，正遇上阿福睡眼蒙眬出来倒尿壶。阿福见了老板，忙把陈天鸣扯进院子里，悄悄把门闩好。原来，这阿福光棍一人，老母去世后留给他这间破屋，自陈天鸣货物被没收之后，阿福无事可做，只好回到老屋度日。

官兵往前追去，陈天鸣不顾阿福苦留执意要走，他不想连累阿福。刚走出门，迎面撞见一个蒙面人。那蒙面人见了陈天鸣，二话不说拿刀砍来。一阵恶斗，陈天鸣胸口中了一刀，晕死了过去。那蒙面人见陈天鸣倒地，认定陈天鸣活不了了，蒙面人不敢久留，怕被人察觉踪迹，匆匆而去。

蒙面人回到府上，闪进卧房更衣。蒙面罩扯下来，赫然就是张恨天，他长长地舒了一口气，老天有眼，这次陈天鸣一死，他就永远高枕无忧了。原来张恨天并不想把陈天鸣缉拿归案，只想取陈天鸣的性命。张恨天想着若是把陈天鸣抓起来也是麻烦，嘴长在陈天鸣身上，夜长梦多，到时陈天鸣反过来咬他一口就糟了，还不如一刀结果了他更痛快。

待陈天鸣醒来时，天色刚刚破晓，天边几朵鱼肚白，路上静悄悄的，人们还沉浸在睡梦中。陈天鸣心口中了一刀，幸亏偏了一些，才捡回一条小命。陈天鸣刚想挣扎起身，只觉肋骨那边刺痛穿心，一摸，左边肋骨断了三根，他全身剧痛，嘴角也疼，一摸，嘴唇肿得老高。陈天鸣只能躺在地上呻吟。这时一个人影往陈天鸣这边走来，原来是个高鼻子蓝眼睛身材高大瘦削的外国人，身穿一件黑色衣服，正是约翰。约翰听见陈天鸣的呻吟声，快步走近一看，吓了一大跳，天哪，这人全身上下血迹斑斑。到底是怎么啦？来人在胸前画了个十字，赶紧把陈天鸣扶了起来。陈天鸣喃喃道："水，水，我想喝水。"约翰赶紧拿出自己的水囊，一摇，却是空的。他对陈天鸣说："我先扶你到墙角那边靠着，再去讨些水来给你喝。"约翰奋力将陈天鸣拖到墙角，让陈天鸣斜靠着，不至于下滑。然后拿着水囊急匆匆地走了。大概一盏茶功夫，约翰跑步回来了，打开水囊盖子，把水囊凑到陈天鸣唇边，陈天鸣咕咚咚贪婪地喝了几大口，才长长呼出一口气。约翰关切地问道："你怎么了，被仇家追杀吗？"

陈天鸣被问到痛处，眼里射出仇恨的光。他咬了咬牙，此仇不报非君子。约翰看了看他的眼神，同情地摇摇头："天鸣兄弟，冤冤相报何时了，你要向上帝忏悔，上帝是慈爱的，他一定会带给你福音。"陈天鸣嘴上没有说话，心里却想，这世上分明没有上帝，要是有上帝，哪会让他遭此大难，哪会让老百姓拼死拼活还吃不饱饭，而那些贪官污吏整天坐在高宅大院里吃喝玩乐鱼肉百姓。如果有上帝，这上帝也只不过是天上的一个昏君。陈天鸣不信上帝，但他相信约翰。约翰早年跟着船到处漂泊四海为家，他唯一的财产就是他的一个破旧的手提箱和一本宝贝《圣经》，却从不为明天发愁，是个十足的乐天派。他奋力把陈天鸣搀扶回教堂，把床铺让给陈天鸣，自己则打地铺。晚上，陈天鸣在床上辗转反侧，一方面是身体剧痛难忍，一方面是熊熊燃烧的仇恨之火，地上的约翰却轻轻地打着鼾，不知梦到什么，脸上竟然露出了天真的笑容。又过了一个时辰，寒气越来越重，约翰在睡梦中打了好几个喷嚏，陈天鸣心中愧疚，同时一股暖流涌上心头，正可谓天无绝人之路，老天爷让他遇到了约翰这样的热心肠。他有心想让约翰上床来，换成自己去睡地铺，无奈身体沉重，不一会儿，他竟也沉沉睡去了。

第二天，陈天鸣睡到了日上三竿，约翰见他醒了，急忙端了一碗热气腾腾的地瓜粥过来，边上有一条萝卜干。陈天鸣见他鼻塞声重，显然得了重感冒，心里十分过意不去，便对约翰道："晚上我睡地铺吧，你到床上来睡。"约翰摆摆手。陈天鸣三大碗地瓜粥下去，只觉身上轻快了许多。就这样养了十来天，陈天鸣体力恢复了七八成。陈天鸣心里其实着急得很，一方面怕张恨天得知他躲在教堂里养伤的消息，另一方面只恨身体不能一日之间完全恢复如初，归根结底得想一条避祸的万全之策才行。

这天，陈天鸣发现约翰愁眉不展。平时约翰都一副笑嘻嘻的模样，今天这样肯定发生了不寻常的事。陈天鸣想，是不是自己在这里养伤的消息走漏了，他暗暗打定主意，要是如此，决不连累约翰。他强作轻快问道："约翰先生，怎么啦？"约翰递给陈天鸣一张电报，竟然流下了眼泪。陈天鸣一看，上面全是蝌蚪般的外文，一个字也看不懂。约翰哽咽道："我父亲去世了。我得坐船回家去给我父亲送终，唉，我真是个不孝子，见不到我爹地最后一面了。"陈天鸣同情地拍了拍约翰的肩膀："是该回去送送他老人家了。约翰，我有一个不情之请，麻烦你帮我买一张船票好吗，这里到处是张恨天的耳目，我只能逃命。要是继续在这里待下去，早晚会死在他手里。我身上没有钱，你先帮我垫付点银子好吗？到了吕宋，我第一时间把钱还给你。"自从货物被多次扣押成了通缉犯，陈天鸣一夜之间又变成了一文不名的穷光蛋。

约翰热情地握住陈天鸣的手："兄弟你太客气了，你救过我的命，现在是我回报你的时候了，谈钱就太见外了！"

当下议定，两人简单收拾了行李上了船。他们乘坐的是专供外国人行走的大船，甘知县再也奈何他们不得了。约翰在船上只觉船只开得太慢，恨不得插上双翅早日回到家乡，一直在船上默默背诵圣经。陈天鸣只觉前途渺茫，一方面想到自己被迫亡命天涯就悲从中来，另一方面又庆幸好歹还有一条活路，同时又觉得前途渺茫，也不知前方等待自己的是什么。心中患得患失，加上船舱闷热，他的伤口再一次感染了，像刀割一样疼痛，疼得他龇牙咧嘴，伤口似乎要烂掉长蛆，晚上高烧起来，浑身滚烫。幸亏约翰随身带有金创药和退烧药，约翰整晚整晚地服侍他，喂他吃了退烧药，还打开水囊把平时舍不得喝的淡水让陈天鸣大口大口地喝下去。陈天鸣又一次幸运地逃过了鬼门关。他半倚在船板上，紧紧握住约翰的手："约翰，你是我的救命恩人，有朝一日我富贵了，一定会报答你的恩情！"约翰也紧紧握住陈天鸣的手："天鸣，你不要感谢我，你要感谢上帝，是上帝让我遇到了你。"

天有不测风云。这天中午，约翰吃完两个饭团以后，突然腹痛，豆大的汗珠从他额角滚落下来，约翰疼得死死捂住肚子在甲板上打滚。陈天鸣急忙把约翰抱在胸前，只见约翰脸色惨白，再摸摸约翰疼痛的部位，陈天鸣暗叫不好，约翰得的也是绞肠痧，这是夏天最常见最要命的一种病，陈天鸣的父亲就是因为急性绞肠痧去世的。只听约翰裤子中扑哧一声，陈天鸣帮约翰解下裤子，一股黄色恶臭的粪水喷射出来，陈天鸣急急跑到船长那里讨要药水，船长那儿只有应付一般腹泻的中药，待陈天鸣好不容易将药水煎好送到约翰嘴边时，约翰已经奄奄一息了。陈天鸣的眼泪不禁大滴大滴地掉下来："约翰先生，你一定要好起来，好人有好报，上帝一定会照顾你的！你要挺住啊，我还想跟着你到你的家乡去看一看呢，你母亲还在家乡等你呢！"

约翰虚弱地笑笑："兄弟，这次上帝要召我走啦，这么多年我四海为家，你要是有机会的话，就把我带回我mother身边吧……"陈天鸣红着眼眶拼命点头，约翰挣扎着握住他的手："兄弟，忘记你的仇恨吧，不然你永远不会快乐的。你一直以为上帝不存在，你错了，上帝是存在的，只不过你没有见到他就是了，因为你还没有遇到上帝派来的使者。你没有看见有谁与上帝相像，那是因为他活动隐蔽，尽走黑暗的小路。愿上帝赐……福……你……"约翰断断续续艰难地说完最后一句话，头一歪，死在异乡的船上。陈天鸣仰天长啸："狗日的老天爷，你真不长眼，好人都短命，好人都命苦，坏人却穿着绫罗绸缎吃喝玩乐长命百岁……"

等陈天鸣冷静下来，陈天鸣发现船上的人都默默地站在他身边。船长嚅了嚅嘴唇，终于开口道："陈天鸣，照船上的规矩，死在船上的人都要抛进海里海葬，你有什么话要对你的兄弟说就赶紧说，不然尸体很快就会发臭了。"

陈天鸣紧紧地抱住约翰已经冷却的尸体，眼睛闪烁着疯狂的光芒，他声嘶力竭地大吼起来："船长，我求求你，再过一天船就进港了，我答应过约翰要把他送回他母亲身边的，求求你开个恩吧！"

周围所有的人都沉默着，船长扫视了人群一眼，无奈地摆摆手："算了，那就随你吧，到港后你赶紧把尸体弄走，真晦气。"

在这一天里，陈天鸣紧紧守着约翰的尸体，生怕他一眨眼疏忽，约翰会被扔进大海喂鲨鱼。

船终于进港了，速度渐渐慢了下来。所有的帆都降落下来，海船只是凭借自身的冲力在滑行，几乎感觉不到是在前进了。岸边聚满了看热闹的人，因为在这里，一艘大船抵岸是一件大事，有的人想看看有什么生意可做；没钱的则是想看热闹，对着外乡迥异的衣着与肤色指手画脚评头论足。一只只装卸货物的舢板船在大船与岸边来回往返穿梭，船夫摇桨吆喝，码头工人上上下下一片繁忙。那些码头工人个个皮肤黝黑，光着上身，汗流浃背，一条毛巾搭在脖子上随时擦汗。由于十几个码头中只有一个大码头有引桥，可供重量级货轮靠岸直接卸货之外，其余的客轮和货轮都只能停泊在海面锚地，由本地驳船和舢板船帮助完成客轮货轮的起降转运工作。只听见工人的号子声、老板的斥责声、货物的起落声交织在码头，驱走了陈天鸣身上所有的疲惫，他的心头重又升起了希望：留得青山在，不怕没柴烧！

一个海岸领港员乘着小船靠近大船，抓住大副扔给他的绳索，敏捷地爬上钉在海船弓形侧舷上的梯子，来到陈天鸣他们所在的六桅大船上。陈天鸣一激灵站起来，他感觉全部的力气又回到身上来了。哦，沙丽！沙丽！沙丽的笑脸突然跳入她的脑海，在他陷入悲痛的这段日子里，他几乎把沙丽忘了，现在，整个世界只剩下沙丽一个亲人了，他想念沙丽温暖的怀抱，他迫不及待想把头埋沙丽的胸前，像孩子吃奶一样。虽然这次把所有的身家赔上了，他相信沙丽会原谅他的，当初她喜欢上他的时候，他不就是两手空空一无所有吗？有了这线希望，陈天鸣马上行动起来，他先是上澡堂洗了热水澡，换上一身干净衣裳，到剃头铺里理了发，兴冲冲往家里赶。一路上陈天鸣心里有些忐忑不安，几个月过去了，早就超过了沙丽与他约定的半个月期限，沙丽不会生他的气吧？不会的，不会的，沙丽是一个多大方的人啊。

这次能安全回到吕宋全靠狗屎运，陈天鸣在心里感激着老天爷，这应该是天意吧！老天爷也赞成他回吕宋来。这样一想，看着吕宋的棕榈树和榴莲树，他看着都倍感亲切。他兴冲冲地回到家门前，门锁着，里面静悄悄的。陈天鸣用力拍了拍门，没有人应答。难道沙丽带安琪儿上街买东西去了吗？陈天鸣背着包袱到沙丽爱去的唐人街转了一圈，也没有发现沙丽的踪影。陈天鸣心往下沉，又背着包袱回到家门口，恰巧遇到邻居，忙上前问道："阿耀，你知道沙丽上哪儿去了吗？"

阿耀吃惊道："陈先生，你从月港回来了？你去了有半年吧？"

陈天鸣答道："是的，去了有小半年了。你知道沙丽去哪儿了吗？"

阿耀有些惊讶地摇了摇头："沙丽半个月前搬家了，她没告诉你吗？你们夫妻俩是不是吵架了？"

陈天鸣尴尬地笑笑："我们之间闹了点小误会。你真不知道沙丽搬到哪儿去了吗？"

阿耀有些同情他："搬家那天我也在，但沙丽不说，我也不好意思问。你要是没地方去，晚上在我家先暂住一晚？明天再好好找找，多问几个人，说不定就问到沙丽的新住处了。"

陈天鸣失望地摇摇头，谢绝了邻居的好意。他从围墙处翻进去，从里面把院门打开，院子里的花草由于无人看管都衰败了，再打开房门，所有物件上面都蒙上了一层灰尘。唉，沙丽，你到底躲哪儿去了？你没把这里的房子卖掉，说明你还舍不得我。可你再生我的气，也不能这样惩罚我呀！

第十七章　沙丽出走

陈天鸣苦苦寻找沙丽，他找遍了马尼拉港口的大街小巷，甚至回山里找了老酋长。他以为沙丽大概一气之下回山里去了，哪知老酋长一听说宝贝女儿不见了就揪着他的衣领要跟他拼命。陈天鸣垂头丧气回到家里，只等暂时将娘子失踪的苦闷放在一旁，打起精神来重新打理买卖。所幸老主顾还在，关系还在，买卖很快重新走上了正轨。只要一有时间，他就苦苦寻找沙丽。

沙丽到底去了哪里了？沙丽是个刚烈的女子，眼里容不下半粒砂子，眼见与夫君约定的归期已到，夫君却不见踪影，她越想越气，既然我的分量不如海丫，那我成全你好了。一气之下，沙丽带着孩子搬到了宿务。她是个聪明人，从前看着夫君买卖，也懂得了一些生意经，无非是低价买进高价卖出。她用积蓄盘了一家店铺，从进港的商船那里买下丝绸和瓷器，她的眼光很好，所选丝绸、瓷器的颜色与款式大受欢迎，经常供不应求。一个月里忙活几天，其余时间就可以悠哉悠哉地跷二郎腿喝茶。她告诉安琪儿：你爹不要我们了，就当他已经死了。以后家里再也不许提你爹的名字。安琪儿根本不信母亲的话："我不信！你骗人！阿爹那么疼我，他怎么会不要我？我要爹爹！我要爹爹！我要回马尼拉找爹爹！"沙丽沉下脸来："我说过不许再提爹爹，听到了没有？"安琪儿素来比较畏惧母亲，见母亲脸色不对，只好噤了声。

安琪儿一直有个不能告诉娘亲的心愿，她要买一张回马尼拉的船票回去找阿爹！她要亲口问一问爹爹，他是不是真的不要她了。可是她要上学，放假期间母亲一直喊她在店里帮忙，她根本走不开。最重要的是还没有筹到钱。沙丽每天给她的零用，她都舍不得花，小心地存起来，她计算着只要存个小半年可以攒够回马尼拉的船票。安琪儿于是变着法子朝沙丽要钱，一会儿要买本子，一会儿要买画笔，一会儿要买裙子，聪明的沙丽一下子觉察到孩子的心思，当安琪儿再一次撒谎的时候，沙丽当着安琪儿的面打开女儿的储钱罐，将安琪儿存的零钱全部清空。"安琪儿，你太不诚实了，这些钱我全部没收，作为对你撒谎的惩罚。"沙丽将一大把零碎的银钱一股脑儿都锁进柜子里。

安琪儿跺脚道："娘，你太不讲理了！"她急得满脸通红，气得都快哭了。

沙丽虎着脸："谁叫你不诚实？不过你放心，这些钱娘暂时乱替你保管着，等你将来长大了，娘一定给你准备一份厚重的嫁妆。"

晚上，安琪儿独自抱着她那个粉红色的小猪钱罐伤心地流泪，以前，小猪沉甸甸的，现在的小猪拿在手里轻飘飘的，她的梦想破碎了。再攒一张船票的钱不知要攒到什么时候呢？她几乎要绝望了。爹爹，爹爹，你在哪里？你为什么不来找我呢？带着无限的希望，安琪儿放学后都要到码头看一看，仔细搜寻每一艘船上的身影，徒劳地希望爹爹从天而降。每次希望破灭之后，第二天，安琪儿又怀着希望到码头去，有时她恳求船长带她到马尼拉去，虽然她现在没有钱，但到了马尼拉后她那有钱的爹爹一定会付给尊敬的船长双倍的船票。船长总是笑眯眯地摇摇头："小丫头，我上当受骗太多次了，好多穷鬼信誓旦旦说以后会还给我双倍的报酬，最后都逃得无影无踪。再说了，我要是真带你去马尼拉，你娘不吃了我才怪！"原来，沙丽早就对往来的船长说过不能带她的女儿到马尼拉去，沙丽在码头上的朋友多，口口相传，大家都知道了不能让安琪儿去马尼拉的事。

对爹爹的思念简直要让安琪儿疯了。她再也无法忍受这样绝望的日子了。安琪儿终于做出了一个疯狂的决定：偷娘亲的钱！她早就暗暗观察过了，娘亲的银子都锁在那个柜子里，遗憾的是钥匙沙丽天天随身携带。安琪儿趁着娘亲出门谈生意撬了老半天锁，那个锁太结实了，兀自岿然不动。沙丽喊了锁匠来家里开锁，老师傅狐疑地看了她一眼，安琪儿忙道："钥匙丢了，现在急用钱。打开后，我给您双倍的报酬。"

老师傅的业务很熟练，半个钟头后锁头啪的一声弹开了。安琪儿大喜过望，抓了一锭银子给老师傅，老师傅眉开眼笑走了。安琪儿兴冲冲将银子包了，跑到码头。她将其中一锭银子交给船长。船长说："还要三个小时才开船。"

安琪儿恳求道："能不能早点开呢？"

船长摊摊手："没办法，你看，水手正在搬货物呢。搬完还得歇一歇。"

安琪儿急得跳脚："亲爱的船长，那要是搬完货物，麻烦您早点开船好吗？"

船长看小姑娘一脸焦急，点点头："好的。"

这三个小时真是难熬。安琪儿最怕娘亲赶来将她拦截，她坐立不安，甚至试图去帮忙扛货，但她一个娇滴滴的女孩子，哪里扛得动那沉甸甸的货包？只能眼巴巴看着工人运货，希望工人的速度能快一点。只见那群工人又停下来喝茶歇息，安琪儿急得像热锅上的蚂蚁，在心里默念了无数遍菩萨保佑。终于，货都进舱了，一切准备妥当，船长下令准备启航。突然岸边传来一个熟悉的声音："等等！"

安琪儿一听顿时魂飞魄散，慌忙往船舱底下钻。盖好船板时，上面响起了一阵脚步声，安琪儿心头如小鹿乱撞，船板揭开了，一道刺眼的光线射进来，沙丽在上面叫道："安琪儿，你给我出来！"原来，沙丽谈完生意回家一看，钱柜被撬开了，里面的银子不见了，女儿也不见踪影，她立刻明白了怎么回事儿，十万火急往码头赶。

安琪儿缩成一团不肯动，倔强道："我不回去！我要到马尼拉找我爹爹！"

沙丽柳眉倒竖："你出不出来？我喊一二三，你给我出来！你这没良心的丫头，我辛辛苦苦养你，你倒好，一心想着你那死鬼爹爹！"

安琪儿赖着不上去，早有水手跳下船舱，那水手力大无穷，无论安琪儿怎么挣扎，水手轻轻一托，就将她老鹰捉小鸡般托出船舱站到甲板上。安琪儿哭喊道："我去找爹爹又有什么错？"

船上旅客早就等得不耐烦了，有人敲着甲板喊道："快点开船啦！"

安琪儿被硬生生拽下船，望着远去的船只身影，安琪儿哭倒在地。沙丽看了鼻头发酸，她真想也痛哭一场。嘴里却冷冷道："你死了这条心吧！别哭了，快起来！"安琪儿像只癞皮狗似的赖在地上，沙丽硬着心肠道："哭也没用！"说着上前拖女儿，安琪儿反抗，沙丽又拖又拽，任凭安琪儿又打又骂就是不松手。

经过这一次挫败，安琪儿消沉了很长时间，安分守己地上学，安分守己地帮忙看店。沙丽渐渐放松了警惕。夏天的时候，沙丽从外面回来，看到桌子上一张字条："娘，我去马尼拉找爹爹了，你要是不放心，就到马尼拉找我和爹爹吧。"沙丽长叹一声，这个女儿，倔强的性格和自己一模一样，骨子里就是这么野，她要是想去做一件事，你是怎么拦也拦不住的。这沙丽也真是心宽，别人家的娘亲一旦孩子不见了就着急上火，心急火燎地四处寻找，沙丽却还是每日按时开店，因为她知道安琪儿那种鬼灵精怪的性格是不会吃亏的，除了没什么社会经验外，女儿的机智甚至超出自己，自己不知道女儿走的是哪条路，胡乱找也没用；二则她早就知道陈天鸣回到了马尼拉，女儿肯定能顺利地找到她爹爹；三则她不想去马尼拉见那天杀的陈天鸣，要见面也得是陈天鸣哭着喊着来找自己，自己决不主动送上门去。

安琪儿这次改变了路线，以前她一心想走水路，结果水路都被母亲堵死了，她是经过很多个漫漫长夜的思索后才想到可以走陆路的，只是陆路须长途跋涉。这次安琪儿故技重演，她又请老师傅砸开了娘亲的钱柜，只不过这次她傻眼了，沙丽自从上次就留了个心眼，早将银钱转移到另一个地方藏了起来，柜子里只有几两碎银。安琪儿对老师傅抱歉地说："对不起，阿伯，这钱我急用，您的工钱下次再给，行吗？"老师傅嘟嘟囔囔地走了。安琪儿犹豫了一下，银钱不够怎么办？管不了那么多了，夜长梦多，先上路再说，走到哪儿算哪儿，她拿起早就悄悄收拾好的行李，偷偷溜出了家门，雇了一辆马车。从宿务到马尼拉有一千余里，安琪儿为了防身，脸上抹了灰，装出一副穷得叮当响的模样。她的银钱只够付车夫一百多里的路费，到了中途，无论安琪儿怎么恳求，那车夫将安琪儿扔在客栈就走了。安琪儿不敢露宿街头，捡了便宜的客栈住了一晚，第二天店老板听她说没钱，硬是扣住她在客栈里干了十几天的杂活抵了房钱才放她走，可怜安琪儿从小娇生惯养，哪曾干过这种粗活？不几天双手就长满水泡。安琪儿此时身无分文，在集市上看人家卖包子馒头直流口水，她真想抢了包子就跑，又怕挨打。那卖包子的看她在边上站了一个多小时，猜到小姑娘身上没钱，最后可怜她，给了她一个包子。安琪儿腹中饥饿，三口两口咬了一半，意识到这包子的宝贵，才放慢了速度，慢慢咀嚼。包子真香啊，安琪儿将最后一口包子吞下肚后，感觉似乎更加饿了，但她再也不好意思再去讨要，只好勉强打起精神挣扎前行。

  第十六天的时候，安琪儿吸取了教训，她住在客栈里，第二天一早悄悄地将包袱扔出窗外，逃跑了。她记住了客栈的名字，想着等找到爹爹再来还钱。可是，爹爹到底是还在家乡月港还是已经回到马尼拉了呢？要是爹爹没有回马尼拉，自己到了马尼拉举目无亲又该怎么办呢？想到这里，小姑娘忍不住伤心地掉下了眼泪，她在心里默念，老天保佑，老天保佑，但愿爹爹已经回到了马尼拉！不幸的是，在她住了客栈再一次逃跑的时候，她被逮住了，她又做了十几天的苦力才得以脱身。再往后，她不敢再住客栈了，只是蜷缩在客栈的房檐下，一整个晚上半梦半醒，那夜鸟的怪叫声让她胆战心惊，冷风呼呼地吹着，露水冰凉，又有不知名的黏糊糊的虫子爬到她身上，搞得她胆胆俱裂。她发烧了，整个脸烧得红通通的，身上烫得像火炉。那客栈老板是个好心人，早晨开了门，见一个小姑娘昏迷在地上，赶紧将她抬到床上，又找了医生为她医治。安琪儿慢慢退了烧，老板同情地看着她："你这小姑娘也真可怜，小小年纪一个人出门在外，你家在哪里？我去帮你把家人找来。"安琪儿千恩万谢，硬着头皮报了父亲在马尼拉的门牌地址，这里离马尼拉只有几十里路了，老板派了个伙计去报信。安琪儿一颗心忐忑不安,一整天她都望眼欲穿,要是爹爹不在马尼拉,她可要怎么办才好?

等到了晚上戌时,安琪儿听到外面爹爹熟悉的声音大叫:"安琪儿,安琪儿!你在哪里?"安琪儿飞奔出去,见了父亲不禁泪奔:"爹爹,爹爹,我还以为你不要我了呢!"

陈天鸣搂着女儿双泪滚滚流了下来:"傻孩子,爹爹怎么会不要你呢!你是爹爹的心头肉啊!快说说,你是怎么到这儿来的?你娘呢?"眼见女儿头发蓬乱如草,人整整瘦了一圈,陈天鸣心如刀割。

安琪儿将来龙去脉一一道来,陈天鸣不禁埋怨沙丽铁石心肠,任由女儿一个人在外闯荡,万一被坏人劫走,那下场真是不堪设想!当下赶紧让女儿洗了热水澡,备了上好的饭菜,为女儿接风洗尘。席间与客栈老板攀谈起来,客栈老板竟然是泉州人,他乡遇故知,两人越谈越亲近,一席饭未吃完就拜了把子,彼此约定若有谁回乡都帮对方带信到家里。

第二日天刚蒙蒙亮,陈天鸣早就按捺不住雇了马车往宿务赶,他只想插上翅膀早日见到沙丽。这沙丽也真够狠心,竟然躲起来不见他,也不知他有多着急!不过也怪自己,是自己伤了她的心,陈天鸣一路盘算着见了沙丽绝对任由她打骂,骂不还口打不还手,一定要让沙丽回到马尼拉。经历了这么多风风雨雨,陈天鸣才意识到一个安稳的家对男人的重要性,男人在外打拼,不就是为了回家看到娘子的笑脸,吃上一口娘子亲手做的热饭菜嘛!

陈天鸣带着女儿赶到宿务,远远见到沙丽的店铺,陈天鸣暗自咋舌,自己老婆真不简单呢,弄这么一大间店铺。远远听到沙丽和另一个男人的说笑声,陈天鸣心里一沉,阴沉着脸跨进店铺,那个男人竟然还长得相当帅气,身材高大,正在帮沙丽将一匹一匹的丝绸叠加起来,脸上是豆大的汗珠,沙丽正将手帕递给那男人,让那男人擦汗。陈天鸣原来幻想中是要给沙丽来一个大大的拥抱的,没想到嘴里说出的却是:"沙丽,你怎么搞的,怎么跑到这里来啦?这么久都没有消息?"

沙丽见这父女俩一起回来，内心笃定，她早就等着这一天，只不过这一天迟了许久，让她有稍许的担心，不过她坚信女儿一定会找到她爹爹。见陈天鸣的脸色阴沉，沙丽心中暗乐，故意对陈天鸣道："我跟你约定半个月时间，既然你不回来，那我到哪里就是我的自由。"

陈天鸣东摸摸西捏捏，终于忍不住小声问道："这男人是谁？"

沙丽故意大声道："你说方老板吗？他是我最好的生意伙伴，人特别热心，经常帮我干活儿。我一个妇道人家，多亏他的帮助。"那方老板也在附近开了一家店铺，新近丧偶，见沙丽人长得漂亮又聪明能干，最近对沙丽殷勤得很。见陈天鸣带着安琪儿进来，又听安琪儿喊他爹爹，心中明白了几分，知趣地告辞走了。安琪儿也蹦蹦跳跳地回了自己房间，唉，在外面流浪了四五十天，才知道有家的感觉真好。

陈天鸣心中打翻了无数个醋坛子，黑着脸道："我又没有休了你，你还是有夫之妇，举止要注意分寸。"

沙丽一下子火了："是，你没有休了我，我休了你行不行！"

陈天鸣见事情闹僵，慌忙赔笑："夫人，我错了，你就饶了我吧！"

沙丽不依不饶："谁是你夫人？你夫人不是叫海丫吗？你不待在月港，跑回吕宋做什么？"

提到海丫，陈天鸣心中一痛，他眼圈红了，低声道："海丫疯了。"

沙丽吓了一跳："疯了？真的吗？"

陈天鸣沉痛地点点头。

"怎么就疯了呢？"沙丽追问道。

陈天鸣讲事情前前后后讲了一遍，沙丽叹息道："唉，说起来海丫姐姐也是命苦呢。"陈天鸣搂住沙丽道："夫人，夫妻缘分是上天注定的，你就看在我也受了好多苦的份上，原谅我这一次吧。"

沙丽扑哧一声笑了，轻轻擂了夫君一拳："看你这可怜兮兮的模样，就饶你这一回。要是再有下次，坚决不跟你过了！"

陈天鸣连忙讨饶道："绝对没有下回了，夫人放心。"

当下夫妻俩又在宿务住了几天，将生意一一了结，又将店铺租了出去，一家三口才风尘仆仆回到马尼拉。踏进自家院子时，沙丽不禁感慨道:"才离开一年,怎么感觉恍若隔世呢!"

自陈天鸣到了吕宋后,张恨天从此红运当头。两个儿子都长大了,就在张恨天盘算怎么攀上一门好亲事的时候,月老将姻缘线牵到了陆仁德府里。

陆仁德的宝贝千金陆小鱼生性恬静,绣得一手好女红。她绣的鱼儿会游,鸟儿会飞,鸳鸯交颈,活灵活现,月港人以拥有陆小鱼的一块刺绣为荣。一则陆小鱼是有福之人、手巧之女,二则陆小鱼的绣品并不在市面上卖,他爹根本不差那几个钱,只有面子大的人家才有可能求得她一块绣品。最神奇的是,凡拥有她绣品的人家,都生了男孩子!男孩子在闽南多金贵啊,月港人讨海为生,只有男丁才可以出深海,一般认为女人上船会带来晦气,要么遇上恶劣天气,要么网不到大鱼。有了儿子,生活就有了希望。家里有了儿子,腰杆就粗了一截,说话声音也是壮的。所以,不知有多少月港人想方设法托人说情想拥有陆小鱼的一块绣品。陆小鱼呢,心情好的时候做一些,懒的时候一针一线都不想动,一年到头也绣不了几块,反正纯是当作消遣。张啸风在父亲同僚家里见过陆小鱼的绣品,原以为那只是无聊之人添油加醋的传闻,没想到仔细一看真是令人赞叹,那是怎样的一双巧手,怎样的一颗慧心才绣得出如此佳品啊!同样是荷花,在陆小鱼的手下仿佛是荷花仙子在起舞。张啸风在心中暗暗把陆小鱼称为陆小手。那该是怎样的慧心慧眼,才能绣得出如此佳品啊!能绣出如此佳品的人,应该是佳人吧!行动若弱柳扶风。能娶上这样一位佳人,是男人一辈子的福气!再说了,她有那么神奇的本领,如果娶了她,那不一口气生一大串男丁!听说上门求亲的人络绎不绝,那陆小鱼也有自己的标准,坚持要躲在帘后偷看一眼男人的相貌,却无一人被他相中。而他父亲因一心想跟官府人家攀亲,而前来求亲的多是商贾之流,因而也任由女儿挑三拣四,反正女儿豆蔻年华,嫩得像葱一样,不急,不急,慢慢挑选,争取嫁个金龟婿。

陆仁德有心要结识张恨天,这张恨天手里捏着引票,谁不眼红心热？那天，他特意把女儿叫到跟前："鱼儿，你给我绣一幅牡丹图，要用心绣，是送给张税曹的。"

陆小鱼嘟起小嘴："人家这几天手疼，等我手好些了再绣吧。"

陆仁德板起脸："你知不知道其中的利害关系？你要是绣得好，张税曹一高兴，手头宽一点，每年给我两三张销引，那你爹就发大财了，你这一辈子也就吃喝不愁了！你赶紧绣，半个月后我来取。"

陆小鱼满心不高兴。她绣东西时全凭心情愉悦，那时下针如有神助，像阿爹这样满身铜臭与市侩，是她所不喜的。奈何自己吃穿用度全仰仗阿爹，所以不得不勉为其难。因此陆小鱼绣牡丹时便偷工减料。虽然偷工减料，毕竟底子在那儿，绣成后也不算差，外行人并看不出来。

牡丹送去张家后，张恨天大喜。这下张家的男丁有保障了，以后啸风娶亲后肯定生个男丁！张家特意送来了一张销引，还附带一瓶南洋的红花油，只因闻说陆小鱼手疼。陆仁德大喜过望，没想到女儿竟然比他还有脸面，他求之不得的东西，女儿轻而易举就得到了。怪不得算命先生说女儿是他的福星！自此更是把女儿视若掌上明珠。那南洋的东西果然神奇，陆小鱼涂抹之后，手果然不再酸痛，不禁对张家生出几分歉意。心里想着有空了重绣一幅好的送给张家。

张恨天原本是想为大儿子张啸风提亲的，毕竟长幼有序，应该先让大儿子完婚。没想到小儿子张垚也喜欢陆小鱼。陆小鱼长得花容月貌，艳名远播，张垚很早就求阿爹向陆家提亲。张恨天很为难。对于两个儿子，张恨天心中的天平一直摇摆不定。小张垚刚出生时，因是亲生，张恨天是含在嘴里怕化了，捧在手里怕飞了。待小张垚被惯得不学无术时，张恨天悔之晚矣。处世四十多年，张恨天深知人须有本事才能混一口饭吃。眼看张家要靠张垚是靠不住了，他转而把目光投到继子张啸风身上。自从海丫疯癫之后，张啸风恨了继父一段时间。可是天地之大，张啸风要向何处去，他只有十七岁，只能指望继父的羽翼能庇护他。一旦察觉到继父有心栽培他，张啸风便加倍地努力。张恨天带张啸风到饷馆里头做小跟班，有时放手让张啸风帮他做事，张啸风勤快、聪明、肯学，竟也做得井井有条，这让张恨天大感安慰。

而张垚呢，是出了名的撒手不管，只要家里短不了他的吃喝用度，他乐得逍遥。

如今，两个儿子都喜欢上了陆仁德的千金，张恨天深感为难。手心手背都是肉，这可怎么办才好呢？他对张垚说："垚儿，你就把陆小鱼让给你哥哥吧。"

张垚一听跳了起来："爹，你老糊涂了吗？到底谁才是你亲生的？你怎么没站在我这边，反而站到哥哥那边去了？"

张恨天苦笑道："垚儿，你不知道，我强娶了你大娘之后，才明白强扭的瓜不甜，阿爹是怕悲剧在你身上重演呢，我这么做，是为你着想，为你好。阿爹以后为你挑个更好的。"

"我不管！反正我就要娶陆小鱼！"张垚跺着脚大哭大闹起来。

张恨天被小儿子吵得头晕，只好摆摆手："好吧，好吧，我择个吉日上陆府求亲，就看你们各自的造化吧。"张恨天备了八盒大礼上陆家求亲："陆老板，你看一眨眼儿女都大了，我家两个儿子你自己挑一个做女婿如何？"

陆仁德道："我喜欢张啸风那孩子。我在饷馆码头见过他，生得一表人才，为人处事又大方，陆老板长陆老板短的叫个不停，这孩子以后有出息，我看就把小鱼许配给他好了。"这陆仁德以前一心想跟官府攀亲，如今想开了，宝贝千金也不定非许配官家不可。原来自陆仁德因玉象之祸下狱之后，他对官府的豺狼面目算是看了个一清二楚，当官的大多心狠手辣，官场之间互相倾轧，为明哲自保，你狠我只能比你更狠。陆仁德领教了一番，算是彻底地怕了。由此也认清了自己的地位，自古婚姻讲究门当户对，陆府祖辈从商，看来还是把女儿嫁给商人之家为好。倘或攀了官亲，也许今天荣华富贵，明天就大厦将倾。做人还是脚踏实地一点为好。

于是两家婚事就此订下。陆小鱼欢欢喜喜过了门，与张啸风甚是情投意合。倒是张垚对大哥大嫂横眉怒对，从没有好脸色。一眨眼陆小鱼的肚子高高耸了起来，临盆在即。张恨天请了稳婆过来，喜滋滋地等着抱孙子。儿媳妇生产倒也顺利，不多久房里便传出婴儿响亮的啼哭声。张恨天拊掌大笑:"这哭声这么响亮,我孙子有力气!"

此时稳婆抱了孩子出来:"恭喜张老爷,得了一个千金。"

"什么?千金?有没有搞错?"张恨天简直不敢相信自己的耳朵,怀疑自己听错了。

"没错,得了一个千金。"稳婆又重复了一遍。

张恨天颓然道:"怎么会这样?怎么会这样?不是一定生男孩吗?这是老天爷在故意捉弄我吗?"张恨天连婴儿也没抱,就颓然回房去了。

消息传出,全月港人都在笑话张府,可能陆小姐把功德都做给了别人家,所以自己反倒生了个女孩。倒是陆小鱼坦然得很,女孩就女孩,女孩怎么啦?自己不是一个女孩子吗?不照样活得好好的吗?陆小鱼把女儿取名巧巧,悉心抚养。

后来,陆小鱼又生了两个女孩,不过,奇异的是,能得到她绣品的人家都生了男孩,所以她的绣品依旧供不应求。陆小鱼的陪嫁里有两家店铺,原来是卖瓷器的,她干脆把店铺变成了绸缎铺。又请了一批绣娘,亲手教她们刺绣,她把自己的绝技一一传授,毫不保留。而她绸缎铺里的绸缎成色因了她的审美眼光总是高人一筹,每当绸缎铺推出一种新品,总会成为月港人的新潮流。陆小鱼绸缎铺财源滚滚,所谓财大气粗,公公脸色再不好,陆小鱼也不放在心上。为了维持人伦,陆小鱼和张啸风还住在府里,但伙食是分开吃的,倒也相安无事。

第十八章　暂为盟友

一晃过了数年，月港越来越繁荣，农贾杂半，走洋如适市，朝夕之皆海供，酬酢之皆夷产，市镇繁华甲一方。通过月港进行贸易的国家，西洋方面有交趾、占城、暹罗、柬埔寨、马六甲、爪哇等二十多个国家和地区，东洋方面有品宋、苏禄、猫里务、文莱、日本等十多个国家和地区。

万历二十年（1592），日本侵犯朝鲜，朝廷官员议论纷纷，听闻日本即将入侵台湾鸡笼、淡水等地，对天朝东南沿海构成极大威胁。万历皇帝坐不住了，他再次宣布海禁。这下月港人可炸了锅，过去二十五年他们已经习惯了自由出洋贸易，如今竟然又再次实施海禁，怎么历史又倒退了呢？断了赚银钱的生路，难道皇帝老儿要养他们吗？月港码头几乎每天都发生官兵和渔民的冲突。昔日忙碌的码头很快陷入了沉寂，大大小小的船只就像泊在死水里的一片枯叶。商埠生意大受影响，商铺的大桩生意在于海商，有时一桩大生意就够吃个半年，自从再次实施海禁之后，老板闲得打苍蝇，伙计们呵欠连天。这样的日子继续下去那还得了，老板心里盘算着要把伙计辞退，不然赚的钱都付不起伙计的工钱，伙计心里跟老板一样咒骂着那坐在龙庭里的皇帝老儿，真是不知民间疾苦呀，再这样下去，自己非得卷铺盖走人，回家喝西北风不可。伙计在心里唉声叹气，却又不敢表现在脸上。

习惯了开海通商的月港人对朝廷此番的禁海令尤为不满，尤朱旺财为最。总得给老百姓一条活路是不是？这些肉食者高居庙堂之上，根本不知道民生之艰难，禁海令一出，简直是对海边人赶尽杀绝。当官不为民做主，不如回家卖红薯！谁断我财路，我跟谁拼命！一边是官，一边是民，明争暗斗，见招拆招，这场海上贸易的斗争从未停止过。

福建巡抚许孚远看在眼里，急在心上，多次上疏奏请皇上开海。万历皇帝扫视了许孚远一眼："请开海禁？你一个文弱书生是想带兵打仗吗？那些倭寇你能荡平吗？"万历皇帝的眼神阴森森的，许孚远只觉脊背生寒，他壮着胆儿道："微臣无能，请皇上恕罪。不过皇上，黄河一带发生饥荒，不知皇上准备拨多少钱粮救灾呢？"

万历皇帝皱了皱眉头："国库空虚，巧妇难为无米之炊呀！朕忧心如焚，百姓流离失所实在可怜，朕有心多拨些钱粮，可惜有心无力，这几日正发愁着呢！"

许孚远趁机道："皇上，您知不知道百姓如何称呼开禁的月港？"

万历皇帝有些好奇："是什么称呼？"

许孚远道："月港被称为'天子南库'。月港这十几年来上交国库数量可观的饷税，月港为咱大明王朝的国泰民安立下了不少汗马功劳。这是月港近年来上交的饷税清单，烦请皇上过目。"这饷税清单是前日月港督饷馆张大人送来给许孚远的，许孚远看完以后也暗暗地吃了一惊，没想到月港收入如此丰厚，怪不得看那张大人大腹便便，一副脑满肠肥的模样。许孚远突然暗暗地有些妒忌，一个地方小吏天高皇帝远，每天只等别人前来交银子，日子何等逍遥快活，哪像自己，虽说是封疆大吏，表面上光宗耀祖风光无比，但福建沿海一直有倭寇之患，整天心惊胆战，害怕皇上责难他尸位素餐，伴君如伴虎，稍有不慎便乌纱不保，倒不如做个督饷馆主官来得轻松滋润。

万历皇帝接过来一看，上面白纸黑字印了月港每年的饷税情况：

万历三年，六千两；

万历四年，一万两；

万历十三年，二万两。

这速度真是惊人！短短十年之内就翻了一番，月港开港给国库带来的收益一年比一年丰厚。万历皇帝沉吟道："我只知月港加征了水饷、陆饷、加增饷，原以为一个小小的港口收入不足一提，今日一看才知道原来这月港还真是个钱袋子！"

许孚远见皇上心思有所松动，赶紧趁热打铁："年初的军饷就是这月港收来的饷税应的急。要是实行海禁，断了钱源，以后不知要怎么勒紧裤腰带过日子咧！这几年，多亏了月港，朝廷才不至于捉襟见肘，否则拆了东墙补西墙，日子着实难过呀！皇上，自从月港开港以来，外国白银大量流入我大明天朝，听闻有位西班牙将军说，中国皇帝能够用从秘鲁运来的银条建一座宫殿，这话也许有些夸张，但足以说明月港开港对我大明天朝的国库大有裨益。"

万历皇帝有些踌躇了。原本海禁的决心极为坚定，现在有些动摇了。一边是钱袋子，一边是海界安危，他说："再观察一下局势吧，要是过几个月局势稳定下来，再考虑重开海禁。"万历皇帝是个慎重的人，权衡之下，海界安危毕竟重于饷税，饷税不够了可以再筹，若海界大开倭寇长驱直入，到时引狼入室动摇大明根基，后果不堪设想。

许孚远听了有些失望，只好称谢退下。自此，许孚远日日盼望着海靖河清，盼望那日本人不要再来惹是生非才好。皇天不负有心人，到了十月，海外风平浪静，看起来日本人并没有侵占台湾的迹象，万历皇帝再次开海，月港人奔走相庆。

这日，从东洋回来的朱旺财请陆仁德喝酒，庆祝断了的钱路又重新打通。酒过三巡，朱旺财有了些许醉意："奶奶的，重开海禁是好事，只是这皇帝老儿高兴了开海，不高兴了禁海，折腾来折腾去，只苦了我们老百姓！"

陆仁德道："我们又有什么法子呢！幸亏这次海禁不到一年时间，咱们老百姓只要今天有酒喝有肉吃就已经阿弥陀佛了，哪里管得上明天的事呢！来来来，别说那些扫兴的话了，今朝有酒今朝醉，晚上咱哥儿俩一醉方休！"

陈天鸣在吕宋的生意蒸蒸日上，安琪儿也已经出落成一个漂亮的姑娘。可是陈天鸣还是不满足。他心中清楚得很：只要能拿到月港来的大宗茶叶、瓷器与丝绸，赚取其中差价，银钱自然滚滚而来。但月港的货越来越难弄到手了，吕宋商人都知道月港瓷器与丝绸奇货可居，往往货未到马尼拉港口，码头就站着黑压压一大群商人翘首以待了。陈天鸣再次动了回月港的心思。本来，上次回乡伤透了他的心，况且他在吕宋多年，已经站稳了脚跟，吕宋已经成了他的第二个故乡，他以为自己再也不会回月港了。但是同乡带来的消息又让他蠢蠢欲动：听说海澄知县已换了人，甘知县不知去向，自己的通缉令应该已经被人淡忘。他做出了一个大胆的决定：回月港组织货源！这时他才意识到，其实，自己一直在等待归去！

但是，回到月港后陈天鸣遭遇了一个晴天霹雳，海丫死了！自从若云每日寻衅滋事后，海丫的病根又被挑了起来，时不时到大街上疯走，谁也拦不住。那天，海丫亥时还未归家，等张恨天喝完花酒回来得知夫人未归才派人去寻，却发现夫人躺倒在水沟里，双目紧闭，全身冰凉，大概是失足掉进水沟里的。家丁赶紧将夫人送回府里，郎中来时，已经无力回天。

张恨天摸摸夫人的胸口，那里已经不再跳动了。

海丫死了。张恨天亲手为海丫穿上了最漂亮的衣裳，还为海丫两腮涂上了胭脂。那胭脂散发着淡淡的香味。张恨天悲从中来，忍不住放声大哭。

张啸风对养父的不满在母亲死后达到了顶点。陆小鱼看到相公与公公关系剑拔弩张，很是为难。她自小生在富贵之家锦衣玉食，父母把她当作掌上明珠，养成了她乐观开朗的性格，从不知道世上有计较这回事。她不知道人与人之间的关系会这么复杂，会有这么多弯弯绕。从内心里来说，她是希望张家能够兴旺发达一代传一代的，这样她回娘家也有光彩。所以，陆小鱼总是劝相公："你要原谅爹爹。"

张啸风眼一瞪："怎么原谅？他害死了我娘，他就是个刽子手！"

陆小鱼揉了揉相公的肩膀："至少他对你有养育之恩啊，没有他，说不定你在七八岁的时候就饿死了！"

张啸风梗着脖子道："谁要他养！我宁愿饿死！"

陆小鱼笑了："你要是饿死了，就娶不了我这月港第一美人啰！"

张啸风心一软，搂住娘子的细腰："是啊，凭这一点，还是要感谢阿爹的！"说着手就不安分起来。陆小鱼虽然已是三个孩子的娘，但她养尊处优，孩子都由奶娘带着，不必她操心一分一毫，因此她体态依旧婀娜，还保持着少女的体形。陆小鱼打掉相公的手："光天化日的，没个正形！我还要去绸缎铺看看呢。"说着起身就往外走。

张府大操大办海丫的后事，陈天鸣想去磕个头烧一炷香，被张府毫不留情地轰了出来。一夜之间，陈天鸣的头发白了大半。海丫死了。她不仅仅需要风风光光地安葬，她还需要有人替她报仇。那到底是向谁报仇呢？是他自己吗？想到这里，陈天鸣打了个寒战。不管怎么说，海丫的死他难辞其咎。是不是自己本就不该回来？如果自己不回来，海丫就会平静地跟着张恨天生活，她着绫罗绸缎，她奴仆成群，她相夫教子，直到她满头白发……想到这里，陈天鸣失声痛哭，他狠狠地给了自己一个大耳光。

陈天鸣一下子像老了十几岁。自己这么多年的打拼，不就是为了让心爱的女人过上好日子吗？现在，心爱的女人死了，他守着这么多银子，到底有什么意义？陈天鸣要么在酒楼买醉，要么在海边枯坐。大海，这给了他富贵又葬送他一生幸福的大海，黑沉沉的大海。那狂暴的、贪婪的波涛，永不知平息的波涛，永远汹涌澎湃、卷起浪花、吞噬一切的波涛……

海丫的死抽走了陈天鸣所有的精气神。他在吕宋心心念念的就是回月港找海丫，给海丫幸福的生活，以弥补她这些年来所承受的痛苦。哪知此次回来，得到的竟是海丫死去的噩耗！他自责、愧疚、悔恨，时不时打自己一个耳光，整天让人买酒来，喝得烂醉如泥。那天下午他清醒过来，才知道自己从前一晚一口气睡到了第二天下午。头重如斗，他用力晃了晃，口又干又苦，他到水缸里舀了一瓢水来喝，水面倒映出一个男人，胡子拉碴，眼窝深陷，这个男人是自己吗？陈天鸣吓了一大跳，自己怎么变成这个鬼样子？一想起海丫，他胸口又一阵锐痛。死的人已经死了，他这个半死人暂时还没有死的勇气。他知道，张啸风是自己的亲生儿子，虽然海丫从来没有亲口对他说过，但是啸风长得跟自己少年时候一模一样，绝对是自己的种。现在儿子对他视若仇人，却亲亲热热地喊着别人叫爹，他不甘心！他一定要把张啸风从张恨天手中夺回来。现在显然不是时候，啸风正在气头上，现在去找他，结果只能适得其反。月港这么大，放眼望去，茫茫一片，儿时的兄弟都出洋挣银子去了，如今连心心念念的海丫都离他而去，他整日孤魂野鬼般在豆巷飘来荡去，晚上到酒铺里一坐就是几个时辰，像个活死人。海丫呀海丫，原以为今世无缘，能够远远地看着你也是一种安慰，如今连远远地看着你也不能够了，只能等下辈子再见了，岂不让人痛彻心扉！假如自己早早从吕宋回来娶她，她大概可能长命百岁吧！

陈天鸣阿母看到陈天鸣整天孤魂野鬼般游荡，一开始是苦口婆心地劝，后来忍不住拿起拐杖来打他："堂堂七尺男儿，整天为了一个女人失魂落魄，你还是个男人吗？"

陈天鸣也不躲闪，愣愣怔怔道："阿母，要是打我你能够解气，你干脆把我打死吧。"他似乎都不知道疼了。

阿母泪飞如雨使劲用拐杖敲打地面："阿鸣，你这样让阿母有多心痛你知道吗？你现在这样子，海丫在地下也会难过的！若海丫泉下有知，她一定不愿意看到你这副样子，她一定希望你能够出人头地，做一番事给张恨天那狗日的看看！"

一番话如惊雷，陈天鸣一颗心慢慢活了过来。在商帮兄弟们的开解下，他才恍然记起自己此番回月港的目的。他慢慢地开始对备货上心了，因财力雄厚，所以诸事还算顺遂。只是，他与张恨天的怨恨太深，就像一根绳子打了太多的死结，也许只有等到绳子腐烂这些结才能够解开。陈天鸣买货时张恨天总是从中作梗，让陈天鸣很不痛快。不料，事情很快有了转机：张恨天出事了。陈天鸣做梦也没有想到有一天他还会和张恨天成为盟友。事情还得从张恨天的女儿秀秀说起。

原来，自几年前街头手镯相争事件发生以后，许知府的公子打听到秀秀是月港税曹张恨天的女儿。光阴荏苒,许公子和秀秀均长大成人,时值张恨天五十大寿,公子随父亲许知府到张家喝酒看戏,这对于张啸风来说是莫大的荣耀。原本有人在新任知县大人那里告张恨天的状,说他胡乱提税中饱私囊,知县大人大怒,一直寻思着撤掉他的税曹职务,一时之间还没找到接替的人,张恨天心知不妙,想方设法结交知府大人,他知道,抱紧许知府的大腿,知县大人就拿他无可奈何。那日秀秀也在席间,她头上梳着两个抓髻,一副天真烂漫的模样。回家后,许公子便缠着父亲吵着要娶秀秀,许知府点头颔首:"你的眼光不错,我看那姑娘神清气朗,甚好。可惜出身低微了些。"

许公子急了:"出身低微又有何妨?人好就好。恳请父亲大人早日上门提亲,以防被人抢先了去。"

许知府仍然不允。婚姻讲究门当户对,岂可儿戏?哪知儿子天天大闹,绝食不肯吃饭,知府夫人心疼儿子,便转而来求相公。许知府无奈:"罢了,大概是前世结下的孽缘,既然儿子看上了,那就顺从他的心意罢。明日我就派人去提亲。"

许公子欢呼雀跃,忽又忧虑道:"不知秀秀能否看得上我?"

许知府怫然道:"你如此多虑作甚?她嫁入咱们许府是她的福分,哪还有不允之理?"

张恨天一听许知府来求亲,大喜,满口应允。媒人走后,张恨天打开礼盒仔细看许府送来的聘礼,这时秀秀闻讯闯了进来:"爹,我不同意嫁给许公子。你赶紧将这些礼退了吧。"张恨天脸色一变:"胡说!嫁入许府有享不完的荣华富贵,你这是傻了还是怎的?阿爹已经答应人家了!"

秀秀跺脚道:"反正我不嫁,要嫁你嫁!"

张恨天骂道:"自古婚姻父母之命、媒妁之言,哪里轮得到你来拿主意?"

秀秀哭道:"反正我不嫁!我不喜欢许公子!"秀秀不明白,父亲从小把她当作掌上明珠,有求必应,就差天上的月亮了。今日父亲怎么突然变了?一点都不尊重她的想法,难道以往的疼爱都是假的?

张恨天道:"许公子相貌堂堂,这样的人你不喜欢,那你喜欢谁?"

秀秀冲口而出:"我喜欢哥哥!"

张恨天怒道:"他是你哥哥!这是乱伦!你真是不知廉耻,全天下的男子你都可以喜欢,就是不可以喜欢他!"

秀秀急了:"我知道,哥哥不是你和大娘亲生的!"

"啪"的一声,张恨天一耳光打到了女儿脸上,女儿的话戳中了他心头的痛处,让他恼怒不已,"放肆!休得胡言乱语!"

秀秀惊呆了,从小到大,父亲从未打过她。脸上火辣辣地疼痛,她哇的一声哭开了,捂着脸扭头就跑。

张啸风闻讯跑进厅堂:"爹,那许府虽然有享不完的荣华富贵,但秀秀不喜欢,你要是强迫妹妹嫁进许府,她一辈子都不会快乐的!"

张恨天阴沉着脸:"怎么?你的想法和秀秀一样吗?"

张啸风涨红了脸:"爹,你别误会,我一直把秀秀当妹妹对待的。难道大哥疼爱小妹有错吗?"

张恨天道:"大哥疼爱妹妹没错,要是有其他私心那就有错了。"他曾好几次发现异样,跟踪过儿子。那天跟踪的时候,张恨天不敢走得太快,只能放轻脚步悄悄跟在后面。张啸风的背影消失在巷子后面,紧接着响起了一个急切的声音:"你怎么这时才来?"张恨天心里咚的一声如坠冰窖,这急切的声音正是女儿秀秀!这两人明明是兄妹,不在家里光明正大说话,跑到这无人处做什么?要是做出什么不伦的事来,真是丢人丢到家了!他再也按捺不住,现身跳到两人跟前:"你们不好好在家待着,跑到这里做什么?"秀秀吓了一跳,看清是阿爹,羞红了脸撒腿就跑。张啸风一脸茫然答道:"我也不知道妹妹喊我出来做啥,神神秘秘的……"张恨天心里明白了七八分,沉着脸道:"以后再不许和妹妹在外面私自见面!"

张啸风还欲为妹妹求情,张恨天断然道:"我意已决,不必再说,事情就这么定了,三天后秀秀就嫁过去了。虽说时间紧了些,但我会为她准备一份厚重的嫁妆,以免知府大人瞧不起咱家。"张啸风见父亲丝毫没有商量的余地,转身朝妹妹闺房里走去。妹妹正趴在被子上痛哭，张啸风轻轻拍了拍妹妹的肩膀："别哭了，哭解决不了问题，我们一起来想想办法。"

秀秀抬起身子扑到哥哥怀里痛哭："能有什么办法呢？说是三天后就要嫁过去！我坚决不嫁！"

张啸风道："不然我去找许公子谈谈？"

秀秀眼睛一亮："只能这样了，死马当活马医，你就告诉许公子，我不喜欢他，强扭的瓜不甜！"秀秀千叮咛万嘱咐。哥哥离开后，秀秀在闺房里痴痴念起她常念的诗来："潇水流，汀水流，三闾愁接二妃愁；潇碧湘蓝虽两色，鸳鸯总作一天秋。"哎，自古以来女孩子就是有这么多难言的心事，可是无人能解。

张啸风带着妹妹的嘱托找到了许公子，他当然不能原话照搬，只能委婉地说："许公子，承蒙抬爱，舍妹荣幸之至。只不过许公子千万不要被舍妹的美貌所迷惑，免得到时后悔。舍妹自小娇生惯养，脾气极为暴躁，稍有不顺心，便打鸡骂狗，只恐将贵府闹得鸡犬不宁，到时辱没了贵府门楣，张家真是惶恐之至。"

哪知许公子却哈哈大笑："好！有性格，我喜欢！我就喜欢驯服烈马！"

许公子的妹妹许莹恰好正在边，她推了哥哥一把："哥，你听不出来吗，人家不愿意！强扭的瓜不甜，你不要祸害了人家小家碧玉！"许公子瞪了妹妹一眼："你多嘴什么？这里有你说话的份儿吗？"

许莹嘟起小嘴，不再说话。但她不愿意离去。府中的生活太闷了，好不容易有个生客，况且这生客一副英俊潇洒的模样！张啸风见那少女手腕上戴着一块玉镯，有些眼熟，仔细一想，正是几年前秀秀在大街上看中的那块玉镯。这许公子虽然霸道，却看不出如此疼爱妹妹。

张啸风心中暗暗叫苦，他知道眼前这少女是一番好意，然而效果适得其反，恐怕激起许公子非娶秀秀不可的逆反心理。张啸风添油加醋又讲了秀秀许多坏话，说妹妹脚臭，睡觉打呼噜，将秀秀编排得一无是处，哪知许公子就是认定了要把秀秀这朵花采回府里，反正女人就是图一时新鲜，玩厌了还可以多纳几个妾，所以许公子咬定了不松口。张啸风垂头丧气回到家里，秀秀热切地迎了上来："哥，谈得怎样？"张啸风沮丧地摇摇头："哥哥无能，办不成事。"

秀秀脸色一灰，忽然又热切道："哥，不然你带我走吧！"

张啸风吓了一跳："走？走到哪里去？"

秀秀道："随便哪里都行，天涯海角也行。你耕田，我织布，我煮饭给哥哥吃。我就知道，哥哥舍不得我出嫁，说明哥哥心中是有我的。"说着秀秀脸上飞起了一朵红云。

张啸风吓了一跳，几乎口吃起来："秀秀，哥哥一直把你当妹妹对待的，你别误会。"

秀秀又哭了起来："若连哥哥也不要我，那我只有死路一条！"

张啸风道："妹妹莫急，我们再想想办法。"说着就逃出了秀秀的房间。出得房来，张啸风一颗心怦怦直跳，他从来不知道妹妹脑袋瓜里有这样的想法，从小妹妹就像麦芽糖一样黏着他，他走到哪里妹妹就跟到哪里，不料女大十八变，妹妹竟然存了这样的心思，真是把他吓坏了，这要是让父亲知道了那还得了！父亲一定认为是他蓄意拐骗妹妹，存心不良，兄妹发生这样不伦的感情，传出去全月港人的口水都会把他淹没。不行，自己得躲着妹妹点，不能让妹妹误会自己。

自此以后，张啸风不敢看妹妹的眼睛，只要妹妹远远朝他走来，他就慌忙避害开。妹妹有时喊他到她屋里聊天，妹妹应该没什么淫邪的念头，只是想亲亲热热地一起说说话诉诉苦讨讨主意而已吧？可他就是不敢进去，怕进屋后事情变得不可把控。

这三天来秀秀和张啸风都处于煎熬之中。秀秀盼着哥哥能带她脱离苦海，可哥哥一直躲着她，她真不知道该怎么办。而张啸风一方面痛恨自己无能，苦无良策，他确实希望妹妹能过得幸福；另一方面又怕妹妹和父亲误会自己引火烧身。而此时张府上下忙忙碌碌着置办秀秀的嫁妆。若云乐得合不拢嘴，十几年来总算没白养这个丫头，如今自己成了知府大人的亲家，今后有享不完的荣华富贵。她喜滋滋地拿着喜服来让女儿试穿，哪知秀秀一手将喜服拂到地上，还死命踩了几脚。若云变色道："你这死丫头，怎么如此不知好歹，这福分别人求都求不来呢！"

秀秀哭道："谁喜欢谁嫁去！"

若云变脸道："不知天高地厚的死丫头，你不嫁也得嫁！惹恼了知府大人，你负得起这天大的责任吗？亏你阿爹如此疼你，现在该是你报答阿爹的时候了！况且许府又不是火坑，你去了就知道，那是天堂！"

秀秀哪里肯听，哭着就要往外跑，哪知门外早有两个家丁把守，她插翅也难飞！

吉时很快到了，秀秀被捆住手摁住头化了妆，强行塞进花轿里，秀秀大喊："哥哥救我，哥哥救我！"声音急切而凄厉。但张啸风不知躲在何处不见踪影，阵阵绝望涌上秀秀的心头。秀秀想，到了许府再相机行事吧，大不了还有一死，说不定有逃跑的机会，无论如何，自己清白的女儿身要为哥哥留着。

到了许府，秀秀手上的绳索被解开，许府高朋满座一片欢声笑语，秀秀想到阿爹的千叮咛万嘱咐，她不想大闹喜堂，唯恐丢了两家的颜面，强捺着性子被喜婆搀扶着拜了堂，送进洞房，又马上被两个壮汉捆了手脚。秀秀愤怒挣扎却无济于事。其间许莹溜进洞房里来，她好奇地望了望盖着红盖头的嫂子，本想掀开盖头来看看新嫂子的模样。后来一想，这样不妥，盖头应该由阿哥来掀来对呀！自己怎么比阿哥还急切呀！一方面，她既担心哥哥强行娶了秀秀，不知今后会不会闹出什么风波来；另一方面，她又为阿哥娶了秀秀高兴，这样自己和张啸风就有了更多接触的机会，说不定今后还会亲上加亲呢！一想到这里，许莹羞红了脸，跑去吃酒席去了。

不一会儿，许公子满嘴酒气推开门来，秀秀早自己扯了盖头，对他怒目而视，那许公子嬉笑道："娘子，等我等急了吧？"

秀秀怒道："谁是你娘子！快把我放开，我要回家？"

许公子笑了："回家？这里就是你的家呀！"说着斟了一杯酒，从怀中掏出一包药粉倒入酒中摇了摇。秀秀惊恐地瞪大眼睛："你想干什么？"许公子将酒杯端到秀秀嘴边："我想干什么，你不知道吗？喝了这杯酒，保准你整晚快活不尽。"秀秀把头扭向一边，拼命闭紧嘴巴。许公子用左手夹住秀秀的头，右手的酒杯撬开秀秀的嘴巴将酒灌了下去。秀秀猝不及防，烧酒在喉咙里火辣辣的，呛得她不住地咳嗽。不一会儿，秀秀只觉全身瘫软，许公子见时候差不多了，动手将秀秀的绳索解下。秀秀知道这是逃跑的最佳时机，无奈手脚不争气，软绵绵的动弹不了。眼睁睁看着许公子为自己宽衣解带，如狼似虎扑到自己身上一番蹂躏，可怜守了十几年的清白女儿身毁于一旦！秀秀的眼泪大颗大颗地流下来，那许公子发泄了兽欲之后，很快打着鼾睡去。

　　秀秀手脚渐渐恢复知觉，下身火辣辣地疼痛，满腔仇恨涌上心头！她原本只想逃跑的，可现在女儿身已经毁了，她一辈子的幸福都被葬送了！逃跑已经没有任何意义，她只想报仇！主意打定，她轻手轻脚地将许公子的手脚捆绑起来，许公子此时睡得一头猪似的毫无知觉。秀秀又拿了手帕死命捂住许公子的嘴和鼻子，那许公子在睡梦中挣扎了几下，终于不再动弹。秀秀确认许公子已经停止了呼吸才放开了手帕，她呆呆地坐在椅子上，"爹，娘，女儿不孝，女儿给你们闯祸了，你们的养育之恩只能下辈子报答了！"秀秀从容地用绳子在房梁上打了个结，一头吊了上去。

　　第二天日上三竿，许知府夫妇原本等着新婚夫妇前来请安奉茶的，左等右等，还不见新人出来，一开始许知府怒道："这张家的丫头真不懂规矩，太不知害臊了！"知府夫人劝道："夫君莫急，你年轻时不也这样？新婚晏尔，睡迟些也无可厚非，不要去催他们，再等等吧。"一直等到了辰时，知府夫人也沉不住气了，这天是回娘家的日子，不可耽搁太久，于是便派下人去敲门。敲了几次门都毫无动静，下人不敢擅自开门，只好又来回夫人。许知府和夫人有些紧张，难道出什么事了？夫妻二人急匆匆赶到新房，命人强行开了门，一见那场景不禁魂飞魄散！儿子面无人色地躺在床上，儿媳妇已吊死在房梁，舌头伸得老长！知府夫人急忙上前推儿子，儿子浑然不动全身冰凉，再试试鼻息，已全无一点生机！仔细一看脖子一片乌青，想必是被勒死的。"我的儿啊！你死得好惨哪！"知府夫人哭天抢地，仆人们手忙脚乱将秀秀解下来，直挺挺放在地上，已经全身僵硬。知府夫人扑过来扇秀秀耳光："你这恶毒的女人！为什么要来害我的儿子！你这丧门星！"

许知府顿足叹息："造孽啊！造孽啊！"

许莹目瞪口呆，不敢出一言。真没想到，新嫂子的性子竟是这样刚烈！阿哥虽然吃喝嫖赌，可他一直非常疼爱自己这个妹妹，一有什么新鲜的玩意儿或新上市的吃食总不忘给她带一份回来。如今阿哥竟然和自己阴阳两隔，许莹简直不敢相信这是真的！可是血淋淋的现实不由她不信。一想到从今往后再也见不着阿哥，许莹的眼泪泉水般涌了出来。

喜事变成丧事，一时之间月港人议论纷纷。许府派人到张家报丧，若云简直难以置信："昨天不是欢天喜地吗？怎么会变成这样？是不是弄错了？"

下人哭丧着脸："夫人，小的不敢撒谎，人命关天，借小的一千个胆儿也不敢来寻夫人的晦气。"

若云捶胸顿足："老天爷啊，这到底是怎么回事？"她昨夜一整夜都沉浸在成为知府亲家的喜悦里，哪知竟是黄粱一梦！

张家人急急忙忙赶到许府，张啸风见妹妹躺在地上，脸上苍白如纸，抢上前去把秀秀抱起来："妹妹，妹妹，你醒醒！"那秀秀已经阴阳两隔，哪里还说得出话来！张啸风又痛又悔，他恨自己的懦弱与逃避葬送了妹妹一条性命，他大声吼道："还我妹妹命来！"

知府夫人一头朝他撞去："还我儿子命来！"

张啸风怒道："不论如何，死者为大，你们至少让我妹妹躺在床上，如何竟让她躺在地上？"

知府夫人高声哭叫道："这等灾星，没将她碎尸万段就算不错了！尸体你们带回去吧，我们许府不认这样的凶神做媳妇！"

张啸风抱起秀秀就走："我妹妹死也不与你们许府人同穴！我妹妹明明不愿嫁给你们许家，她活蹦乱跳的一个人，刚过门一天就丧了命，都是你们许家逼的！"

许莹见父母和张家结下这等血海深仇，只觉得心如刀绞："完了！这下许家和张家结下了血海深仇，自己的心事恐怕一辈子要石沉大海了！"

张恨天在旁又急又痛又恼，许知府痛斥道："你真是教女无方，养出这等丧心病狂的丫头来！"张恨天原本打着如意算盘通过结亲来达到巴结许知府的目的，哪知竟适得其反，女儿杀了许公子，张家欠许府一条人命！虽说女儿也自缢身亡，一命抵一命，可是许府从此断了香火，定是恨他入骨，他真是手足无措。自己造的孽竟然报应在女儿身上！又不敢与许知府翻脸，只能忙不迭地向许知府赔罪："亲家，我教女无方，还望亲家恕罪！"一边阻拦儿子："秀秀既已嫁入许府，还是和许公子一起入土为安吧！"张啸风瞪大眼睛看着父亲，好像不认识父亲似的。平日里父亲也是威风凛凛的男子汉，如何到了许知府面前就成了没有骨头的软体虫！

许知府怫然摆摆手："许家没有这样凶神恶煞的媳妇，你女儿还是你自己带回去自行处置吧！"

张恨天悻悻然，如今许府不认这个儿媳妇，等于女儿被休回娘家，实在是颜面扫地，却又不敢争辩，只得将女儿尸体运回安葬。一时之间张府上下缟素，却又不敢大张旗鼓，只得草草了事。张恨天长吁短叹，若云哭道："这夭寿的女儿哟，娘养你十几年，你全然不念养育之情哟！"而张啸风已流不出泪来，他握紧了拳头，心中充满了仇恨。

遭此横祸，张恨天惶惶不可终日。许知府必定恨他入骨，也不知啥时会动手收拾他。就如头上终日悬着一把明晃晃的剑，也不知哪天这剑就掉下来让他的脑袋开花。日子却异乎寻常地平静，差别只是他再也见不上许知府的面，以前许知府时不时来督饷馆走一走，逢年过节时都会应张恨天之邀到望江楼喝几杯小酒，如今即使张恨天斗胆再相邀那也是自讨没趣。

日子突然就冷了下来。以前的日子热乎乎的，走在月港码头边，到处是看不尽的笑脸与热辣辣的招呼，如今月港人见了他脸上依旧是笑，但张恨天老是觉得那笑是虚的，笑底下潜藏着很多意味深长的东西。张恨天甚至害怕说不定哪天到督饷馆去时，人家会告诉他，你以后再也不用来了。他虽然只是督饷馆的一个税曹，但没有了督饷馆，就没有了他活在这世上的底气。他战战兢兢每日准时到督饷馆应卯，该做的事他一件不落，连同无须他做的扫地的活儿也做了，再也不敢睡到日上三竿。奇怪的是，许知府并没有什么动静，似乎把他忘了。张恨天好像被吊在半空中，一颗心空空荡荡的没有着落，以前喜欢呼朋唤友到酒楼饮酒，炒个小虾小蟹就着地瓜烧一喝就是一晚上。现在他没有兴致出门了，他依旧爱喝个小酒，只不过地点改成了家里。

那天陈天鸣登门的时候，正是张恨天最沮丧的时候。陈天鸣决定去会会张恨天。张恨天是他这辈子最不愿见的人，但是，陈天鸣经历了这么多年的风风雨雨后，觉得自己应该变得大气一些。年轻时，对于讨厌的人他都避而不见；慢慢地，他会硬着头皮见；到如今，要主动出击去见自己讨厌的人。去见张恨天，等于把痊愈的伤口又开一次，让它流血。唉，海丫海丫，我苟活在这世上，再过二三十年，我就会去见你的，你就耐心等等我吧。

陈天鸣到达张府的时候，张恨天正独自喝闷酒，越喝越苦闷，若云根本不敢惹他，早就躲得远远的，偌大的屋子冷冷清清，人也形单影只。忽听下人来报："老爷，陈天鸣老板来访。"张恨天甚是诧异，自从女儿杀死许公子又自缢后，人人避他而不及，生怕沾染不祥，这陈天鸣倒好，还敢登门？

张恨天打了一个酒嗝："让他进来！"

陈天鸣进了屋子，闻得一屋子酒气，眼见张恨天喝得醉眼蒙眬，大着舌头道："哟，稀客！哪阵风把陈老板吹来了？是来看我的笑话吗？"陈天鸣道："张大哥，你说笑了。秀秀年纪轻轻就去世，我难过得很，我把她看作亲侄女一般，唉，这孩子太刚烈了！"

张恨天闻言心头一热，这陈天鸣真是条汉子，没有落井下石趁机讥笑，倒反过来好言劝慰，不像其他月港人，不知有多少人在看他的笑话！张恨天叹道："我真是白疼她一场！从前她在的时候，这满屋子里都是她的笑声,也怪我满脑子功利之心,忽略了女儿的心事!"说罢斟了一杯酒递给陈天鸣。

陈天鸣也不客气,接过去一饮而尽。张恨天替他剥了一只虾,陈天鸣也接过来吃了。陈天鸣诚恳道:"我觉得咱们该推心置腹谈一谈了。咱们之间的恩恩怨怨,是时候该一笔勾销了。是的,我恨过你,你抢走了海丫,这是我这辈子最大的痛。"其实,陈天鸣还有一笔账未说出口,就是当年他在海上遇难,那个劫匪到底是不是张恨天他不敢百分百确定,苦于没有实证。但张恨天对张啸风有养育之恩,他希望张恨天日子过得好,这样,张啸风也才能过好。尤其是现在海丫不在了,他希望张恨天能善待张啸风,这种爱屋及乌的心态让他相当矛盾。

张恨天得意道:"我这辈子最安慰的事就是娶了海丫。"

陈天鸣突然提高了音量:"你娶了她,就应该让她笑着过每一天!可你呢,整天让她以泪洗面!"

张恨天一拍桌子:"我对她还不够好吗?锦衣玉食供着,她还不知足!"

陈天鸣颓然道:"算了,不说她了。说说啸风这孩子吧。说起来,我要感谢你这么多年对啸风的养育之恩,以前日子过得那么艰难,要是没有你,也不知啸风能不能长大成人!要是没有你,啸风饿死、夭折都有可能!"

张恨天不耐烦地挥挥手:"你提这些做甚?是我儿子我当然要养。今天你是来跟我抢儿子的吗?"张恨天说着警惕地瞪大了眼睛。

陈天鸣道:"张兄你别误会。我今天来是想委托你帮我进货的。你也知道,我现在有十二条船,每年都要到吕宋去,以前咱们两人斗来斗去,结果两败俱伤。不如握手言和,我把买货之事全盘委托给你,有钱大家赚,你看如何?"

张恨天不相信地瞪大眼睛:"这话可当真?不是在耍我吧?"

陈天鸣抱拳道:"绝无半点虚言。"陈天鸣这个决定是经过深思熟虑的。过去年轻,血气方刚,想着与张恨天有夺妻之恨不共戴天,非得与他斗到底不可,明知张恨天在他进货过程中做手脚,他宁愿憋着一口气出高价也绝不向张恨天低头，大不了到漳州进货。如今上了年纪，张恨天又遭此大难，想必心气也比以前低了，要是两人能握手言和，齐心协力做事何乐而不为？

张恨天激动地擂了陈天鸣一拳："承蒙老弟看得起，那进货的事就包在我身上了！你放心回吕宋，我负责进货，你负责销货，省得你来回跑，到时你夫人沙丽又不答应了！"

从此，张恨天负责在月港发货，陈天鸣负责在吕宋发货，来来往往极为默契。光阴似箭一晃数年，吕宋第三次发生了排华事件。自从西班牙人占领了吕宋岛，建设了马尼拉城，正式确立了对菲律宾的殖民统治后，西班牙人通过南美运输贵金属到菲律宾，通过菲律宾的华人到中国本土去换取丝绸瓷器等物品，赚得盆满钵满。华人作为中间商也从中牟得了极大的利益。

此时中国的万历皇帝刚刚完成了对于宁夏、西南和朝鲜的三大远征，特别是和丰臣秀吉在朝鲜长达数年的对抗，虽然最终取得了胜利，但消耗了明朝大半的国力。财政拮据，万历皇帝不得不绞尽脑汁。他看到西班牙人在菲律宾拥有这么多的黄金白银，以为菲律宾有巨大的银矿可以开采，便准备开始打菲律宾的主意。这个消息走漏了风声，传到西班牙殖民者耳朵里，加上之前华人曾有过的叛乱行为，很容易让西班牙人联想到华人可能里应外合占领菲律宾。于是，西班牙人选择先下手为强。吕宋再次发生了排华屠杀事件，当地的华人虽奋力反抗，不过还是失败了，连已经皈依天主教的许多华人都惨遭杀戮。由于当时明王朝已经风雨飘摇，自顾不暇，在海外的大明子民被朝廷再次无情地抛弃了。

所幸，陈天鸣成功地逃过了劫难。

第十九章　遗恨故里

没想到，朝廷的禁海令又来了。百姓们抱怨朝廷朝令夕改，不过，朝廷也有朝廷的难处。倭寇猖獗，海防兹事体大，朝廷也是左右为难，虽然明知百姓渴望通商海外，但毕竟海防为第一要事。

月港知县换了一任又一任，现在任上的是李知县。李知县最担心的这一天终于来了。其实他也知道这一天早晚会来到，只是他在心里暗暗地盼望这一天迟一点来到才好，可惜它这么快就来了。月港渐渐淤塞，进出越来越不方便了，加上倭寇猖獗，朝廷下令禁海，仍有大胆刁民无视禁令出洋，此时亟须杀鸡儆猴，以儆效尤。

李知县捋了捋胡子，不得不哀叹起月港的明天了。月港禁海，月港的收入必将一落千丈，自己何去何从，也该为自己谋划一条后路了。但是，在离开之前，他还得做一件大事，也是一件他为难又不得不执行的事：朝廷将陈天鸣列为违背海禁的要犯，要将其捉拿斩首。照朝廷的意思，陈天鸣富甲一方，引得月港人争相效仿，无视朝廷新颁布的禁海令，扰乱朝纲，在沿海产生了极其恶劣的影响，一定要将其捉拿归案，杀一儆百。李知县担心打草惊蛇，暂时对外封锁了这一消息。

怎么办才好呢？这几年陈天鸣基本上不回月港了，他的船队已经自成体系，下面有一帮得力之人将从采买到发货、收账、记账等事务都安排得井井有条，要见他一面都很难，更别说把他抓住了。李知县想，通缉令还是暂时不要贴到大街小巷的好，以免走漏风声，打草惊蛇。他有一计，也不知可行不可行，且试一试再说。

第二天,张恨天被李知县召到衙门,李知县笑容满面:"喜事!喜事!"

张恨天道:"喜从何来?"

李知县呷了一口茶道:"朝廷要嘉奖对地方经济有贡献的乡绅,决定成立月港商会,我上报朝廷举荐你当副会长。"

张恨天连忙谢过,又问道:"不知会长是何人?"

李知县道:"本县考虑让陈天鸣当会长,他闯荡过南洋,见多识广,他来当会长最合适。"

陈天鸣会不会回月港呢?他在吕宋活得就像部落王一样自在,每天天一亮,他只需慢吞吞地起来漱口,逗一逗鸟笼里的那只鹦鹉,耐心地等待水开,泡一壶家乡的铁观音,美美地呷一口,静静品味茶水的回甘,日子快活似神仙。而这神仙似的日子,是他用他的前半生在刀尖上舔血换来的。他大可不必回月港。月港没有了他的海丫,月港变成他的伤心地,月港的每一条街巷都曾有海丫的身影,他害怕那片伤心的土地。唯一让他牵挂的是老母亲。他几次要接老母亲到吕宋,但老母亲坚决不走,她生在月港,死也要在月港。现在陈天鸣只需每年回来一次看望老母亲即可。对于陈天鸣会不会回月港,李知县真的一点把握也没有。

大红帖子静静地躺在花梨木桌上。陈天鸣已经看了三遍,忍不住又欠起身把帖子拿到手里,又开始看第四遍:"陈会长尊讳:尔在吕宋声名遐迩,今家乡延请尔回乡共图大举,聘尔为月港商会会长,望尔速回乡为盼!"最下面是海澄县朱红的印章,红得像一团燃烧的火。帖子是随船寄来的,当船老大毕恭毕敬双手将帖子交给陈天鸣的时候,满嘴"恭喜恭喜",看来,陈天鸣即将担任月港商会会长的消息已经传播开来了。

陈天鸣完全可以不回去的。最近这几年,荷兰人称霸海上,先后侵占了澎湖、台湾,封锁了九龙江出海口,横行于台湾海峡,抄掠大明王朝的大小船只,切断了月港与菲律宾群岛的贸易,有时一天之内就烧毁大明商船六七十艘，一时间海上血雨腥风一片，海水都被无辜遇害者的鲜血染红。特别是近两年，有一千多大明商人被荷兰人绑架到澎湖，弄得倾家荡产、家破人亡。如今洋运不通，海运梗塞，曾经生机勃勃的月港日趋萧条。对此，陈天鸣忧心忡忡。自他从海运获得第一桶金，已经在吕宋置下几十间铺面产业，即使不再走船也衣食无忧，但他对他的船队有着深厚的感情。他的一艘船在前一年11月也被红毛鬼子劫掠一空，无人生还。他为船上的十六个兄弟妥善安排了后事，并给了家属一笔相当可观的抚恤金，耗费了他一大笔钱，他的船队已经有一段时间停止了海上贩运。

荷兰人杀人不眨眼。很明显，回月港会有性命之忧。真有必要回月港吗？况且家乡根本没有什么让他留恋的了，那里空空荡荡，留给他的只有永远的伤痛。可是他心底一直有个声音在低低地而又顽固地叫着："回去吧，回去吧……"他惊诧莫名，举头四顾，可周围什么也没有。到底是什么在叫呢？吕宋到底算不算他的家乡呢？虽然这里有他美丽善良的沙丽，有机灵可爱的安琪儿，但他老是觉得自己是异乡人，总有一种隔离感、寂寞感。他的月港口音，就像牢牢贴在他身上、撕也撕不掉的标签，只要他开口，人家马上知道他不是本地人。这里的饮食，包括榴莲，这么多年了，他还是没办法让自己爱上榴莲。他疯狂地想念月港的卤面，还有阿母亲手炸的五香，刚出锅时趁热咬一口，那味道真是让人死了也甘心。

他习惯了打拼的生活，如今过着安逸的日子，他心中总觉得寡淡，似乎欠缺了一些什么。他渴望重振月港的雄风，渴望与县太爷谈一谈东南亚与海上的情形，共商对策，再重图一番大业。

到底回不回去呢？前程吉凶未卜。若回去，凭直觉他感到此行凶险。毕竟在月港，他有太多的恩怨，他想到了张啸风。那双冷冰冰像刀一样锋利的眼睛，陈天鸣想起来就不寒而栗。陈天鸣打破脑袋也想不明白，为什么那个人身上明明流着他的血，却对他如此仇恨。不回去是最明智的。可是他不甘心，他想把儿子眼睛里冰冷的仇恨化为温暖的光。陈天鸣每年发船到月港时，都会派人将吕宋的新奇物件送一份到张府上,而张啸风无一例外地回给他一封信,只有三个字:"我恨你。"这三个字让陈天鸣锥心地疼痛。他发誓,总有一天,儿子会接受他,开口喊他一声爹。更重要的是,他想叶落归根,吕宋再好,毕竟不是自己的家乡。

究竟回不回去呢?两个念头一直在陈天鸣的头脑里打架。陈天鸣把家人和手下都叫到大厅里,命管家把帖子拿给众人看。帖子在众人手里传阅,刘管家第一个叫起来:"老爷,你不能回去!你回去了,丢下我们这些人怎么办呀?"

陈天鸣道:"以前没有我的时候,你们不是都活得好好的吗?怎么办?你们照旧做好自己的事情就是,我不会亏待了大家。"

沙丽忍不住哭叫起来:"海丫都死了好几年了,你还想着回去,我一个大活人还比不上死人吗?"沙丽也顾不得在众人面前丢脸了,她实在控制不住自己的伤心,原以为已经愈合的伤口又一次迸裂开来。众人七嘴八舌地说:"老爷,留下吧,留下吧……"

陈天鸣烦躁地一挥手:"你们先散了吧,容我再好好想想。"

三更了,陈天鸣还是睡不着,他悄悄地披衣起床,沙丽沙哑着嗓子问道:"深更半夜你不睡觉,瞎折腾什么?"原来,沙丽也没睡着。

陈天鸣瓮声道:"你别管,睡你自己的就是了。"

沙丽听了,气得扭头对着墙壁不理他。

陈天鸣走到大厅中,点燃三炷香,朝着佛祖瓷像郑重地拜了三拜,然后拿出木制的卜杯,又拜了三拜,满怀希望将卜杯掷于地上。卜杯在地上转了几转,两个都是阳面,是笑杯。陈天鸣有些泄气,又拜了三拜,再次将卜杯掷于地上,这一次两面都是阴面,还是笑杯。陈天鸣决定再占卜第三次,他手捧卜杯,卜杯由于常年摩挲已经很光滑,陈天鸣喃喃向佛祖倾诉道:"佛祖啊,弟子陈天鸣诚心想回家乡月港,您若同意的话,麻烦您准杯。"卜杯落地,还是两面都是阴。陈天鸣脸色陡变。难道老天爷都不让他回家乡月港吗?可是富贵不还乡,实在是人生之恨啊!

已过去十几日，陈天鸣总是不见踪影。李知县把张恨天召来，劈头盖脸一番训斥，口沫不断飞到张恨天脸上，张恨天都不敢擦一下。

李知县喝了一杯茶，怒气未消："这姓陈的行走江湖多年，大概是嗅到了什么危险的气息，不回来了吧？"

张恨天忙讨好道："我们不能再这样被动等下去，得想个法子让陈天鸣乖乖地回来。陈天鸣不是有个老母亲吗？陈天鸣可是个有名的孝子。听说陈天鸣多次劝老母亲到吕宋生活，可是老母亲宁愿一个人在月港生活，也不愿意老死在异乡。"

李知县眼前一亮："陈天鸣老母亲现住在何处？"

"住在豆巷里。大人要是信得过我，这件事就交给小的来办就好了。"张恨天虽然这几年与陈天鸣握手言和，但他一直担心陈天鸣跟他争抢儿子张啸风，如今有机会铲除陈天鸣，真是天助他也。

李知县道："很好。此事就由你全权负责，办好了本大人重重有赏。"

对于陈天鸣阿母来说，这是平常的一天。她习惯早起，先是用柴火烧了一壶水，然后洗米下锅，灶里的柴火熊熊燃烧着，趁着等稀饭煮熟的空当，她拿出儿子为她买的茶叶开始烫茶壶茶杯准备泡茶。小丫头告假回去为母亲祝寿了，留下她一个人倍感孤单。

缉拿陈天鸣不成，李知县恼羞成怒，将陈家族人一一抓来拷问，顿时，陈家族人乱作一团。表哥、堂弟、姑丈、姨妈等人哭哭啼啼前来陈家哭骂。一个个道："老嫂子，天鸣到底在哪里？你快点把他交出来！你看看，县衙这是株连九族，我们到底犯了什么错，要遭此横祸？"群情激愤，众人的口水简直要把老人家淹没。

老母亲也急哭了，跪在地上朝众族亲赔罪："对不起，对不起，连累大家了！一人做事一人当，我要是知道阿鸣在哪儿，一定让他去县衙投案。我早就劝他了，私运违禁物品是杀头的大罪，千万别做，可他就是不听我劝啊！我真不知道阿鸣藏在哪里，你们要是不相信，可以把家里搜一搜。"众人一看家徒四壁，虽说没有陈天鸣的踪影，却还是乱翻了一通，把盐罐、油锅都顺走了。临走前兀自咒骂不休："这样连累族人，是要断子绝孙的！赶紧劝天鸣到县衙投案！"老母亲口中称是，只觉万箭穿心。阿鸣啊，你到底在哪里？你可安好？早知道赚钱如此艰难，还不如在家里守着两亩薄田过日子！

外边巷子突然传来杂乱的脚步声，家里的那只老狗狂吠起来。陈天鸣阿母不知发生了什么事，一口刚刚泡好的热茶还未入嘴，外边传来急促的拍门声："开门！开门！官府查验走私物品！"陈母只好把热茶放下，颠着小脚去开门。门闩刚打开，一群如狼似虎的官兵就冲了进来，陈母目瞪口呆："官老爷，到底发生什么事了？"

为首的张捕头恶声恶气道："我们接到举报，说你家藏有大量走私物品，特地前来搜查！若是没有，自然还你一个清白！"

陈母急忙辩道："求大人明察！老妇人一贯循规蹈矩，不信你可以问问左邻右舍，我活到七十几了，从没干过一件伤天害理的事情！"

那些官兵气势汹汹分头进入各个厢房，翻箱倒柜，趁机把陈天鸣从南洋带回来的一些奇巧物品收入自己怀里。过了不多会儿，就有两个官兵气喘吁吁从南边厢房里抬了一个大箱子过来："报告大人！发现一大箱从南洋走私来的象牙！从床底下发现的！"

陈母顿足，大呼冤枉："大人，我家从来没有这个箱子，这到底是怎么回事呀！我家天鸣从南洋拿回来什么东西都是给我过目的呀！"

张捕头阴森森笑道："你那好儿子做了什么好事哪会跟你讲？官府三令五申不得买卖象牙，你家私藏违禁物品，数量巨大，够你蹲几年笼子的了，我看你老人家后半辈子就在监牢里度过吧！"说着朝手下一挥手："带走！"

两个身强力壮的衙役上前拖了陈母就往门外走。陈母挣扎道："我那灶火还没熄呢！稀饭也不知煮熟了没有！"

衙役根本不为所动，直接把陈母拖到县衙牢房里，"哐啷"一声锁上门就走了。陈母声嘶力竭地哭喊："我是冤枉的，放我出去呀！快放我出去呀，我要见县老爷！"牢门栏杆坚固如铁，任陈母如何拍打也撼动不了丝毫。陈母哭叫得喉咙都嘶哑了，也没人来理会。陈母失望地跌坐到稻草上，嘴里喃喃道："天鸣，你快来救我呀！天鸣，你为什么跑那么远,你跑到南洋做什么,现在我死了你都不知道呀!"越想越心酸,陈母不禁又掉下两行泪来。她都没搞懂这一切究竟是怎么回事,本以为今天会跟平常一样,煮煮一日三餐,浆洗衣服,喂喂鸡鸭,哪知突然祸从天降。衙役一日三餐倒是准时送来,只是像猪食一般。陈母没有换洗衣服,不几日身上便开始发臭,蓬头垢面,慢慢痴呆起来。

远在吕宋的陈天鸣很快得知了阿母被抓到牢里的消息。听完同乡的话,陈天鸣霍地从椅子上站起来:"什么?他们把我娘抓到牢里去了!我阿母都七十几了,一把老骨头了,怎么禁得起这样的折腾!这帮卑鄙的家伙!我从来没有贩运过象牙这类违禁物品,这明明是栽赃陷害!欲加之罪,何患无辞啊!"陈天鸣心急如焚,打点行装准备启程回月港。沙丽摁住相公的手:"这是陷阱,你回去是送死啊!你之前不是说了吗,他们假惺惺聘你为月港商会会长,其实是要诱骗你回去!他们肯定心怀鬼胎!"陈天鸣瞪圆眼睛,用力甩开沙丽的手:"明知是陷阱,我也得回去!明知自己老娘在牢里受苦,我还在这里吃喝享乐,那我还是人吗?"沙丽急了:"要回去也行,总得想个周全的办法,多叫几个身手好的兄弟护卫你周全才行啊!"一句话点醒梦中人,陈天鸣赶紧去找阮天狮商议。阮天狮一听二话没说就拍了胸脯:"陈兄的老母就是我的老母!想当年我落魄之时多亏陈兄拉了我一把,现在正是我报答陈兄的时候!"

陈天鸣抱歉道:"真对不起,此行凶险,但我真是没有办法了!"阮天狮道:"陈兄快别这么说,我这命是陈兄给的,这几年都是赚的!为了陈兄我赴汤蹈火在所不辞!"

阮天狮是三年前越狱的死囚犯。这阮天狮天生力大无比,加上拜名师勤学苦练,有一次他到邻村看社戏,看到三更左右下起雨来,阮天狮没有带斗笠,东寻西找,又没一个熟人,正好戏台边有一口石臼,阮天狮就把那五六百斤的石臼倒翻过来,扣在头上当斗笠戴回家,第二天才又顶着石臼奉还邻村,由此声名大噪。三年前,李知县的公子调戏了阮天狮的老婆,阮天狮怒从心头起,一顿拳脚相向,哪知公子哥不禁打，等阮天狮停下拳脚，公子哥早已成了一摊烂泥，阮天狮伸出手指头在公子哥鼻子前探了探，气息全无，阮天狮不禁呆住了，他根本没想到会出人命。公子哥身边的家丁一拥而上，将阮天狮捆绑得结结实实。李知县膝下只有这么一个宝贝疙瘩，如今被刁民打死，岂能容这刁民活命？知县夫人恨不得剥他的皮抽他的筋，那阮天狮被打得死去活来，身上伤痕累累，奄奄一息。所幸他平时身强体健，竟然活了下来。是年秋天，阮天狮被押送到福州，准备秋后问斩。阮天狮只当剩下的日子是捡来的，和狱中的兄弟打得一片火热。这年秋天日本倭寇不断骚扰马尾港，府衙疲于奔命应付。阮天狮与众兄弟早就密谋寻找机会越狱逃跑。也算是命不该绝，这日府衙大队人马出动马尾港，阮天狮装作肚子疼，躺在地上打滚喊救命。狱卒不知是计，打开锁进来察看，阮天狮一跃而起将狱卒打晕在地，牢里的兄弟鱼贯逃出，又找到其他牢门的钥匙，将所有犯人都放了出来。整个县衙顿时大乱，狱卒被打死七八个，待大队官府人马从马尾港回来，整个府衙已经满地狼藉，所关押的四十三个犯人均逃得无影无踪。这还了得！要是朝廷知道此事，不仅乌纱帽保不住，脑袋能不能好好地长在头上还真不好说。巡抚大人急令全省通缉抓捕，特别严令各地知县蹲守逃犯老家，因为人要亡命天涯时往往会潜回家中与老母道别。要是抓不回人犯，统统砸了众人的饭碗，小心各自项上人头。捕快们不敢懈怠，拼尽全力抓回了二十八人，这二十八人均是想念家中亲人奔回家中看望亲人，要么在家中被抓获，要么在邻里附近被抓获，闹得鸡犬不宁。还有十五个人在逃。这十五个人大部分都上了船逃出了海外，才得以逃脱过全城的追捕。阮天狮就是其中一个。当年他走投无路，直奔陈天鸣府上，他早听得陈天鸣为人豪爽，有勇有谋，不如赌一把。

　　陈天鸣见阮天狮浑身是干掉的血痂，心中暗自吓了一跳，脸上却是不动声色。阮天狮的事他早就听说过，听闻阮天狮一手好拳脚，可惜造化弄人被下了大狱，如今越狱出逃，陈天鸣有心结交这位英雄好汉，二话不说送了阮天狮一笔盘缠逃到日本。阮天狮在日本落脚之后，慢慢和一帮兄弟做起了海盗的勾当，只是阮天狮他们从不劫陈天鸣的船,陈天鸣的船上都有一个"天"字号标记,有一次陈天鸣的货船遭其他海盗打劫,还是阮天狮他们兄弟拔刀相助,才保得货船平平安安到达吕宋。陈天鸣备了厚礼答谢阮天狮,还提出请阮天狮为他的货船保驾护航,阮天狮抱拳道:"谢谢陈兄一番美意!我是官府的通缉犯,全福建大街小巷都贴满我的通缉令,我要是到陈兄船上做事,反恐连累陈兄!这样做岂不是恩将仇报?我岂能如此做?再者,我的一帮兄弟也离不开我,他们已经过惯了没人约束的日子,高兴了喝得酩酊大醉,要么去青楼买笑,眠花宿柳,要么不分白天黑夜滥赌成性,没钱了就到海上干几票,要是遇到强敌厮杀不过被抛尸海上也只能认命。我这帮兄弟只会给陈兄闯祸添乱,思来想去,还是谢谢陈兄美意!"故而二人平时里虽未在一起共事,陈天鸣此番一开口,阮天狮二话没说就答应了。

一行六人心急火燎上了回月港的船,十天后就到了月港。月港近在咫尺,阮天狮欢呼道:"终于回家了!"七尺高的男儿高兴得孩子似的在甲板上蹦跳,船只一阵摇晃。陈天鸣禁不住微微笑。码头仍然是那样熟悉、那样平静,再过一会儿,他就可以看见自己阿母了。阮天狮朝陈天鸣抱拳作别:"陈老板,我先回家看看我阿母,一个时辰后马上来找你!"

陈天鸣点点头:"去吧!去吧!"陈天鸣自己也急切地想看到自己的阿母,他能够理解阮天狮的心情,也理解其他伙计的心情。他慷慨地挥挥手:"你们都先回家报平安去吧!"众伙计大喜,作鸟兽散。陈天鸣自己则直奔家中,一来陈天鸣怕阿母被抓的消息有误,二来又心存侥幸,希望官府已把他阿母放回家里。待走到家门口,那扇木头门上赫然挂了一把大锁贴了封条。陈天鸣把头抵在门板上,门发出了哐当声,陈天鸣从门缝往里瞧,小院里仍旧扯着两条晾晒衣服的绳子,只是空空荡荡,家里的那只猫也不知哪里去了。陈天鸣撕掉封条,拿出钥匙开锁,锁竟然啪嗒一声开了。明知没有人,陈天鸣进了院门还是大喊:"阿母!阿母!阿母!"院子里一片寂静。陈天鸣找遍客厅、厢房,都没有人,家具上已蒙了厚厚的一层灰尘。陈天鸣又跑到厨房,厨房也没人，锅里的一锅稀饭已经发黄，长出几寸长的霉斑。陈天鸣失望地走出厨房，一只鸡咯咯地跑过来，长期没人喂食，这只鸡已骨瘦如柴。

陈天鸣突然感到周身一冷，身后大门洞开，一群捕快像是挟着一阵风冲了进来，团团将他围住，这些捕快已经守株待兔等候陈天鸣多日。他们人多，准备采取蚂蚁扛蜈蚣的方法，势必擒住陈天鸣。陈天鸣见回天无力，看这情形实在冲杀不出去，此时街坊邻居都被惊动了，陈天鸣不想伤及无辜，就在迟疑之间，两个捕快已拿刀架住陈天鸣的脖子，陈天鸣顿时动弹不得。捕快喝令道："所有人都退下，否则我将这陈天鸣当场诛杀！"邻居都傻了眼，不敢造次，眼睁睁看着陈天鸣被押走。大家都弄不明白，高高兴兴还乡，怎么就突然飞来此横祸？

此时阮天狮手里拿着阿母煮的两个地瓜乐呵呵地朝陈天鸣家里走来，一看这架势，扔掉地瓜就要上前拼命，陈天鸣大叫："不要硬来！想办法救我！"阮天狮叫道："怎么救？"陈天鸣再次大叫："找陆老板！"

在即将走向死亡的恐惧中，陈天鸣有时绝望地想，死就死了吧。谁没有一死呢？即使是皇帝也难逃一死啊。可是，他死不瞑目。儿子张啸风一直把他视若仇人，这是自己这辈子最大的失败与遗憾。窗前是铁条栅栏，半夜里有恐怖的声音从隔壁传来，那是被上刑打断了腿的倭寇鬼哭狼嚎。陈天鸣惊醒过来，再也无法入睡。他艰难地驱除着脑海中的芜杂，将重重叠印的影子赶走。官府想张网捕鱼，阮天狮千万不要意气用事主动送上门来啊。如今他只能期待陆老板的搭救了。

一夜无眠，窗外传来时断时续的哀号，间或还有秋虫的鸣叫。陈天鸣活动了一下头颅，头上的木枷越来越沉重，这木枷由榉木做成，又黑又沉，中间贴颈的圆洞泛着一圈圈油腻。这油腻让陈天鸣难受得要命，这木枷也不知有多少人戴过，如果能换一副新枷可能会好一点。今日醒来满嘴发苦，不记得昨夜吃过什么东西，嘴巴里似有黄连，一会儿腹中如鼓，赶紧蹲在马桶上，腹中之物喷薄而出，囚室里弥漫着奇异的恶臭。陈天鸣系好裤带，掩住口鼻，最后虚脱般靠着墙角瘫下。他在等待一个恐怖的时刻，这个时刻大概不远了，那个时刻的到来将伴随着一顿好饭菜和一壶酒，用过之后，这扇门就会打开，有人带着他走向菜市口。每天午时，这样的信号都有可能到来，陈天鸣时刻支着耳朵，但他又心存侥幸希望奇迹出现。等待让人心焦。人的一辈子都在焦灼的等待中度过，等待下一代降生，等待出洋的人回来，等待很多不期而至的喜悦与噩耗。陈天鸣没想到有一天连死都要等。

就是因为轻信了张恨天的话，他才错过了逃生的机会。这狼心狗肺的张恨天，桥未过，拐杖就先扔下了！否则，凭陈天鸣多年在海上的经验，他早就可以跳上随便一艘大船逃往南洋，过他悠哉悠哉的好日子。这么多年在海上积累起来的财富，足够他过好后半生了。只是，谁叫他念念不忘家乡呢，谁叫他要回到月港呢，这是他自投罗网，归根到底，这是命。

县衙吸取了以前海盗多次越狱逃走的教训，以最快的速度上报朝廷，朝廷批复是：海上贼寇，罪大恶极，马上问斩。

得知陈天鸣第二天就要被斩首，张啸风跳了起来，跑到阿爹面前："爹，你放了那姓陈的吧，出洋贩运罪不当死，况且他为月港做了那么多好事，求求你了，爹！"

张恨天看了儿子一眼："你不是恨他吗？"

张啸风颓然道："是的，我恨他没错，不是一点点的恨，而是非常非常的恨。可我不想让他死。"

张恨天一摊手："这是朝廷的命令，阿爹我做不了主的。陈天鸣的罪状不单单是违反海禁，关键是他还勾结东洋人和西洋人抢劫商船，他手上都多条人命，罪大当诛。"

张啸风叫起来："这是诬陷！"

张恨天冷冷说道："白纸黑字，罪状写得清清楚楚。"

张啸风难以置信地看着阿爹的眼睛，大叫起来："爹，你是故意的对吧？这事从头到尾都是你一手策划的，对不对？"

张恨天伸手想摸儿子的头："儿子，你怎么会这么想呢？"

张啸风甩开阿爹的手，回到了自己的房间。

阮天狮心中又急又怒，急的是大哥性命危在旦夕，怒的是这帮狗官，说的一套做的一套，说是请大哥回乡当商会会长，哪知竟然是个圈套，目的是要大哥性命！整天只知讨好朝廷讨好皇上，根本不顾百姓死活。官府这一次也真阴险，不单单拘了大哥，连同大哥船队上的八个好汉一并拘捕，剩下的都是老弱之辈。阮天狮恨不得马上闯进天牢去营救大哥，但残存的一点理智告诉他，如果单凭他一己之力根本救不出大哥，只会白白送了自己的性命。他蹿上跳下，只说服了陈家船队的三个伙夫同他一起去劫狱，其他人因上有老下有小不敢做这杀头的勾当，虽然陈天鸣待他们不薄，可恩情再大，总大不过自身的性命。阮天狮和那三人在家喝酒，只等天黑好下手。忽听门外一阵嘈杂，阮天狮心中一惊，难不成自己还没去劫狱，官府的人反而扑上门来了？却听得门外响起朱旺财熟悉的公鸭嗓："天狮兄弟！我来迟了！"阮天狮心中大喜："天助我也！"大哥被拘，阮天狮第一个想到的就是朱旺财，朱旺财手下弟兄有百来号人，只要朱旺财出手，都不用偷偷摸摸半夜去劫狱，白天里光明正大攻进县衙，杀他个片甲不留，都可以把县衙踏平！可惜朱旺财远在日本，插翅也难飞回！没想到朱旺财竟然如神兵天降！

朱旺财用力拍了拍阮天狮的肩膀："不知怎么的，我在海上总觉得心神不宁，赶回月港时就听说陈天鸣大哥被官府关起来了，明天就要斩首示众！"

阮天狮道："我正打算等待子时去劫狱呢！子时那些狱卒都乏了，正是县衙警戒最松懈的时候，我们正好杀他个措手不及！"

朱旺财捶了一下阮天狮的胸脯："好极了！我就知道兄弟有血性！所以一下船就奔你来了！我带了五十个弟兄，连同我的儿子朱勇猛也一起回来了，子时一起动手！"朱旺财的这些兄弟都是生死之交，成天厮混在一起，一天没见，半夜里都要找到，喝几口酒，亲热地你打我一拳，我回你一巴掌。

夜色深沉，天地黑得就像被裹在一块大黑布里。县衙里油灯如豆，阮天狮在暗中看只有两个衙卫托着下巴在打瞌睡，头仿佛鸡啄米一般。

他悄声跃上前去，用棍子一左一右打倒两人，两人闷声倒地。阮天狮做了个手势，其余五十几个弟兄蜂拥冲进县衙的庭院。忽然灯光大亮，县衙里面冲出百来号人，个个举着火把，拿着大刀。阮天狮暗叫不好，只听为首的李知县放声大笑："很好，你们终于来了！本大人已经等候你们多时！"原来，李知县早知道这帮江湖人的习性，陈天鸣以义气行走江湖，他此番被拘，必定会有其他兄弟前来劫狱，故而李知县早已布下天罗地网，原以为只会擒到十几人，没想到还带来了另外的大鱼朱旺财！幸亏他严阵以待，早已做好了准备，从其他兄弟县调集了人手，不然今夜恐怕会栽在这帮人手上！

双方恶斗起来，阮天狮运足十成功力朝捕快头子打去，哪知对方竟然毫不费力轻轻一掌贴上，不显山不露水。这是什么功夫？阮天狮大感意外，本以为自己使出铁砂掌，对方一接触肯定浑身经络寸断，可怎么好像拍在棉花团上一样软绵绵的！阮天狮急忙要抽回掌重新发力，可是已经迟了一步，他的手掌好像被一种强有力的磁石吸住一样，被对手紧紧地吸住了，抽也抽不回。这时对方就势借力还力，发功把阮天狮使出的硬力全数往回推送回来，阮天狮急忙避开，但手臂已被震麻，脸色顿时变得煞白，这才知道自己遇上了劲敌。当下稳住心神和捕快头子缠斗起来。

官府虽然以二敌一，但朱旺财手下个个是在江湖上行走多年的不要命的好汉，一开始不相上下，到最后朱旺财他们渐渐占了上风，地上血流成河。朱旺财飞起一脚，正好踢在一个捕快右手内关穴上，那人哎呀一声，手中的鬼头刀拿捏不住，整支右臂失去知觉，筋脉震断！那鬼头刀也被踢飞上去，不偏不倚，就扎在匾额上，摇摇晃晃，惹得一片惊呼。另有个使双锤的兄弟，两只大锤舞得虎虎生风，一只砸在捕快的脑袋瓜上，脑袋开花，红的血白的脑浆齐往上喷。另一只砸在地板上，砖被砸碎了，地也被砸陷了！

朱旺财率先杀开了一条血路，冲到天牢里，一个个查找过去，却不见陈天鸣！这个狗日的李知县太狡猾了，他一定是预计到有人会来劫狱，所以把陈天鸣转移到了其他秘密的所在！朱旺财气急败坏地回到前庭，兄弟们死伤了一大片，只剩下双方十几个人还在相互厮杀。朱旺财提着刀到处找李知县，哪知李知县见势不妙，早已溜得不见踪影。朱旺财抓住一个捕快，用尖刀顶着他的喉咙："说，陈天鸣关在哪里？姓李的那狗官跑去哪里？"一连威逼了三四次，那人只是拼命摇头，他确实不知道陈天鸣关在哪里，更不知李知县跑去何处。朱旺财一时焦躁，再也没有耐性，一刀结果了那捕快的性命。

余下的捕快见势不妙，纷纷拔腿就跑。手下兄弟想追，朱旺财大手一挥："找人要紧！"将县衙翻了个遍，陈天鸣硬是不见踪影。此时天已大亮，朱旺财也无计可施。

辰时已过，午时逼近，省府上来了钦差大人监斩，带来百来号人，一路上威风凛凛。陈天鸣此时不知从哪里被提了出来，被关在笼子里，戴着枷戴着铐，头发散乱。沿途百姓突然齐刷刷地跪了下来："冤枉啊！饶命啊！陈天鸣是好人！"他们在饥荒的时候都受过陈天鸣的赈粥之恩，如果没有陈天鸣，他们早就饿死了。这样一个好人，不应该被斩首示众！

钦差大人勃然变色："肃静！喧哗者斩！"

朱旺财和阮天狮夹杂在人群中，陈天鸣见了他们，急忙摇头。此等架势若硬要动手，只能送了区区性命。待那钦差大人坐定，朱旺财突然窜出，一刀劈向钦差大人。早有高手为钦差大人拦住了那刀，七八个官兵围着朱旺财打斗起来。那边阮天狮直扑陈天鸣，他试图劈开陈天鸣的枷锁，哪知刽子手从后背砍了他一刀，顿时血流如注。阮天狮负痛打斗，昨天剩下的十几个兄弟一齐奋力厮杀。钦差大人坐在椅子上冷笑："这帮刁民，真是螳臂当车，自不量力！既然你要飞蛾扑火，那我就一把火将你们通通烧死！"那钦差大人胸有成竹，因为昨晚李知县早将可能发生的事变一一禀告了他，今日只等那帮不要命的刁民自投罗网。

阮天狮正杀得兴起，突然一只冷箭射来，射中他的左肩，他两眼瞪得犹如铜铃大，艰难地转身想看看是哪个人放的冷箭，前方却又一刀砍来，阮天狮顿时血流如注。那边朱旺财也已被摁倒在地，捆得像只粽子。朱旺财破口大骂，只恨不能马上一死，以免受这帮狗官羞辱。陈天鸣急得跺脚大叫："天狮！赶紧走！留得青山在，不怕没柴烧！你要是死了，没人为我报仇啊！"阮天狮见此情形，心知敌不过官兵，于是护着朱勇猛奋力杀开一条血路，施展出轻功逃奔。官兵追出几里地之外，哪里见得到阮天狮和朱勇猛的踪影？只好无功而返。朱勇猛挣扎着要回去救他爹，被阮天狮死死摁住："你爹只有你一根独苗，还指望你传继朱家香火，你怎能回去送死？"朱勇猛大哭。

午时已到，钦差大人大声号令："尚方宝剑在此，将倭寇头子朱旺财连同陈天鸣一起处死！"两人被分别押在两个断头台上，陈天鸣大喊："兄弟，我连累你啦！你太傻，这时候就不应该回来！"朱旺财也大喊："兄弟，你这话见外了！十几年前我这条命就是你给的！今日咱兄弟俩黄泉路上也有个伴儿！十八年后又是一个好汉！"两人相视而笑。

陈天鸣想，该是走的时候了！离开这片让他伤心的土地。多年来，他一直在离开，一直在等待归来，来来回回，他都弄不懂哪里是他的故乡了。难道，他被这两个地方一起抛弃了，他变成了一个没有故乡的可怜人？难道，他真不该回月港？

此时刽子手同时动手，两股鲜血喷向长空，天空突然昏暗了下来。两人的头被挂在城墙上示众，均是两眼圆睁死不瞑目，让人不敢再看第二眼。一时间天地变色，蓬断草枯，凛若霜晨，几缕冤魂在空中低回盘旋。

陈天鸣的死讯还在路上，而沙丽已经启程在前往月港的船上。那天，她的右眼皮跳个不休，一整天心神不宁，头晕脑涨，索性到床上昏睡，却是噩梦连连。家里真是走不开啊，事务那样繁忙，本来那些都是夫君在操持，如今夫君回了月港，大大小小的事务都落到了她身上，只恨不能变出两个人来才好。她曾经多次跟夫君争论过，既然已在吕宋娶妻生子，那么吕宋就是他的家；可夫君固执地认为，他的家在月港，所以海澄县令一召唤，夫君就义无反顾地回了家。沙丽相信夫君一定会回吕宋的，经历了前几年的风风雨雨，他们夫妻俩的感情日益坚固，海丫姐姐已经不在人世，天鸣哥一定会回到吕宋的。可是，最近她心慌得厉害。她决心不顾一切到月港去，她要像十几年前那样到月港去把天鸣哥追回来，即使别人笑话她离不开夫君她也无所谓。是的，她就是离不开夫君，她不怕别人笑话，她就是要把夫君找回来。安琪儿放心不下阿娘，也放心不下阿爹，二话不说跟着母亲一起到了月港。

沙丽母女二人刚下容川码头，便有人朝她们唤道："哟，这不是陈老板的娘子吗？"由于沙丽打扮异于月港人，所以几乎整个月港人都认识她。沙丽并不认识眼前这位妇人，只是含笑向那妇人致意。妇人喊道："你怎么才来呀！陈老板被砍头示众了，首级挂在城门呢！"

沙丽只觉眼前一黑，嘴里一甜，喷出一口血来，安琪儿连忙扶住母亲，一边朝那女人嚷道："你别是弄错了罢！"沙丽稳住身子，定了定神。她不相信，她的天鸣哥不杀人不放火，规规矩矩做生意，怎么会被斩首示众呢？沙丽和安琪儿直奔城门，待到城门外，先见到了朱旺财的首级，绿头苍蝇轰地飞起，发出阵阵恶臭，却还能识得面目。沙丽只觉不妙，再去看另一个首级，真真切切是她的天鸣哥！沙丽扑上前去，却够不着，不禁瘫倒在地痛哭："天鸣哥！天鸣哥！怎么会这样？到底发生了什么事？"周遭早围了一些好心人，七嘴八舌将事情原委颠三倒四说了一遍。沙丽欲上城墙解那首级，却被守卫踢倒在地。沙丽的喉咙都哭哑了，安琪儿人都吓傻了，活生生的阿爹怎么变成这般模样？她哭喊道："那不是我阿爹！那不是我阿爹！"好心的乡亲们将她们搀回豆巷家中。

沙丽哭了许久，只觉孤独无助。平日里天鸣的好兄弟如今死的死散的散，且无人敢与朝廷作对，她能找谁帮她报仇？爹呀爹呀，你帮帮女儿吧！她在黑暗中朝着远在吕宋的老酋长呼喊。第二天一早，沙丽前去县衙击鼓鸣冤，李知县早知道她是何人，哪里会理睬？可怜沙丽母女二人天天跪在县衙前不吃不喝，数日下来人瘦成了个皮包骨。最后，李知县烦了，他也怕做得太绝，被人咒骂断子绝孙。他命人将首级还给沙丽，这是沙丽斗争唯一取得的胜利。沙丽紧紧将那首级抱在怀里，那首级已经高度恶臭千疮百孔，沙丽想起初见天鸣哥时的英俊潇洒的模样，不禁悲从中来，直哭得昏厥过去。

本来，沙丽是想把天鸣哥运回吕宋去的。可是，沙丽知道，天鸣哥一直把月港看作他的真正的家乡，想来天鸣哥是想长眠在家乡的。沙丽思来想去，心如刀绞。那自己就在月港陪天鸣哥吧！

第二天，朱勇猛寻找沙丽夫人，发现沙丽夫人穿得整整齐齐睡在陈天鸣的尸首旁边，已经没有了呼吸。她留下了一纸遗言，希望朱勇猛能把她和天鸣哥合葬，然后带讯给老酋长，请老酋长辅佐他的外孙女看护好家业。

安琪儿被这巨大的悲痛击倒了。短短几天之内，她失去了至爱的双亲。所幸葬礼前后，朱勇猛前前后后帮她操持，料理得井井有条。葬礼过后，帮忙的乡亲走了，整个院落里安静下来，到处空空荡荡的。安琪儿突然清醒了过来，拿了一把匕首就要到县衙拼命。朱勇猛拦住了她："你这是送死！"

安琪儿拼命挣扎，尖叫道："送死也得去！此仇不报枉为人子！"

朱勇猛用力摇安琪儿的肩膀："你冷静一点！仇一定要报的，只是还不到时候！难道只有你要报仇吗？我的阿爹跟你阿爹一样，首级也是挂在城墙啊！"说到伤心处，朱勇猛的眼泪流了出来。

安琪儿此时才安静了下来，哭道："那我该怎么办呢？"

朱勇猛道："你还是回吕宋去吧！将你爹的生意做大，等你有了财力，你才有报仇的一天！"

安琪儿无言地点点头。沉默了一会儿，她问道："那你怎么办呢？"

朱勇猛痛苦地摇了摇头："我也不知道该怎么办！"他用双手抱住了自己的脑袋。

安琪儿眼眶一热："你跟我回吕宋吧！我是一个女孩子，生意的事我不懂，你来帮我打理吧！"

朱勇猛以为自己听错了，不由重复了一遍："我帮你打理生意？"

"是的。"安琪儿坚定地点了点头。朱勇猛站起来，将安琪儿搂进了怀里。两个人生刚刚遭遇巨变的年轻人，此刻唯有相依互相取暖了。

　　得知女儿、女婿的死讯，老酋长如五雷轰顶。这一切都是命啊！假如当初沙丽没有救下陈天鸣，假如沙丽嫁给族里的随便一个人，她都会无忧无虑过完这辈子。她是怎么搅到这个旋涡里来的呢？老酋长想报仇，他想杀尽月港那些丧尽天良的贪官污吏，包括那个在贪官污吏面前进谗言的张恨天。可他的外孙女已经没有了爹娘，怎么能再失去他这个外公呢？他流出两行浑浊的老泪。不行，他得好好活着，好好看护安琪儿，直到安琪儿和朱勇猛完婚。老酋长被迫离开他生活了一辈子的山林，来到马尼拉码头，改穿城里人的衣服，接管了女婿的船队。他磨刀霍霍，恨不能早日手刃仇敌，为女儿女婿报仇。

第二十章　月港的潮水

陈天鸣在刑场受刑的时候，张啸风在家里恨得用拳头砸墙。怎么办？怎么办？怪只怪自己学艺不精，没办法劫法场。那姓陈的固然可恶，抛弃了他和母亲，可是，他毕竟是自己的亲生父亲啊！

午时已到，张啸风没有去法场。他不敢去。他不敢亲眼看到父亲的头颅是如何被刽子手砍下来的，鲜血是怎样喷涌的。他甚至连想都不敢想。

后来，张啸风听说陈天鸣的尸体是那个番婆拉回去的。这番婆倒是有情有义，之前误解她了。父亲的眼光没错。他不敢去送父亲，怕那番婆见到他火上浇油。过后，他独自一人去父亲坟前痛哭了一场。

张啸风三天里只是喝了些米汤。他穿上了孝服。张恨天看见了气不打一处来，怒吼道："你爹我还没死呢，把这身晦气衣裳脱下来！"张啸风轻蔑地看了他一眼，走开了。

自海丫去世以后，这父子俩之间的那根纽带砰的一声断了。父子俩之间越来越陌生。而张恨天自陈天鸣死后，夜夜噩梦缠身，总梦见陈天鸣化作厉鬼来向他索命。只见陈天鸣蓬头垢面满脸是血，手中拿着枷锁朝他劈来，张恨天额头鲜血直流，痛彻心扉，大叫一声醒来，全身大汗淋漓。要么就是陈天鸣拿着锁链套住他的脖子就往阴曹地府拖着走，张恨天死死抓住床沿不放。如此反复，张恨天面黄肌瘦，整个身子都虚了，若云早已跟张恨天分房睡了。张啸风对养父是既恨又同情，眼看养父一日日消瘦下去，张啸风到养父房里陪夜侍候。养父总是把他赶走，说他身体好得很，有丫头侍候就行了。到这日夜里，张恨天又梦见一个无头厉鬼，左手拎着一个鲜血淅沥的人头，右手持宝剑往他身上刺，一边喊："恶人，还我命来！还我兄弟命来！"张恨天左躲右闪，身上却被刺了无数个窟窿。张啸风隐约听见养父房里有声音，终究放心不下，赶紧过来看看。只见养父梦中一副痛苦的模样，张啸风正要上前搀扶，却听见养父闭着眼睛大叫："兄弟，我劫船是不得已而为之，当初两手空空，谁不在海上发点小财？要是知道那是你的船，我就不劫你了！"张啸风闻言心头一震，养父真的做过江洋大盗！只听张恨天又叫："那尊青龙我还你就是了！"张啸风道："血海深仇，血债血偿，今天就要你抵命！"张恨天突然从床上一跃而起，显然已被噩梦惊醒，却见养子直挺挺站在他床前，眼里射出剑一般的目光。

张啸风咬牙切齿道："你真的是江洋大盗！这么多年来我认贼作父！"

张恨天赶紧握住张啸风的手："风儿，你胡说些什么？"

张啸风一把甩开他的手："你还狡辩！刚才你说梦话，把你那些见不得人的往事都说出来了！"

张恨天道："梦话也能当真吗？风儿，我养你这么多年，对你疼爱有加，我百年以后这家产你和垚儿一人一半，我何曾亏欠过你？"

张啸风见他抵死不承认，一时间也拿他无可奈何，一跺脚，回房去了。

这天夜里，那厉鬼又来了，依旧头发蓬乱满脸是血，伸出宝剑抵在张恨天脸上："还我命来！还我命来！"张恨天被吓醒，剑刃冰凉让他毛骨悚然，他慌得赤足跪在地下连连求饶："饶命！饶命！"

那厉鬼道："张恨天，你见利忘义，那年你带人劫了我的船，杀死我船上十几个兄弟，你该入十八层地狱！"

张恨天忙道："早年的事你就别再提了，我一直到寺庙捐献，这么多年努力做善事赎罪，求求你饶我不死！"

那厉鬼轻哼一声："赎罪？我看你是死不悔改！你和李知县设计将我骗回，砍了我的人头，你哪里有赎罪之心？"说着剑尖在张恨天脖子上轻轻划了一下，张恨天脖子上立刻有血珠渗出，磕头如捣蒜："我这也是迫不得已！那李知县生出如此毒计，我只是他手下一个小卒，我哪敢不从？"说着兀自磕头不止。

那厉鬼一把扯下面具，冷笑道："张恨天，你瞧瞧我是谁？"张恨天这时抬起头来，面前站立的人却是养子张啸风，不禁面色一变。张啸风叫道："阿贵，阿宝，你们都进来吧！"张恨天定睛一看，原来是张啸风房里的两个下人心腹。张啸风道："刚才老爷的一番话你们都听见了？"两个下人面露尴尬，齐声道："听见了。"乍听见老爷这么不光彩的往事，两个人都吓坏了，都觉得不如不听到为好。

张啸风将宝剑直指养父胸前："奸人！我恨不得马上将你扭送官府报官！"张恨天眼见人证物证俱在，此时再也无法抵赖，也顾不得在下人面前丢脸，一味求饶请求张啸风替他保密，千万别将他扭送官府："风儿啊，生亲不如养恩亲，看在我把你养大的份上，饶过我这一回吧！"张啸风怒不可遏："你的所作所为令人发指、天地不容，我希望你能主动到官府投案自首！"说罢扬长而去。那张恨天身子已是虚弱到极点，眼睁睁看着养子的背影消失。他在心中痛悔：当初为了讨好海丫，于是一味讨好张啸风，假戏真做，养着养着养出感情来了，没想到如今竟死在养子手里！报应啊，报应！

自丑行败露之后，整个张府死寂得像一座坟墓。张恨天彻底陷入了绝望。风光了半辈子，如今从天上掉入地下，真是生不如死。

这天，张啸风像往常一样到县衙，李知县冷冰冰地告诉他："从明天起，你不用再来了。"

张恨天绝望地大叫起来："为什么？我做错了什么事？"

李知县冷冷地看了他一眼："不为什么，衙里钱粮吃紧，裁去几个人。"

张恨天又一次大叫："你们不能这样过河拆桥！事情办了，就把我扔了！"

没有人理会他的叫喊。张恨天也想过仍旧天天到县衙应卯，但他知道这样是白搭，因为没有人给他发俸银。

张恨天终于体会到了什么是幻灭。这种被全世界抛弃的感觉生不如死。他终日借酒浇愁，父子俩长年累月不说话。这天，张啸风从大堂经过，张恨天喊住他，可怜巴巴地看着儿子："啸风，你现在怎么变得如此恨我？好歹我把你养这么大！"

张啸风冷冰冰地说："你是个卑鄙小人，我恨你。"自从生父死后，张啸风一瞬间原谅了生父。他后悔从未喊陈天鸣一声"爹"。反过来，仇恨迅速转移到了养父身上。仇恨就像一粒种子，一旦埋进人的心里就要生根发芽，它的果实就是复仇。

听到养子冷冰冰的话语，两行浑浊的老泪从张恨天脸上滑了下来。张恨天想起他和海丫刚刚成亲的时候，这个眼睛圆溜溜的男孩亲昵地叫了他一声，这一声让张恨天觉得所有发生的一切都是命中注定，因为孩子喊了他一声："爹爹！"往事好像刚在昨天，如今张啸风却一字一顿说："我阿爹姓陈。"一句话让张恨天手脚冰凉，真是喂不熟的白眼狼啊。十几年来，他一直以为父子俩比亲父子还亲，没想到这只是自己的错觉与幻想。他本想把啸风培养成读书人，可惜啸风不是读书的料，从小就喜欢舞枪弄棒，一来二去，礼义伦理全抛诸脑后，他辛辛苦苦养大了一个仇人！一想到养子那仇恨的目光，张恨天就浑身打哆嗦。前一天，养子对他下了最后通牒令："明天再不去官府投案，就把他扭送官府！"若被扭送官府，必定被判处极刑且遗臭万年。那么就逃吧？逃往哪里去呢？天涯海角何处可以收留他呢？他已经六十几岁了，这么多年的酒肉生活，身体早就垮了。如果死在没有人知晓的地方，尸首也许被野狗啃掉，变成孤魂野鬼是多么凄惨。天地之大，难道没有他的容身之处吗？不行，他得想个办法自保。他还想活！他让家丁护院加紧守卫门户。

陆小鱼还在厨房向下人交代明天要采购的食材。张啸风走回自己厢房，突然发现门内多了个黑衣人。张啸风刚要惊呼，黑衣人道："别叫，我是阮天狮！"说罢扯下自己脸上的黑面罩。阮天狮道："我只问你一句话，你认不认陈天鸣是你爹？"

张啸风点了点头。

"那你想不想为你爹报仇？"

张啸风点点头，又摇摇头。是的，张恨天固然可恨，毕竟对他有养育之恩。

阮天狮道："我知道你也很为难。不用你亲自动手，我只需要你的帮助。我现在孤掌难鸣，突然想起你爹曾经送给你一个铁疙瘩做生日礼物，你只需把这铁疙瘩给我就成。"

张啸风警觉地看着阮天狮："你要那铁疙瘩做什么？"

"这个你不用管。"

张啸风支吾道："那么久了，我都忘了放在哪里了。"

阮天狮冷笑："你不用骗我。那么重要的东西，你一定记得放在哪里。赶紧找出来！快点！"

张啸风毕竟年轻，缺乏经验，他紧张地瞥了柜子一眼。阮天狮早已抢上前去将柜子拖了出来，将宝剑抵住张啸风喉咙："快，把它打开。"张啸风的脖子感受到了宝剑的冰冷，他稍微迟疑了一下，阮天狮手上稍微用力，张啸风感觉一阵刺痛，他只好拿了钥匙将箱子打开。阮天狮一眼见到那铁疙瘩，便揣到怀里，眼里射出亢奋的光芒。

张啸风只觉得每条脉搏都在跳动，神经绷得紧紧的，每根血管好像都要胀裂了一般，他全身的每个部位都高度紧张，此时若有一只虫子从上面爬过，恐怕他脑袋里的那根弦非绷断不可。

阮天狮迅速消失了。

张啸风坐立不安。陆小鱼回到房里，见到夫君的模样，不禁奇怪道："你怎么啦？"张啸风道："不知怎的今天右眼皮直跳，真怕有祸事发生。"

陆小鱼笑了："夫君怎么这般迷信？时辰不早了，早点歇息。"

半夜里，忽听东边厢房一声轰然巨响，阿爹的房间爆炸起火了！大火熊熊燃烧起来了，火舌迅速舔上了房梁。

"起火啦！救火呀！救火呀！"巡夜的更夫率先发现了火光，赶紧提水救火。一时间张府人仰马翻。

陆小鱼半睡半醒中一颗心突然怦怦狂跳不止，仿佛要跳出胸膛。

这个家风雨飘摇，相公和公公大吵她听得清清楚楚，公公自丢了差使之后每日借酒浇愁，仿佛老了十几岁。家里为了节省开支，已经遣散了八个仆人，只留一个厨娘和一个管家。这个家马上就要败了。她虽然有信心也有能力让全家人过上好日子，可毕竟是个妇道人家，没有她说话的份儿，干着急也没有用。蓦然听到救火，她和张啸风一激灵惊醒过来，赶紧跑出来加入救火的行列。所幸发现得早，只有公公那间屋子被炸塌了一角，房梁被烧得乌黑，其他尚无大碍。

　　一帮人冲进屋里，只见张恨天被炸得血肉横飞，一只断掌被炸到了椅子上，人已没有了呼吸。陆小鱼失声喊道："阿爹归天了！"张啸风木呆呆地站着。继父死了。张啸风心里空落落的。原以为，如果继父死了，他会欣喜若狂。自己这一生的悲剧，真是拜继父所赐吗？他这一生一直生活在仇恨当中，先是恨生父抛弃了他和阿母，待阿母去世后他又把满腔的仇恨转移到继父身上。如果继父没有强行娶了阿母，他和阿母还可以过着清贫而平静的日子，是继父全盘改变了他的生活。他恨继父。可是，继父真的待他不薄，因为爱屋及乌，继父给他荣华富贵，他走在月港大街小巷，周围人都笑脸相迎，其实那笑脸都是冲着继父去的。没有了继父，他什么也不是。这一点，他到现在才看得清楚明白。继父一死，他在这世上真的是孤孤单单一个人了。他现在才知道，身边有个仇敌活着也好啊，现在只剩下无边的孤单与寂寞。难道是自己做错了？他扑通一声跪了下来，凄厉地喊了声："爹！"

　　报了官后，官府追查了数日一无所获。没有人知道为什么张府会突然发生爆炸。此事便一日日拖了下来，成了无头公案。

　　办完丧事，张啸风觉得自己快虚脱了。这几天，他整个人都像在空中飘，人急剧消瘦下去。这会儿他刚让下人泡了杯茶，刚要喝，若云进来了："你爹不在了。这个家恐怕拢不住了。分家吧。"这段日子，若云一直很紧张，生怕财产被张啸风分了去。这个继子一直对她带有敌意。

　　张啸风瞪大了眼睛："阿爹尸骨未寒，你就要分家？"
　　若云坦然道："你们兄弟都大了，早分早好。"

张啸风苦笑，沉默了一阵，开口道："这宅子就给阿垚罢，我到外面买房子住。店铺有两间，那间绣坊小鱼已经有感情了，就把绣坊给我罢，其他的我什么都不要。"

若云听了喜上眉梢，好了，张家全部归她了！原先的担心全部烟消云散了，她连忙道："那好，就这样说定了，管家，你去请族长过来，立字据为证。"

张垚一方面窃喜，一方面又手足无措："哥，你和嫂子就留在家里吧，这样热闹些。"这是陆小鱼嫁进张家多年来，张垚第一次称陆小鱼为嫂子，平时他都是硬邦邦地"喂"一声，在走廊里相遇了，白眼一翻，蛮横地大摇大摆而过，将陆小鱼挤到一旁。

张啸风叹了一口气："小弟，爹不在了，没有人为你遮风挡雨了，你也该长大了。你当务之急是要学会管理店铺，不要让店里的伙计把店铺里的钱财都搬空了。这方面，你嫂子可以教教你。另外，我给你物色一门媳妇，或者你有看上哪家姑娘，我都可以替你上门说亲。成了家立了业，就该收收心了，不能再像以前那样整天游手好闲游游荡荡了。"

若云不高兴地插嘴道："啸风你也操心得太多了吧，他娘还没死呢，垚儿媳妇的事就不劳你费心了！"

张啸风好心没好报，便闭了嘴。

张垚闷声道："说亲的事以后再说吧。我对哪家姑娘都不感兴趣。"这时，兄弟之间一阵尴尬的沉默。张啸风用了三天的时间完成了搬家的过程，搬得干脆利落。哥哥嫂嫂离开后，这个家就显得空空荡荡的，暮色中，张垚也觉得自己好像被掏空了似的。曾几何时，他一直以为他这辈子就这样了，永远不用发愁衣食，永远有爹娘纵容。没想到，阿爹去了，他的天空被撕开了一个大口子，从此风霜雨雪就要他自己一个人扛了。

分了家后，从不信神明的张啸风，这天不由自主地踏进了关公庙。这座关公庙比较特殊，里面还供奉着妈祖。原本妈祖是供奉在天后宫里面的，月港人漂洋过海去讨生活，大海喜怒无常总是兴风作浪吞噬人的性命，所以月港人对妈祖特别虔诚。哪知县衙要设立关口，风水先生看来看去说是妈祖庙地理位置最好，于是李知县拍板将天后宫拆除来建关口。一时之间妈祖无处安身，便有主事的老人通过占卜，说关公庙的关老爷愿意接纳妈祖，二神可以同居一庙。于是月港人吹吹打打将妈祖迎进了关公庙。再后来，妈祖生日时主事的人再占卜，怎么占卜都是笑杯，妈祖发话了："我和关老爷男女有别，两人同居一室很不方便，还是另找个地方让我栖身的好。"李知县一听，朱笔一挥，又另批了一块地建天后宫。新的天后宫建成后正是秋收过后，李知县从县衙拨款让人结了一座纸彩楼，这是月港人答谢神明保佑的一种方式，表达对人顺年丰、太平盛世和安居乐业美好生活的一种美好祈愿。彩楼结完，展出一段时间后，还要烧掉，送给神明。又请来久负盛名的芗剧班子演出，一天两台戏同时开演，连续十天，热闹非凡。张啸风在热闹中感受到了无边的孤单与寂寞。到底是关公爷灵呢还是妈祖灵？张啸风问关公爷自己做错了没有？是笑杯。关公爷说他张啸风做错了。张啸风不死心，他希望借神明的嘴来原谅自己，他又跑到妈祖庙来占卜，妈祖跟关公爷一样也说他做错了。张啸风绝望地闭上了眼睛，将头用力磕在地上，久久跪拜在妈祖面前。

张啸风改了姓，改名陈念。陈天鸣的第五代孙子叫陈武杰，此时已经到了清顺治十八年，所有靠海三十里的百姓悉数被迫迁入内地。过年的时候，陈武杰点燃了一炷香，喃喃叩拜随身携带的祖宗灵牌："太祖啊，你可能做梦也想不到，朝廷为了杜绝国姓爷郑成功的兵源，竟然毁弃城池焚烧村庄田宅，强迫靠海三十里的百姓悉数迁入内地。自江东到九龙江以东的地区皆成弃土，满目疮痍饿殍遍野死人无数。眼泪流干了，心都变硬了。海澄县人口原有三万多人，如今骤减到一万多人，到处凄草寒烟，一片废墟。太祖啊，你知不知道，你的曾孙以后再也不能出海了。"

在潮水日夜推送下，泥沙逐渐抬起河床，港口一步步地淤塞了。内河港口水道浅，船舶出入受潮水限制，月港的地理位置注定了不利于持续发展。加上荷兰人的日夜骚扰、强力破坏，月港日趋衰落。天高皇帝远啊，谁来主持公道？谁来为生民做主？谁来拯生民于水火？

那些身躯高大笨重、相貌粗野鄙俗的荷兰人，在月港人看来就是魔鬼！比噩梦更像噩梦！畏惧于他们惨无人道的淫威，月港很少人出洋经商了，即便是漂泊在外心急如焚的人，也两股战战不敢归来。生气勃勃的月港迅速萧条萎谢。

朝廷的财政危机越发严重了，他们无法可想，只能一再加重月港的税额。派驻在月港的官宦和当地的贪官污吏们，争相蚕食鲸吞，挖地三尺，各种敲诈勒索手段骇人听闻。他们网罗流氓恶棍充当税吏，生活奢靡无度、贪婪无耻，这些官宦是月港历史上暗无天日的灾难和劫数。

更可怕的是战争。大明朝灭亡了，郑成功、郑经父子与清军在闽南沿海对峙，战事不断，进退拉锯近40年，月港罹难首当其冲，一夜之间家破人亡是常事。镇守海澄的黄梧向清廷献策："把沿海百姓内迁三十里，片帆不准入海，严禁大陆商船与国姓爷贸易交往。"妄图用这种禁运、封锁来困死郑成功和他的义军。还派人到南安县的覆船山、金坑山、橄榄山把郑成功的祖墓都挖了出来，让祖宗暴尸荒郊野外！

苍茫江面上，灰白的泱泱水波起伏荡漾，稀疏的船只不疾不徐地往返。循着窄窄的土路，从阿哥伯码头往西散漫步行，十几分钟后就走上了溪尾码头的地界。码头虽然寒酸简陋，却相当繁忙，海水的腥气和咸味直扑入鼻。

溪尾码头附近建有新宫庙，奉祀保生大帝、三太子、太保公和福德正神等。远航者漂泊的心灵在异乡的风浪里颠簸着，到庙里寻求抚慰他们孤独寂寞苍凉的心，再冷再累也会瞬间觉得温暖安详，拥有了拼搏的力量。所以，每一艘商船都不会忘记，在离开码头准备远行前或归来抵达码头后到寺庙万分虔诚地进香叩拜。

傍晚时分的溪尾码头凉意森森。旧条石垒砌的堤岸上，三株高大的老榕树长须飘拂浓荫密布，沧海桑田，不论是人还是事，在飞得高时就应该有跌得惨的心理准备吧？从烈火烹油的极盛到猝不及防的极衰，看起来是那么突然而迅猛，那么突兀而尖锐！触目惊心耸人听闻，快得令月港人完全难以接受，更难以适应。可是，月港的地理位置注定了衰败的结局。这是难以改易的宿命。满载货物的大船必须在几条小船努力地拖曳下，才能开出去；大船无法靠岸，装卸货物必须由驳船搬运再交转，大费周折。陈武杰惆怅地望着江面，在慢慢淤塞的月港上，曾太祖陈天鸣的船队正在慢慢远去，最后消失在苍茫的天际……

月港变了，但记忆还在。

陈武杰抚摸着码头上的石阶，内心无限感慨。这里的每一块石头，都有一个故事。也许，曾太祖陈天鸣的一只脚曾经踏上过这里？他就要离开这里到漳州府了，准备在漳州府开一个绸布庄。陈家已经失去了曾太祖时的辉煌，但日子还要继续过下去。

夕阳下，天地间，一只沙鸥在冷寂荒芜的容川码头上挥动着翅膀，每年，它们都要飞向异乡又返回，年年岁岁。